U0841202

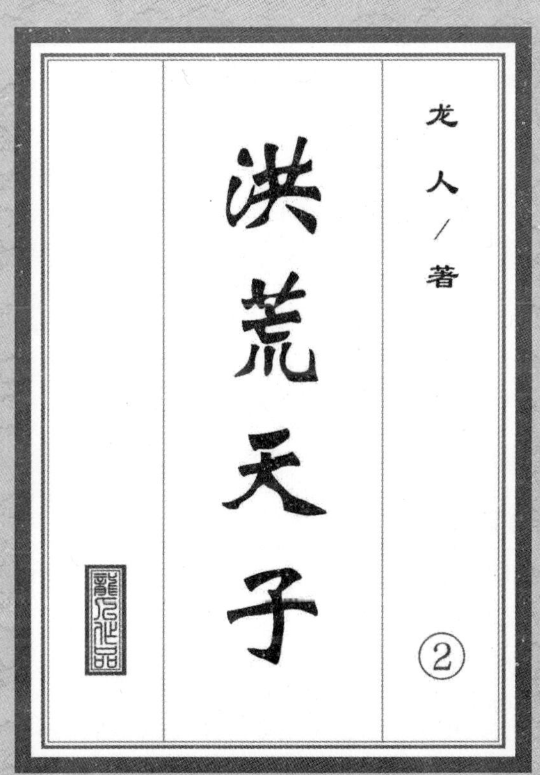

二十一世纪出版社集团
21st Century Publishing Group
全国百佳出版社

图书在版编目（CIP）数据

洪荒天子 : 全 10 册 / 龙人著 . -- 南昌 : 二十一世纪出版社集团 , 2017.11

ISBN 978-7-5568-3103-6

Ⅰ . ①洪… Ⅱ . ①龙… Ⅲ . ①侠义小说－中国－当代 Ⅳ . ① I247.5

中国版本图书馆 CIP 数据核字 (2017) 第 243742 号

洪荒天子：全10册 龙 人 著

责任编辑 敖登格日乐
出版发行 二十一世纪出版社集团
（江西省南昌市子安路75号 330025）
www.21cccc.com cc21@163.net
出 版 人 张秋林
经 销 新华书店
印 刷 北京龙跃印务有限公司
版 次 2018年2月第1版 2018年2月第1次印刷
开 本 710mm × 1000mm 1/16
印 张 160
字 数 1731千
书 号 ISBN 978-7-5568-3103-6
定 价 498.00元（全10册）

赣版权登字—04—2017—745
如发现印装质量问题，请寄本社图书发行公司调换 0791-86524997

目　录

第十六章　剑道流云

惊虹灭，流云和霞彩尽散，露出了一柄有形有质却普通至极的剑。

蛟梦也退，一退又进，进退之间犹如荡舟无风的湖泊，轻松而优雅，挥臂挑剑时，如同拈花捻草，柔和中又透刚健之美，进退之间没有半点拖泥带水之感，若行云流水，生动至极。

黑白二虎的神色间现出一丝少有的惊骇和绝望。

惊骇的是蛟梦的剑法，他们实在无法想象一个人竟能将剑道修至如此境界，可是他们又无可奈何，事实终究需要人去面对，而他们所面对的事实却是极端残酷无情的。

在这个世道中，存在着各种极端，感情和现实的极端，善良与凶残的极端……世界本就是因为矛盾才存在的，而矛盾也是整个世界能够保持生动的支柱。

惊骇，并不能解决任何问题，问题必须依靠手中的兵刃来解决，这是不容置疑的。黑白二虎自然知道这一点，所以他们继续出刀，也是无奈之举。

此刻的他们已经没有了取胜的信心，更不知能在蛟梦的手下走过几招。

兴风死了，喉间一道细小如丝的血痕，一串密集而细碎的血珠凝于皮肤之外，有种说不出的怪异和诡秘。

兴风死了，没有闭上眼睛，没有人知道他死前那一刻心中想些什么，又看到了什么，还有什么未了的心愿。华通和如意都没有任何机会去搭理兴风的尸体，只因为木青的存在。

木青的杀意也很浓，犹如烈酒，对待敌人，他绝对不会心慈手软。

华通和如意心中只有一个念头，那就是逃！

逃！这是他们共同的意愿，因为场中最可怕的人并不是木青，而是蛟梦！蛟梦那一剑几乎已经完全粉碎了他们的斗志和信心，使得他们对黑白二虎的能力不敢有任何奢望。

华通和如意想也没想，就朝虎堡方向飞掠而去，但是很遗憾，他们只冲出了两丈远的距离又不得不停下。

其实，在转身之时，他们便发现了一道身影，开始他们还以为是幻影，但后来才知道那是个活生生的人，而且是一个催命之人。

“少典神农!”华通和如意同时惊呼出声。

“不错，华虎已经完蛋了，现在轮到你们几个该死的了!”那突然出现的人正是失踪了的少典神农。他的出现就像他的失踪一样，没有半点征兆，更让人不解的却是他竟似乎无畏蛟梦的存在。

最让华通和如意心惊的却是少典神农所说的话，“华虎已经完蛋了，现在轮到你们几个该死的了”，这句话好似一张催命符，直让他们心底大冒寒气。

木青的杀气已自华通两人的身后笼罩过来……

“你这次立了大功，让人家抬着很舒服吗?”燕琼按住轩辕，一边跟着担架走，一边佯嗔道。

“这成什么样子?让你们几个娘们在地上走，而我这个大男人还得躺在架子上被人抬着，要是让别人看到了不笑掉大牙才怪，不行，放我下来!”轩辕极不情愿地道。

“你还是不要乱动，这样抬起来会重一些!”褒弱在一旁插口道。

轩辕苦笑着望了望抬着担架的花冲和燕五，道：“你们俩难道也要剥夺我走路的权利吗?”

“你老兄受的伤可不轻，还是乖乖躺着好了，这可是为你好啊。”花冲笑着道。

“连你们也这样说，那让你们受些苦是活该了。”轩辕没好气地骂道。

众人都禁不住莞尔。

“你的伤势只要休息几天，再换几次药，就会没事了。”施妙法师赶来道。

“我感觉现在就已经没事了，这样累了大家又是何苦呢?”轩辕无可奈何地道。

施妙法师慈祥地笑了笑，道：“年轻人就是年轻人，也许你感觉好多了，但独龙尊者刑月的独龙拳劲或多或少损伤了你的内腑，这可不是闹着玩的。要知道独龙尊者乃鬼方十族刑天座下的三大尊者之一，其独龙拳更得刑天的亲传，武功之高在北方很难找到对手，以你现在的功力而论，根本就无法抗拒他的独龙真劲。但你却让他受伤吐血，真难以想象你发出的那股力量是自哪里而来，此刻你能说话已是万幸了，若下次你再遇见刑月，最好小心一些。”顿了顿，又接道，“此刻你不宜走路，休息几天后，看看是否有不良反应，到时候就可察觉独龙真劲是否潜伏在你的体内了。”

“休息几天当然有不良反应了，那时候我大概已经忘了怎么走路。”轩辕煞有其事地道。

燕琼和褒弱忍不住都笑了起来，燕五和花冲也大感好笑，施妙法师则摇头苦笑。

华虎并没有被诛杀，他以山虎盟的兄弟作掩护，通过虎堡中的密道逃脱了。

结局出乎有侨族所有兄弟的意料，倒是蛟龙很清楚其中的一切，但这并不算什么。真正出乎所有人意料之外的却是虎叶竟然同意与有侨族和好，而且还与有侨族并肩作战，这一点的的确确出乎众人的意料之外，但又受到了大多数人的欢迎。

这个意外却是归功于一个身份神秘的不速之客。

蛟梦和虎叶都对那个神秘人物极为尊敬，这很难得，那个神秘人物的谜底将在三天之后揭开，而三天之后则是有侨和少典两个部落有史以来第一次联合的大聚会，这一切的一切，都只是因为那个神秘的不速之客。

太华集仍是太华集，山虎盟却在一日之间全部瓦解，就连黑白二虎也都成了阶下之囚，但是太华集的交易并没有停止，只是这里的气氛有些微偏差，却不影响太华集的安全和平静。

共工集，位于黄河之畔，而共工部落的所在地则是距共工集约十余里的一块极为肥沃之地。

共工集中汇聚了来自各方的人，但并不隶属共工部落管辖。只不过，在这个集里，共工部落的人占了大部分。

共工部族之人仍保存着一些极为野蛮的习俗，在这里的人，若是没有足够的力量，只有沦落的下场。

好战，是共工部族之人的一大特点，胆大力大也是他们先天具备的优势，而他们后天的优势则是能在河水中利落如鱼。

轩辕诸人进入共工集，立刻引来了所有惊羡讶异的目光。

惊讶女人的美丽，惊讶这群外来人的打扮，在共工集中，全身都包裹在衣服中的人几乎没有，包括女人们。

他们的衣着暴露，有的甚至只着短裙短裤，而轩辕这一群人，都穿皮着纱，与这个集中的人物的确有些不一样。

一群小孩犹如看怪物一般跟着圣女诸人的队伍走了一阵，更有些人对这样一群人指指点点，叽里呱啦却不知在说些什么。

施妙法师似乎能听懂这些人的话，只是他并不想多作解说。

“真是丢人，这么多人看着我躺在担架上，太不自在了。”轩辕说着竟一弹而起，滑下担架。

“你……”众人一惊。

轩辕却伸手轻搂了一下燕琼的小蛮腰，笑道：“休息了这么长时间，我觉得已经好得差不多了，又何必如此大惊小怪?”

“阿轩，你可要好好爱惜自己的身体呀!”圣女凤妮有些微微责怨。

“放心吧，我对别的东西还可以不在意，但又怎能不在意自己的身体呢?你瞧我，不是已经像是没事人一样吗?”轩辕自信地伸展了一下手脚道。

花冲和燕五无可奈何地摇了摇头，道：“不知好歹，不躺就不躺。”

“你们放心好了，阿轩他不会有事的，以他的体质，那点打击根本就不在话下，难道你们不记得当初叶皇的拳头吗?”叶七见轩辕执意不肯躺担架，只好出言道。

叶皇也露出一丝悠然的笑意，他并不介意叶七如此说法，因为那本是事实，而轩辕的功夫他更是绝对信得过。

“你们等等!”轩辕与众人一起才走不远，身后便传来了一阵呼喊。

轩辕和叶七不由得停下了脚步，扭头向后望去，却只见一袒胸壮汉赶了上来。

“有什么事吗?”叶七疑惑地问道，他竟能听清这人所说的语言。

那人赶上几步，目光在众女身上扫了一下，才嘘了口气问道：“你们带的这些女人要多少货物可以换下?”

轩辕的脸色微变，但又大感好笑，反问道：“你说能值多少货物呢?”

那人煞有其事地审视了一下诸女，竟有些犯难了，以眼前这一群绝色美女，他的确难以开价，想了半天才道：“一百张虎皮，五十只肥鹿，四张大木筏，十张渔网，换你们五个姑娘，怎么样?”

“哦，你们有没有这样的美人?我以一百零一张虎皮，五十一只肥鹿，五张大木筏，十一张渔网换你们五个美人如何?”轩辕好笑地反问道。

那人脸色一红，竟说不出话来，正要说时，轩辕和叶七诸人已经转身而去，与众女相视而笑。

那人见众女笑靥如花，不由看得目瞪口呆，神魂不定地喊道：“喂，你们别走呀，你们若要更高的价钱，我会带你们去找我的主人呀!”

花冲转身嗤笑道：“你去问问你的主人，看他的老婆和女儿值多少货物，然后再来商量一下如何交换吧。”

燕五和燕绝诸人不由得轰然大笑起来，众女也向花冲投以赞赏的目光，似乎是花冲为她们大大出了一口气，只有施妙法师微微皱了皱眉，因为他听到了那人叽里咕噜地骂了几句。

轩辕等人的宿营之处不算偏僻，在共工集中，各种营帐和棚屋比比皆是，只因这里的水路极为方便，自各处赶来交易的人特多，所以这里也就成了形形色色的棚帐。

对于共工集，施妙法师似乎并不是太过陌生，因此众人的宿营之处是由施妙法师所选的。

施妙法师的谋生经验似乎极为丰富，这倒让轩辕从中学到了不少东西。

在共工集中，林木甚多，随手伐一些树木就可支起数座帐篷，以兽皮做顶做幔，架起一座帐篷简直是轻而易举之事。

轩辕等人建造了六座帐篷，外五内一，以梅花之形散布开来。圣女凤妮和四女居中，轩辕和燕琼合处一帐，另外四座帐篷则居住着施妙法师和二十名护行的兄弟，将圣女凤妮围护在中间。

几座营帐更是相互呼应，八面相通，格局之妙，让轩辕赞叹不已，即使是叶七这类老资格猎人也对施妙法师的这种布营方式感到惊叹不已，轩辕还专门对这种布局仔细分析了一遍。

此刻他背上的伤已经好得差不多了，由于丹田之中那股潜伏的气劲有抵抗外力攻击的能力，而龙丹的神力更改变了轩辕的体质，使肌体恢复比普通人快了很多。

天色并未全黑，众人还不想躺下休息，必须在共工集中买到大木筏，以顺流东下。

“以眼下的货物，只怕无法换到五张大木筏。”叶七有些无可奈何地道。

“我们所需要的不仅仅是木筏，还要准备一些食物之类的，一路上尽量少上岸。”施妙法师出言道。

“那岂不是要在这里待上一段时间？而刑月他们很可能会卷土重来，这对我们极为不利，另外，他们很可能已知道了我们会顺流东下，而在黄河水道之上进行阻截。我们若要走，就必须赶在他们前面，让他们来不及布置。”叶七严肃地道。

“这一点并不是没有可能，我们行事宜快不宜慢，可以只购四张大木筏，另外再亲自动手做几张，至于食物清水都好说，有我们这么多人在，还怕猎不到东西吗？”轩辕认真地道。

“阿轩所说也是，我们的动作宜快不宜慢，大家分头去行动吧。”圣女凤妮附和道。

“阿轩，我有事想问你！”褒弱在众人都各就各位去准备东西之时，突然拉住轩辕道。

轩辕一愣，疑惑地望了褒弱一眼，只见她满面幽怨之色，不由得心中一阵怜惜，淡淡地问道：“褒姑娘有什么事就问吧。”

“能不能找个静一些的地方？”褒弱扭头向四下望了一眼，见猎豹和凡三及花猛诸人仍在周围望着他们，不由低声道。

轩辕望了望她满目的期盼，不忍太让这位多情的故人伤心，于是淡淡地点了点头道：“好吧！”

“你就是轩辕！”褒弱突然肯定地道。

轩辕吃了一惊，讶异地望了褒弱一眼，心中却在猜测褒弱此语背后的意图，口中却不自然地道：“我不是已说过了吗，难道褒姑娘不相信？”

褒弱重重地点了点头，再次肯定地道：“你就是轩辕，你骗得了别人，但绝对骗不了我！”

“我根本就没有必要骗……”

“你虽然将一切都掩饰得非常好，但却忘了一个人在有些时候根本不可能时时注意到自己的身份，而这些时候他们总会不经意地将真实身份暴露出来……”褒弱打断了轩辕的话，双眼紧紧地锁住轩辕的眼神，话说到一半又突然停下。

轩辕暗暗吃了一惊，暗自揣测自己究竟是什么地方露出了破绽？但一时却记不起到底是哪里被褒弱揪住了小辫子，不禁故作糊涂地道：“我不明白褒姑娘在说什么。”

“轩辕，你真的不想认我吗？还是你有什么难言之隐？难道你还怕我会对你不利，破坏你的行动？”褒弱神色欲泣地问道。

轩辕禁不住头大，但也大为感动，因为当他看到褒弱之时，便像是看到家乡的亲人一般，因为褒弱是唯一与他过去有联系的人，更有着一种极深的关系。是以，当他怀念过去，怀念家乡的亲人和那美丽的雁菲菲时，便想多看褒弱几眼，这是一种远在异乡的游子对故土一种眷恋的表现。因此，这一路来他的内心深处实已将褒弱视作了亲人，可此刻褒弱却要逼他说出真实身份，这实在让他有些头大。轩辕唯一可做的便是装傻，不出声。

“今天你在与刑月他们交手之时，我就知道你就是轩辕了，只是你并没有注意而已！”褒弱认真地道。

轩辕吃了一惊，暗忖道：“对了，褒弱曾与自己交过手，虽然那时她的武功并不是很高，却能够发现自己武功的近似之处，这可是自己无法掩饰的漏洞。”

褒弱似乎看出了轩辕的心思，淡淡地道：“你其实并不只是武功上出现了疑点，还有——今天大战你遇到危险，我呼喊出‘轩辕’之时，你竟自然地回应了，这种自然而然表现出来的反应绝不可能是阿轩应该有的。轩辕，你还要骗我多久？亏我还时时记挂着你！”

轩辕脸色数变，最后无可奈何地叹了口气，耸耸肩道：“现在看来，我不承认也不行了。”

“这么说，你就是轩辕喽？”褒弱大喜，进一步证实道。

“不错，我就是轩辕！”轩辕点了点头，面色坚毅地道。

褒弱大喜，正要欢呼之际，施妙法师的声音突然在不远处响起：“阿轩，原来你在这里呀！”

褒弱不由得向轩辕幽怨地望了一眼，不得不强压住心头的激动和欢喜之情，不再言语。

轩辕心头大为感动，低声道：“我们下次再聊好吗？我会找个机会向大家解释清楚我的过去！”

褒弱点了点头，却无法掩饰内心的激动。

“阿轩，就由你带几个人去共工集看看吧，设法将几张筏子弄回来。”施妙法师极不凑巧地走了过来。

“哦，好的，我这就去！”轩辕爽朗地应了一声，又向褒弱大声道，“谢谢褒姑娘今日一席话，有机会我们再谈！”

“好哇！”褒弱也似模似样地回应一声。

共工集，物品琳琅满目，却并没有轩辕所需要的大木筏之类的物什。

猎豹提着几张兽皮，包括昨日猎获的那张熊皮，以换取需要的东西。

叶皇依然表情极为冷漠，似乎没有什么东西可以让他展颜一笑，倒是凡三犹如走入了闹市的猴子，蹦跳间透着一股无比的欢悦，似乎对这种逛集的方式乐此不疲。

轩辕在这条集上走了一遍，也未见到什么大木筏之类的所需之物，不由拉住一位老者，问道："大伯可知哪里能换到大木筏?"

那老者奇怪地望了轩辕一眼，惑然道："你想换大木筏，就到河边去找，在这里找什么?"

轩辕一怔，心下恍然，又感到好笑，这么显而易见之事，他居然没有想到。

"走，我们去河边!"轩辕转身笑了笑道。

"就是他们!"一个冷冷的声音传入了轩辕的耳中。

轩辕一愣，目光之中出现了十余名壮汉的身影。

"麻烦来了!"轩辕立刻意识到了什么，因为他看见了今日那个想以货物换得美人的壮汉，此刻那人正气势汹汹地领着一群人围了过来，一看架势就知道欲行凶强夺。

叶皇眼角闪过一抹难觉的杀机，猎豹的神色似乎也微微一变。

"站住!"那一群人很快围了上来，圈定轩辕和叶皇等四人，一脸凶相。

"哦，你们有什么事吗?"轩辕耐着性子扫视了来者十四人一眼，不紧不慢地问道，同时他发现周围的小摊全都挪动了位置，似乎那些人早就知道结果会殃及无辜一般。

"哼，什么事?还从来没有人敢污辱我们的主人，你们不仅不识抬举，还出言不逊！今日，我们就是替代主人来教训教训你们这群不知天高地厚之徒的!"那曾出言以货物换美人的壮汉极为愤然地道。

"哦，敢问大哥如何称呼?你们的主人又如何称呼呢?"轩辕不疾不徐地问道。

"你们居然连我们的主人也不知道，真是孤陋寡闻……"

"那你可曾听说过我是谁?"凡三满不在乎地打断了那汉子的话，反问道。

那十四人全都为之一怔，讶异地向凡三望了一眼，不屑地问道：“你小鬼是谁？难道想找死不成？”

“哼，你们连我是谁都不知道，真是孤陋寡闻，丢人现眼！”凡三学足了那汉子的语调反唇相讥道。

来者立刻明白自己等人被凡三耍了，不由暴怒。

“找死！”其中有两人按捺不住伸手向凡三抓去，一副欲择人而噬的架势。

“哼！”叶皇冷哼一声，只见青光一闪，那两名伸手去抓凡三的汉子蓦地惨号着飞退。

“噗……噗……”几声轻响中，几滴血花如落红般溅湿了地面，几截手指血肉模糊地落在血水之中。

是叶皇出的手，轩辕来不及喝阻，叶皇的动作实在太快，当所有人反应过来时，叶皇早已还剑入鞘，如同什么事情也没有发生过一般。

但所有人都知道，出手之人是叶皇。那两名汉子的惨号之声几乎让剩下的十二名同伴的脸色都变绿了，他们哪里见过如此快的剑招？

轩辕心中也暗自骇然，若那晚野火会比试之时，可以用兵刃的话，以叶皇出剑的速度，只怕自己也难逃一死，他根本就无法抗拒叶皇那如鬼魅般的速度。

此刻轩辕暗自庆幸叶皇并不是自己的敌人。

“如果你们还想在这里闹事的话，掉下的也许不再只是手指，而是脑袋！”叶皇的声音显得无比冰冷无情，似乎对杀人之事一点都不在乎。

那十二人竟然被叶皇散发出的阴冷杀机所镇住，那一剑也绝对足够震慑这一群人！

凡三回过神来，不无得意地道：“本公子今日不想与你们胡缠，若是再不滚的话，出剑的就不会是他，而是本公子了。本公子的剑下从来都不会留活口，想来你们应该知道怎么做了。”

那十二人再次呆了一呆，一脸疑惑地望了望凡三，又望了望叶皇几人，听其口风，似乎凡三比叶皇的剑更可怕，如果真是如此的话，虽然他们的人数比对方多了好几倍，但也绝对讨不了好，说不定还真会为此而丢了性命，那可就绝对不划算了。

叶皇并没有对凡三的话作出任何表示，轩辕和猎豹却对凡三的自抬身价感到好笑。

“好，今日之事我水蛟记着，有种你们就留下名号！”那本来气势汹汹的领头之人此刻竟然软掉了半截，虽然仍声色俱厉，但谁都可以听出他话中的畏怯之意。其他十一人也全都不敢出手，甚至不敢抢先做出越轨的动作，以妨步入那两名同伴的后尘，唯有听着两人惨号，忍气吞声。

“原来你叫水蛟，好！你记清了，本人乃剑神凡三，刚才出手的人是剑尊叶皇，给我滚吧！”凡三夸大其词地道。

那十二人面面相觑了一会儿，却从来都没有听说过什么剑神、剑尊之类的名号，但却不敢再待下去，死爱面子地说了一些毫无意义的威胁之语，带着两个伤者灰溜溜地走了。

轩辕和猎豹相视一望，凡三也趁机扮了个鬼脸，三人忍不住大笑起来，叶皇也为之莞尔，为这群欺善怕恶的人感到可怜……

共工集分为两处，一处交易日用杂货，一处交易渔网筏舟。

交易渔网筏舟之处乃是一个连接黄河的湖泊——梁湖，湖水碧波如洗，湖边停满了各种各样的舟筏。

筏子大有数丈见方，小的只有丈余，其中包括竹筏、木筏、芦苇筏……舟有轻舟、并舟，更有许多雕刻极为精致。

猎豹和凡三还是第一次见到如此多的水运工具，第一次知道这些水运工具竟可制作得如此精美小巧。如在大木筏之上建小楼，还有些装饰他们根本就不知是用来干什么的……

有邑族附近虽然也有河流，但那种小河根本就无法用上大木筏，主要的还是靠陆路。因此，在有邑族可以见到各种牛车，但这些大木筏和小船却极难看到。轩辕对此却并不感到意外，他自小生活在姬水之畔，对于这些舟筏之类的并不稀罕。

姬水也有十余丈宽，丈余深，足以通行任何大木筏，且姬水通向渭水，渭水虽无黄河这般气势磅礴，也可算是极为壮观了。只是这里的舟筏做工非常精致，倒让轩辕大开了眼界。

“几位要买筏子吗？”一个秃顶汉子大大方方地走近轩辕，友善地问道。

轩辕一怔，凡三却抢先发问道：“你怎会认为我们要买筏子？”

“嘿嘿……”那秃顶汉子伸手摸了一下自己的光头，笑了笑道，“人家叫我秃龟，说我有做生意的眼光，我见几位兄弟在岸上不停地打量着湖中舟筏，以我的经验，想来诸位欲购买渡水之物。不是我秃龟吹牛，这里所有的筏子，就数我秃龟的最有名了。”

“哦，是吗？那你怎知我们是买筏子而不是买舟呢？”轩辕倒是觉得这秃龟很有意思，也禁不住出言道。

“我看几位兄弟对筏子似乎比对轻舟更留意一些，看来几位定是远道赶至。而前来我们共工集，又想购买渡水之物的人，十有八九行走黄河水路，若是选择黄河水路，自是筏子比轻舟更好掌握喽。因此，我估计几位欲购买筏子。”秃龟自信地分析道。

猎豹、凡三为之动容，轩辕和叶皇也禁不住对这秃龟刮目相看，但轩辕不动声色，淡淡地一笑，道：“听兄台这么一说，我本想购买舟子的打算是应该改一下了，去买木筏喽！”

“如果这样当然最好，我也能多做一笔生意，不过，我保证会拿最好的货物给你们。”秃龟坦然道。

“你倒很自信哦，你知道我们就一定会购买你的大木筏吗？”凡三见秃龟如此自信，禁不住想刁难他一下，于是反问道。

“话不能这么说，我想几位定是想挑最好的、最实用的筏子，如果几位兄弟想要好货的话，即使顺着这梁湖转一圈，最终也会再次回到我这块地方来，因为你们定会发现，唯有我秃龟的筏子最好！”秃龟极为自信地道。

轩辕等人都禁不住为秃龟的自信动容了，几人全都对秃龟这自吹自擂的好木筏产生了强烈的好奇。

“当然，你们可能不信，但只要登筏一看就知道我秃龟并没有说谎！”秃龟依然自信地笑道，同时再次伸手摸了一下自己的光头。

“那就让我见识一下，你这筏子好在哪里吧。”轩辕耸了耸肩，笑道。

“请跟我来!”秃龟坦然一笑，转身向泊于湖水中的大木筏行去。

轩辕等人相视对望了一眼，也大步跟着走上大木筏。

“我们这里的筏子都是选择最上等的轻木制成，这种木头不仅韧性好，而且浮力大，更能够与藤索绞织得极为紧密，绳子永不会松动。长时间在水中漂行，绳索不仅不会断而且会勒入木头之中，不必担心在水中会撞断绳索。”秃龟不无得意地介绍着自己的大木筏。

轩辕伸手捏了捏脚下的大木筏那木头，只觉入手轻软，似乎里面注满了水一般，将之按出一个小坑，又迅速回弹而起，显示着极好的抗撞机能。

“是吧，我看这位兄弟也是识货之人，这种木头很难找的，若不是我秃龟跑遍了百里之内的所有山林，只怕这种木质还没有被人发现呢。”秃龟见轩辕在检查木筏，趁机补充道。

“还有哇，我们这木筏的两边更设下了木桨的划水装置，不仅可以顺水漂流，更能以木桨划动大木筏。对于行走深湖，又没有急流相助，竹篙无用武之地时，就可以以桨驱动。”秃龟不停地介绍道。

“哦，不知你这大木筏需要多少货物才可以换到?”轩辕问道。

“几位兄弟还是先看完这里的筏子再说吧，因为我也不知你们会选择哪种类型的筏子，或大或小，或带楼的，等你们选定了，咱们再作商议，岂不更好?”秃龟倒的确是个经验丰富的买卖人。

轩辕一想也对，目光四下扫视一眼，只见湖面上粼光闪烁，零散地漂浮着一些舟筏，在落日的余晖之中，更有一些渔船自湖心返回，撒网的，收网的，倒是一片忙碌的景象。

“这湖挺大的，外通黄河，里面的鱼可多了，几位兄弟如果想要渔网的话，我秃龟也可以为你们张罗到最好的渔网。”

“那倒不用费心。”

“对了，我们去那张建有小楼的筏子上看看吧，那才是我秃龟最高档的杰作，也只有我秃龟才能做出这么好的东西!”秃龟向那停在离岸边十余丈的双层木筏指了指道。

轩辕和猎豹也为之赞叹，皆因那张筏子分两层而成，浮在水上的筏身上竖起一排木柱，而在木柱之上再搭一层筏身。看上去是一张大筏子举着一张小筏，分几层而立。

悬于空中的小筏，四壁以木板钉合，像是一个房间，有门有梯，倒真是别具一格。

“我们划小船过去吧，我故意让它停在那里，否则别人偷学了我的手艺，那我秃龟的筏子就换不到更多的货物了。”秃龟笑了笑道，说话间跨上了一只停在筏边的小船。

轩辕四人也跟着上了船，小船入水甚深，但却没有什么大的威胁。

轩辕皱眉的动作叶皇看得很清楚，也只有在他那个角度方能看到轩辕的表情。

小舟在水面上划过一道长长的水痕，向楼筏渐渐逼近……

秃龟依然在兴致勃勃地介绍着他的楼筏，双臂极为自然地划动着双桨。

“秃龟兄，还是让我来划船吧。”轩辕淡淡地说了一声，伸手便向秃龟手中的木桨抓去。

秃龟一愣，正要说什么，但却无法快过轩辕的手，木桨在转眼间就被夺去。

“你……”秃龟刚说出一个字，却不敢再说出下一个字了，因为他的脖子上多了一柄剑。

叶皇的剑！

“如果你敢乱动，这里就是你的葬身之地！”叶皇的话语就像他的剑一样冰冷。

“你们……这……这是想干什么？”秃龟眼中尽是骇异之色，惊问道。

“老兄，有些人总认为自己很聪明，其实某些事情并不是聪明就能掩饰的。而我们此举也没什么别的用意，只是想让楼筏上的人全都给我出来！”轩辕的话很直接。

猎豹和凡三也在刹那间感觉到了一股浓烈的杀意自那张楼筏上飘了过来。

秃龟的脸色大变，他的确应该为之色变，不仅仅是因为叶皇那柄致命的剑，更因为轩辕超乎寻常的觉察力。此处距那张大楼筏仍有四丈之遥，轩辕竟能够如此敏感地觉察到那股几乎不存在的杀气，这怎么不让他惊骇莫名？

轩辕潇洒地笑了笑，淡漠地道："若我们有什么意外，你就是最先陪葬的人。"说话间挥桨将小船倒划而回。

"怎么会呢？你们误会了，我们只是在做买卖，不必这样嘛，你不看那楼筏也无所谓，我们这里的好筏子多的是，何必动刀动枪的？"秃龟强颜笑道。

轩辕并未作答，只是冷冷地望了秃龟一眼，凡三却恼怒地叱道："你给我老实一点，竟敢在我们面前要花招，是否不想活了?!"

"小兄弟此话怎讲？我们无怨无仇，我有什么花招可要？再说，做生意的人，向来以和为贵，谁又想惹这些不必要的麻烦呢？"秃龟还想辩解。

"你真了不起，剑架在脖子之上仍能够如此镇定，不慌不忙！"叶皇说话间剑上稍稍用力。

"呀……"秃龟惨叫一声，"不要……"他脖子上已渗出了鲜血，竟是被叶皇的剑划破了表皮。

"哼，原来你也怕死呀，我还以为你是铁脖子不怕砍。如果不想死的话，就给我老实一点！"叶皇冷杀地道。

秃龟的脸色苍白，果然不敢再有丝毫的辩驳，哭丧着脸乖乖地坐在小船之上。

轩辕回头望了望那张大楼筏，筏上没有任何动静，似乎根本就不存在任何异样，但他却可以清楚地捕捉到自楼筏之中渗透出来的杀机。

这也许是一个猎人天生对危险的一种本能反应，不可否认，轩辕对危险降临的感应似乎比许多人都敏锐很多，这应该归功于那股存于他丹田之中的异样力量。

船身轻震，已经泊于一张大木筏边。

"上去，我们应该好好谈谈了。"轩辕以木桨移开叶皇的利剑，对秃龟冷漠地道。

秃龟无可奈何，只得缓缓起身移步走到停泊于湖畔的那张大木筏上。

那张大木筏之上有几个忙碌的人，他们对轩辕等人的举止显得有些讶异，却不知道究竟发生了什么事情。

叶皇收起剑，皆因并不想太过张扬，这里毕竟是共工集的地盘，而他制住秃龟并没有任何理由，凭的只是一种直觉。所以，他唯有收回利剑，让轩辕以木桨相胁。

“没你们的事，继续干活!”秃龟向那几个张望且一脸讶异的汉子叱道。

“算你还识相!”叶皇冷哼一声道。

轩辕很快便跨上了湖岸，淡淡一笑道：“好了，没事了，你继续做你的生意，我走我的路，不过，我仍要警告老兄，任何想对付我们的人，都会付出惨重的代价，如果你不相信的话，可以试试!”

秃龟的脸色阴晴不定，见轩辕几人舍他而去，目光之中又多了一丝难以捕捉的狡黠之色。

在大木筏上面干活的人全都放下了手中的活儿，神色变得十分阴郁。

轩辕等人并没有走远，并不是他们不想走，而是有人不让他们走。

当一股浓烈的杀气罩住他们之时，轩辕依然迈进了一大步，然后驻足观望，只是目光之中多了几分冷杀和漠然。

对手与之相距两丈，一字排开，有十四人，犹如一堵人墙阻断了轩辕四人的去路。

“你们就是那个自称剑神和剑尊的人?”说话的是一位五十上下、青须白衫的汉子。

轩辕眉头微微一皱，仔细打量了那汉子一眼，淡淡地道：“不错，就是我们。请问有何贵干?”

凡三跨上一步，与轩辕并肩而立，他知道，这些麻烦是他惹出来的，定是水蛟心有不甘，找人来报复了。

“你们好大的胆子，竟敢出手伤了我们的兄弟!”一名汉子愤然怒叱道。

“你们说吧，是自己动手还是要我们出手，每人留下一只臂膀，我们一切都不再计较，否则不管你们是剑神还是剑尊，都要成为我青裳的剑下之鬼!”那青须白衫的老者冷杀地道。

“如果你自信有这个本事的话，我乐意奉陪!”叶皇悠然地跨上两步，语意淡漠。他是一个绝不在乎挑战的人。

轩辕再次皱了皱眉头，叶皇的表现的确有些冲动，似乎从不在意后果。叶皇不在意后果，轩辕却不能不考虑。但他似乎很了解叶皇的性格，是以伸手拉回了叶皇，向那个自称为青裳的汉子露出一个淡淡的笑容，道："这位大叔想来也是用剑的高手了。"

青裳本来有些色变的脸上升起一丝讶异之色，冷冷地打量了轩辕一眼，他不明白轩辕这话的目的何在。

"是又如何?"青裳冷冷地答道。

叶皇的脾气本就不好，不过对轩辕的话，却绝不反驳。他平生最不喜欢说太多无聊的话，既然轩辕拉回了他，他相信轩辕定有拉回他的理由，是以忍而不发。不过，他与所有人一样，不明白轩辕问出这话的意思。

"哦，是这样的，我只是想知道在你们主人的属下当中，有多少人可以胜过你或是有多少人与你不相上下?"轩辕淡然问道，不疾不徐，沉着冷静。

青裳一愣，轩辕的问话似乎的确有些出乎他的意料之外，而这个问题又似乎有些难以回答，同时他更无法猜知对方的意图。

轩辕见青裳愣了愣，并未作答，反而再次笑了笑，目光在十四人的脸上扫了扫，见其他人也有些惊愕，凭他的直觉判断，青裳是这群人中的领头者，也是最为厉害之人，更知道这批人之所以前来，就是为了给水蛟出气，也有可能怀有其他目的，比如是想打几位美人的主意，只不知他们的主人究竟是谁。

"如果你的武功可在你的主人手下算得上一流，那我们不妨来个赌约；如果算不上一流，就当我什么都没有说!"轩辕意味深长地望了青裳一眼，有些傲然地道，此时他的确没有必要与对方纠缠太久，这对于他们来说，并没有多大的好处。

"什么赌约?"青裳惑然问道。

"这个赌约还需要你能做得了主才行，我赌你接不了我十招!"轩辕自信地笑了笑道。

第十七章　青云剑宗

青裳的脸色突沉，更显得有些愤怒：“不知天高地厚!”青裳冷哼一声，他绝对不会相信自己接不下对方一个小子的十招，至少他比对方多活了数十年，在修为方面绝对胜过对方。不过这只是青裳本人的心中所想，而事实会怎样，那就不得而知了。

“如果你输了，今日所发生的不愉快的事情就当作从没发生过，如果我输了，我们四人每人留下一只臂膀，算是给你们赔礼!”轩辕不疾不徐地道，目光之中却多了一丝挑衅和傲然。

“你们根本就没有资格说这个条件!”一名汉子冷漠地道，十四人的队形也呈半月形展开。

“青原!”青裳向那说话的汉子冷叱道。

“师父……”那个被唤作青原的汉子有些委屈地看了青裳一眼，欲言又止。

“是啊，师叔，你根本就没有必要跟这一群不知天高地厚的小子一般见识，就让我们出手好了。”那个与青原并排立着的年轻人也附和道。

“你们别说了，我倒要看看所谓的剑神、剑尊都是些什么人，也让他们知道我青云剑宗的人绝对不能小觑!”青裳愤怒地道。

“年轻人，你出手吧，今日只要你能胜我，不管多少招，我们之间一切的过节立刻化解。否则，你们就只好认命了!”青裳杀气逼人地道，说话间也向前逼上了一步，与轩辕直面相对，气机疯涨。

轩辕心中微惊，更有些尴尬，青云剑宗的名头他听叶放提起过，后来在进入共工集之前，施妙法师也曾提过这个派系，但轩辕却没想到这么快就遇上了，而且自己还夸下海口，要在十招之内击败青云剑宗的高手，这岂不是搬石头砸自己的脚吗？但此刻他却必须硬着头皮实现十招之诺。

叶皇的脸色也微微一变，有邑族的勇士大多都听说过青云剑宗的名号，因为有邑族距共工集不过两百余里，他自然知道青云剑宗中高手众多，拥有几乎可与共工氏对抗的势力。只不过，共工氏更擅长水性，无论水陆两道共工氏都极为厉害，这才能够压下青云剑宗的风头，叶皇也没有想到如此快就遇上了青云剑宗的剑手。

“师父，请让弟子代劳，这个不知天高地厚的狂妄之辈也能劳动师父出手，岂不是抬高他了？”青原说话间来到青裳的身边。

青裳望了青原一眼，又望了望轩辕，似乎也发现如果自己出手的话，的确抬高了轩辕的身价，不由向轩辕狠狠地道：“你小心了，只要你能在五十招内胜我徒儿，这个赌约依然有效！”

青原脸色微微一变，有些不以为然，但心中却忖道：“师父也许是为了这个赌约才给对方施加压力，难道说我连这小子五十招也接不下？何况自己七岁学剑，至今也有二十多个年头了，怎会比不过一个毛头小子？”

轩辕心中暗松了一口气，望着青裳退了回去，顿时豪气万丈，目中奇光四射，紧盯青原，淡淡地道：“何须五十招？我已说过十招，但对付你，我只需九招就足够了。”

轩辕的话让猎豹和凡三及叶皇也为之惊愕，在不知道对方是青云剑宗之人时，轩辕的话还可说得过去，但对方都是青云剑宗的高手，猎豹三人的心便紧张起来。因为他们实在不敢肯定轩辕是否能独胜青裳，更别说十招了。当青原出场时，他们也跟轩辕一样松了口气，但此刻轩辕将十招降到九招，他们又不得不提起心来。

“阿轩，他们身负的青云剑法十分诡异！”凡三在轩辕身后小声地提醒道。

轩辕扭头悠然一笑，淡淡地道：“没关系，你们只管在旁看戏好了！”心中却暗自思忖着该如何在九招之内将对手击败，他对这一仗也没有太大的把握，但他既然说出对付青裳时只需十招，那面对其弟子时自然也要打肿脸充胖子了。不过，轩辕也绝对不是没有分寸之人！

青原的心头极怒，愤怒轩辕竟如此小看他，以前从来都没有人敢说在九招之内击败他，包括其师青裳。可此刻说出这等狂妄之语的竟然是一个比他小了很多岁的年轻人，这让他如何不万分震怒？

当青原踏出三步时，轩辕也踏出了三步，两人相距一丈而立。

一切都是那般轻松、自在，没有极为压迫的气机。

轩辕依然是面挂笑容，双眼微眯，两道目光自眼缝之间挤出，如锋刃利刀割破虚空，与青原的目光相撞。

青原震了一下，面上神色微变，他从来都未见过一个剑手的目光如此空灵而犀利。

这本是一种矛盾，空灵与犀利并存本就是一种矛盾，但青原却无法理解轩辕目光中的这种矛盾。轩辕的目光中所包涵的境界也许只有他自己才明白。

的确，青原似乎自轩辕的目光之中看到了天空，看到了深邃难测的天幕，看到了无边无际的虚空，轩辕的眸子里竟显得十分空洞，可就是在轩辕这空洞的眸子之中，竟透出了两道无比锋锐的利芒，犹如自厚厚的暗云空隙间透出的两缕阳光，是那般让人震撼和心动，所以青原忍不住身形震了一下。

青原的剑道已得青裳真传，而青裳更是青云剑宗的八大长老之一，虽排在长老之末，可其剑法绝对称得上一流好手。身为长老传人，青原自然自视甚高。

杀气，透过三寸剑身，剑长三尺八寸，但出鞘仅三寸。这是青原的剑，青原的杀气，他无法承受这没有半丝波动的平静，是以，他必须制造紧张，制造压力，借以压倒对方的无形气势，所以青原拔剑了。

拔剑三寸，青锋暗淡，冷气倒流，那是杀气，也算是一种挑衅，向轩辕挑衅。

轩辕并没有动，似乎在倾听远处湖水拍岸的声音，又像是倾听远处黄河浪涛奔涌的咆啸。也许，他没有听见什么，但他看见了一切。

轩辕的目光依然是那般空灵而犀利，没有丝毫的动作，或许他真的忘了眼前这一场生与死的交战，忘了他的对手已拔剑三分。不过，没有人会怀疑他没有觉察到这股如冷风流过的杀气。

浓浓的杀意，漫过一丈虚空，空气似乎变得更为沉重，青原继续拔剑……

剑出一尺，剑柄对准轩辕，正一寸寸地向轩辕移近，杀意也一层层加重，青原的目光之中闪烁着一阵狂热而野性的光芒。那一群青云剑宗的高手似乎一个个都变得紧张，变得兴奋，所有的目光皆落在那移动的剑柄与轩辕之间的距离上。

轩辕依然没有动，连一根手指都没有动，似乎没有任何力量可以让他有任何动作。

正因为轩辕没有动，所以气氛才会显得有些异样，才会越来越紧张。

气氛的紧张和气势的强弱并不需要刻意以动作去制造，死寂和沉默本就是气势的终结，所以轩辕不动反而更让人心惊，至少青裳心惊了。

青裳暗自心惊轩辕的定力，他更不敢小觑这个狂妄的对手，一个年轻却绝对老辣的对手。但是，他绝不相信轩辕能在九招之内击败青原，因为他自忖也无法做到这一点。

青原也暗自心惊，虽然他的气势一点一点地向对手直逼过去，但他无法捉摸到轩辕的动态和意图，也根本无法猜测轩辕的后招。因为轩辕本身就和他眼中的日光一样，矛盾而不可揣测。

当青原的剑拔出两尺之时，轩辕开始动了，动了动他腰间的剑鞘，但也只不过是伸手搭在剑柄之上，并没有继续动作。

于是，有人猜测，轩辕可能以雷霆万钧之势出剑，也可能会在下一刻先于青原出剑。

当然，这只是猜测，事实仍需要证实、等待。

等待并不是一件舒服的事情，绝对不是！等待只是一种折磨。有人的手心渗出了冷汗，只因为在这种等待的过程中，气氛紧张得无以复加。

当轩辕的手搭在腰间的剑柄之上时，青原拔剑的手竟不再移动，剑出鞘两尺，青锋暗淡，但青原却不再外拔。

青裳的目光之中闪过一丝讶异，脸上的表情复杂异常，那十二名青云剑宗的弟子也感觉到了场中气氛不对。

叶皇的眸中闪过一丝狂热之色，更有几许赞赏之意，猎豹和凡三对剑道并不十分清楚，但他们却可以捕捉到这之间那已经有所变化的气氛。

轩辕的脚尖微微内扣，依然是悠然自得的神情，但青原的额头上却出现了细微的汗渍，这种结果也许是青原做梦也没有想到的。

青原握剑的手变得苍白，也许这本就是一只没有血色的手。

轩辕笑了，青原却有一种想号叫的冲动，轩辕只是这么一个小小的动作，竟一下子封死了他所有欲进攻的路线，使得他拔出两尺的长剑无法依照自己的轨迹尽数拔出，这不能说不是一种悲哀，但又有谁知道呢？又有谁理解呢？谁又能够有他那般深切地体会到轩辕的可怕呢？

轩辕轻轻地跨出一小步，只一小步，气势却如蓄满了飓风的大帆般急涌而来。

那不是杀气，而是斗志，强盛无比的斗志和自信。而这些，本就是最为强大的气势。

青原的杀气骤敛，只是因为轩辕的气势太盛，有着绝对压倒性的强霸，更有着君临天下的气概……

青原出剑，他不得不出剑，就因为轩辕骤然间疯涨的气势。

的确，他是因为承受不住轩辕的压力，这才出剑了。但，他的剑式绝对不俗。

青裳对青原的剑式并没感到失望，但轩辕的表现却出乎他的意料之外。

这，就形成了一种差距，一种足以构成威胁的差距。

其实，能感受到轩辕压力的，并不止青原一人，还有那呈扇弧散开的青云剑宗弟子，就连叶皇也觉得有些讶异，猎豹和凡三何尝没有这些感受呢？对于轩辕，在叶皇和猎豹诸人眼中也同样透着一股神秘，也许就是因为轩辕那不为外人所知的过去，这才在别人的心中植上了一种无法解释的迷雾。包括轩辕的表现，也无不透着一股神秘的气息。

他就像是一个无法揣测的深潭，别人永远都不知道其最后的潜力有多大，且每每有惊人之举。但他的头脑之精明也不容别人怀疑，至少叶皇不会怀疑，猎豹和凡三也未曾怀疑。不过，在他们的心底都存在着同样一个疑问：“这个轩辕过去究竟是什么人？”

青虹乍闪，划过一道美丽的弧迹。没有风啸，没有剑吟，也没有人号，只有青原的脚步发出一串凌乱而错杂的轻响，配合着他的剑，配合着他的眼神，竟充盈着一股无法宣泄的生机。

轩辕未动，但眼神更亮，更锋锐，似乎这就是致命的剑！这让猎豹有些急，凡三也有些急，而凡三更扣紧了袖中的飞刀，只要发现危机出现，这柄飞刀会在第一时间夺取对方的生命！他不想轩辕落败，虽然他不相信轩辕会败，但在这种形势之下，他不得不为轩辕捏上一把冷汗。

轩辕依然没有动一根手指头，连眼睛都未曾眨一下，但是青原的剑已经进入了他的两尺范围之中……

青原的心一下子揪得极紧，就在他以为自己的剑定会准确无比地割开轩辕的胸腹之时，利剑居然击空了。

致命的一剑落空，这让青原有些无法相信，也不敢相信，但这却是一个不容争论的事实。

轩辕的身子只是稍稍一动，微微错步，他将青原的剑迹掌握得极为清楚，于是，他在对方极妙的剑式中找到了空隙，而这个空隙正是轩辕落步的方位。

剑，自轩辕的腋下穿过，轩辕曲步前移，以快得不可思议的速度将自己的剑锷搭在了青原的剑锋上。

青原的利剑击空，便感到一股沉重的力道自剑身上传来，他欲挥击出的后招根本就无法使出，甚至被轩辕的剑锷带得向外移开。

锵……轩辕的剑一声龙吟，在青原的剑用力强挑之下自剑鞘之中跳出一尺。

霞光一闪，却是夕阳的光辉映落于这一尺剑锋之上，再折射而出，准确地射在青原双目之上，青原但觉眼前一亮，顿时什么也看不清了。

砰……青原一声闷哼，猛地倒退五步，只痛得差点变成一只大虾。

原来，轩辕趁对方的眼睛正好被那一道亮丽的霞光照得什么也看不见时，身形迅速抢前一步，一手肘击在青原的胸腹之间，于是空中就传来了闷哼声。

一切的一切，都是那般简单而利落，迅捷而实在。

当青原的目光再次发现轩辕时，轩辕的剑鞘只距他三尺不到，那股锐利的剑锋已经刮面生痛。

青裳脸上的骇异之色是无法形容的，双方才交手第一个回合，青原就已失利挨了一击，可以想象接下来会发生什么事情。这个轩辕的反应速度和眼力之锐简直不可想象，至少，以他这般年龄而身负惊世之学，的确让人难以相信，也难怪轩辕敢吹牛在九招之内击败青原了。最让青裳心惊的却是轩辕的胆量和机智，一开始就兵行险招，以出人意料之外的打法占尽先机和便宜，而他对这之中的细节把握之巧妙实已达到了让人惊叹的程度，青裳自问也做不到这一点。

青原的身子再退，他有一种力不从心的感觉自心底升起，他之所以萌发出力不从心之感，那是因为轩辕散发出来的无与伦比的气势在剑鞘之上狂泄而出，犹如长江大河一般紧束青原所有可能进攻的方位，甚至连他的退路也想全部截断。

叶皇是第一次看见轩辕使剑，猎豹和凡三也是如此，但此刻他们不能不承认轩辕的剑道的确很到位，也很玄，绝不比有邑族中任何一名剑手逊色，包括叶放。

轩辕会使剑，这只是有邑族诸勇士们心中的一个猜测，因为在他们发现轩辕之时，其身旁本就有一柄锋利绝伦的神剑。若说这柄剑与轩辕无关，绝对不会有多少人相信，是以，轩辕是否是一个使剑的高手呢？众人都只是猜测，而在族中野火会上，轩辕所表现出来的只是拳脚与力道，包括在对付刑月之时，都不曾使用过兵刃，却没想到轩辕对剑也施展得这么好。

青原退，轩辕进，退与进之间的速度不成比例，是以青原只退了三步便停下了身形，他出手回击，也必须出手回击，除非他想死。

“呀……”他似乎想借一声低喝来壮大自己的胆量，因为他实在无法抵抗轩辕那夹杂于剑鞘攻势之中的气势和杀意，其实，他已经胆寒了。

青原的剑，只能以单调的弧迹旋切而出，直截了当之中透着一丝无奈。他实在不想形成这样一种局面，但事实却将他推向了无奈的边缘，只因他一开始便已失策。

当……一声脆响，青原的剑准确无误地截住了轩辕的剑鞘头部，但青原却没有半点欢快之意，甚至有些愕然，因为轩辕本有一百种手段绕开他这横击而至的拦截之剑，但是轩辕却没有那样做。

轩辕没有避让，而是直迎向青原的剑锋，这种做法就是叶皇和青裳也感到讶异，因为这个结果的确很意外。

叶皇和青裳都是剑道高手，是以，他们对轩辕在与对方交手时的变化看得十分清楚，但轩辕却偏偏不求变化。

青裳心里涌出一个古怪的念头，瞬间他的脑海中闪过数十个想法，可没有一个理由可以支持轩辕的这种做法——不求抢得先机与青原的利剑相交。

这之中的情景也许只有青原和轩辕才会明白。

青原却意外地发现轩辕注于剑鞘之上的力道突然消失，自己再无半点着力之处，而在这时，异变突生。

一道惊鸿似的亮彩闪过，却是出自轩辕的剑鞘之中。

青原只觉满目迷茫，天地之间一片混沌，失去了轩辕和所有人的影子，甚至看不到任何景物。

“小心！”青裳的声音中满含惊怒和骇异。

叶皇的眸了深处亮起一丝异彩，同时手指已搭在剑柄上，只要站立着的敌人稍动一根手指，他都会毫不留情地出击。

青原只感脖颈间一阵冰寒，冷杀的剑气似乎已冻僵了他所有的经脉。

青裳的脸色铁青，但却无语，所有人都无话可说，也不知该说什么，能说什么，唯有冷冷的秋风一阵一阵地拂过，有枯黄的败叶若断翅的蝴蝶般飘坠而下，倒似很合湖水拍岸的节拍。

其他的一切，则陷入了一片死寂之中。

青原没有死，只是神色比死还难看，颓丧至极，因为他败了！

三招未到，这只能算是两招半，也许更少，但无论如何，青原败了，败在轩辕的剑下！

轩辕剑出，青原即败，轩辕的剑似乎是多余的，因为他的剑出鞘时并未使出任何剑招，便击败了对手。

这个结果再一次出乎叶皇和青裳的意料之外，他们这时才发现，有时候击败对手不一定要步步紧迫，退一步的效果反而会更让人感到精彩一些。只不过，这种精彩有些无奈。

轩辕的表情极为平静，看不出悲喜，看不出任何异样，只是目光之中多了一丝淡淡的落寞。也许是因为他找了一个不应该找的对手而心淡。

“你败了！”轩辕缓缓收回架在青原脖子上的剑，随之将青锋插入左手的剑鞘之中。

青原面若死灰，他的确败得很惨，但却不得不承认轩辕那绝对的优势，准确精到的算计，以及诡异莫测的剑术，这些都是他所遇到的对手中最为可怕的。

“为什么不杀了我？”青原语气有些发颤。

轩辕悠然一笑，却并未作答，他似乎没有回答的必要，抑或他的笑就是一种回答。

青裳并未作声，但他却在思索轩辕刚才的那一剑之威。

原来，轩辕实是有意将自己的剑鞘直触青原的利剑之上，而在青原的利剑截住他的剑鞘之时，轩辕的右手大拇指却在剑鞘之上弹了一下，也就是这一弹之力，使得剑鞘带着一股强劲的冲力，直迎对方的剑，而轩辕的剑却在瞬间出鞘直取青原。

青原的剑被轩辕的剑鞘一阻，根本就无力回救，也来不及，皆因轩辕变招太快！是以，他才会败得如此快，如此惨。

其实，轩辕并没有必要行此怪招，只需强攻即可，那时再出两招，也可击败青原，但轩辕并不想用太多的时间来对付这样一个对手。

“我们今日的事情可以一笔勾销吗？”轩辕转身向青裳淡然问道。

青裳的脸色数变，目光在轩辕和叶皇诸人脸上扫视一遍，半晌才愤然道：“老夫说话岂有不算之理？今日之事，就一笔勾销！”

猎豹和凡三诸人都绽出了一个胜利者的笑容。

轩辕并不想再作隐瞒，在回到营地之后，便召集了大家讲出了自己的往事和身份，但他却在其中编了一个小故事——那便是刑月的那一拳一下子让他过去的记忆恢复过来。

众人听了轩辕这些话，不免全都怔了良久，但又不得不啧啧称奇。当然众人没有怪轩辕，因为他们都相信轩辕说的是真话，在轩辕接下刑月的独龙拳之时，其表情极为异样。本来众人都对轩辕的表现大为不解，但此时轩辕如此一解释，反而使众人疑虑尽消。

最高兴的人仍是褒弱，她知道轩辕是因为与她那番谈话之后，才愿暴露身份。不过，她当然不怪轩辕。

圣女和施妙法师对轩辕承认自己曾是有侨族人并不感到意外，在他们的印象中，因褒弱先入为主的说法，是以一直当阿轩便是有侨族中的那个轩辕。

其实，“阿轩”与“轩辕”之间的那种巧合也太离奇了，只要有人往深处一想，便会察觉这之中也太凑巧了。

猎豹和叶皇诸人反倒替轩辕高兴，因为轩辕终于恢复了记忆，此刻他们并没有族别之分，早将轩辕当兄弟一样。而且据施妙法师和圣女所说，有侨和有邑两族同属一个祖族，皆为有熊族的支系。因此，这群年轻人的心团结得更紧。

此刻让人伤脑筋的却是得罪了青云剑宗，似乎还出现了敌踪，又去哪里弄几张大木筏来呢？

施妙法师微微皱起了眉头，半晌未语。

“如果我们直接去共工氏部向他们借筏子呢？”叶七突然出言问道。

“是呀，共工氏部族想来也不会不给面子，何况我们有邑族和高阳族一向交好，怎么说他们也会弄几张筏子给我们。”

“话虽如此，但这样一来就更易将我们的行踪和动向暴露给敌人，对我们今后的行程极为不利呀！”施妙法师轻轻叹了口气道。

轩辕却在此刻嘘了口气，哑然失笑道：“我道是什么原因让我们不便直接去共工部，原来法师是担心这个，我还以为是咱们与共工氏半点交情也没有，既然共工氏会给面子送几张筏子，那事情就好办多了。”

“可是……”施妙法师仍有些不放心，欲说什么，却被轩辕开口打断了：“法师的担心固然有些道理，但这些并不是问题，刑月不是知道我们已到了共工集吗？他们怎会猜不到我们走水路东行呢？何况我们的行踪本就不是一个秘密，至少到目前为止仍不能肯定摆脱了敌人的追踪。现在的形势就是赶时间而非捉迷藏。依我看来，无论是鬼方十族还是东夷蚩尤，他们都未曾准备好足够的力量对付我们，否则他们根本不用龟缩，只需倾力来攻就行了。所以，我们只要能在最短的时间内凑齐筏子东行就可以减少许多麻烦，而这一路东行之时，我们更有足够的时间去安排行程或临时改变计划，不知大家意下如何?”

施妙法师眉头微舒，猎豹却已附和着点了点头，叶七和化金也点头赞许。

“那好吧，我立刻去征求圣女的意见，趁早动身。”施妙法师果断地道。

共工部族距共工集约十余里，是一片河谷，水草丰茂，多为木筑棚屋，几个路口都设有栅栏竹篱。

河道之上亦设有河障，河谷为狭长之地，延绵十余里，而共工部则占据了整条河道。

轩辕诸人是经由陆路行至共工部的，但在栅栏百步之外便被人所阻。

那是一群手持强弓的大汉，赤裸着上身，以皮裙遮着下体，结实的胸膛之上全都刺着蛇鱼之类的图纹，披散着头发，更增添了他们几分悍野之气。

“我们是来自高阳族和有邑族的朋友，去通知你们的共工，就说我们想见他!”施妙法师当先而行，扬声向栅栏中的共工族人呼喊道。

施妙法师的呼喊果然引起了共工族人的一些骚动，皆因高阳氏和有邑氏对于共工部落来说并不是很陌生，皆因三者相距不远。高阳氏和有邑氏以车闻名，而共工氏则以舟筏闻名。是以，这些部落之间还有些交往。

“你们先等一等，我立刻去禀告共工。”一名年龄稍长的汉子遥呼道，但却并没有让轩辕诸人接近栅栏的意思。

轩辕无可奈何地望了望渐黑的夜色，心中却暗自忖道：“待会儿该如何尽快借到筏子呢？如果回去太晚，琼儿定会急得睡不着觉。”

“我们晚上还能够赶回去吗?”凡三似乎看出了轩辕的心事，不由得故意问道。

轩辕没好气地道："我怎么知道？这还要看人家的心情好不好喽，说不定还要挨一顿打呢。"

凡三见轩辕这个样子，不由好笑地扮了个鬼脸，道："看你这副表情，是怕琼嫂子担心吧？"

"你少说几句行不行？"花猛微责道，唯有猎豹不声不响。

凡三倒是有些怕花猛，见花猛如此说，只好闭口不言。

"我们的确要尽快赶回去，迟则易生变。"施妙法师淡淡地道。

"有叶皇、叶七他们相护，应该不会有什么大的问题，他们的能力足够应付一些小的变故！"轩辕对叶皇诸人的能力还是极为信任的，是以在他与施妙法师、猎豹、花猛、凡三五人前来共工部落所在地之前，就将防守的任务交给了他们，同时稍作布置，这才放心地出发。

共工的身形十分健硕，比轩辕都高出半个头，动如巨象悠然漫步，静如铁塔高耸。

凡三还是第一次见到如此魁梧壮硕的人物，那种不怒而威的气势确实有一股压迫感。

共工看似三十左右，对待轩辕诸人并不是很热情，但对施妙法师却是另眼相看，皆因施妙法师与他们上代共工之间曾有过交往，是以共工对施妙法师便显得客气多了。

猎豹将那张完整的熊皮献给共工之时，共工这才仔细地打量了一下猎豹和轩辕。因为他很清楚这张熊皮刚剥下不久，也便是说，这张熊皮应该是来人在前来共工部落的路上所猎，而如此完整的一张熊皮绝对不是几个人所猎。如果狩猎之人多的话，黑熊身上的伤口一定会不止一处，这就会使熊皮有失完整。如果说这头黑熊是一个人所猎，那这人的力量连共工也不敢小看。

当然，也可以设置陷阱猎熊，但对于长途跋涉的人来说，应该没有足够的时间布置。因此，最有可能出现的一种情况就是人熊奋战，最终以黑熊毙亡而告终。

"这只熊是你所猎？"共工微微有些讶异地问道。

“不，是我族中的一位兄弟所猎。”猎豹觉得没有必要说谎。

“哦……”共工并没有再多问什么，只是请施妙法师和他们几人进入族人聚居的中心地带。

“法师，有位自称是有邑族的勇士化金要求相见！”步入帐中之人乃是共工的内侄尚禾。

轩辕和施妙法师相视望了一眼，都掩饰不住各自心头的讶异和不解。

此刻轩辕诸人正准备就寝，因为夜色的确很晚了。几人在共工的款待之下，整整谈论了两个时辰，直到三更才结束宴会，而共工答应送给他们五张上等的大木筏，只是必须连夜赶工修整，是以准备明天一早送过去。因此，轩辕诸人也准备明日回营。

共工的确很豪爽，施妙法师说明来意后，他立刻便答应了，但听说大木筏是用来在黄河之中航行，便需要将现有的木筏再进行一番修整，以适应在黄河之中长途漂流。

黄河的浪头可非那些小湖小河所能比的，它不仅疾，而且险，暗礁也极多，普通的木筏根本经不起冲击和碰撞，对于这些，共工有着无比丰富的经验。

而化金深夜赶来又是所为何事呢？轩辕和施妙法师的心中都蒙上了一层阴影。

“我们出去看看吧。”猎豹提议道。

轩辕当然不会反对猎豹的提议，他们才离开共工集几个时辰，化金便到了共工部落，若说没事，他绝对不信。

“该不会是圣女等人发生了什么意外吧？”凡三也觉得事情有些不对劲。

“先看看再说，请尚兄带路！”轩辕向尚禾客气地道。

“好，你们跟我来！”尚禾说了声便先行带路。

共工部落防守十分严密，似有一种山雨欲来的感觉，即使轩辕诸人虽算是共工部族的客人，却也被限制了行动，不可能在部落中随便乱走，除非有族人带路。

共工并没有告诉轩辕这是为什么，但轩辕却隐隐猜出共工部落近日可能会有强敌来攻，这只是他的一种感觉，部族中剑拔弩张的气氛也很明显地表露出来。不过，轩辕并不想过问，不该他问的事情他绝对不会开口。

化金立在栅栏的百步之外，共工部族的弟兄们并不允许他靠近，至少在未核实其身份前是这样。

轩辕最先看见他，夜色并不能阻碍他的视线，是以他最先变了脸色。

只见化金身上沾满了血迹，衣衫破乱，胸前更以布带紧缠，显然是在前来这里之前经历了一番极为惨烈的厮杀。

轩辕加快了脚步，心神大乱，惊问道："究竟发生了什么事？"

"青云剑宗的人出手杀了我们的兄弟，并抢走了圣女等人，我……我……"

轩辕脑中嗡的一声响，花猛和凡三已暴怒地吼道："他妈的狗娘养的，出尔反尔，我去拧下他们的狗头……"

"你慢慢说，究竟是怎么回事？"施妙法师的脸色也变得极为难看，但事到临头，他竟表现得十分平静。

轩辕也很快平静下来，这些年来他已经习惯了平静地去对待问题，只是这一刻他的确显得极为愤怒。

"琼儿是不是也被他们抓去了？"轩辕吸了口气问道。

"叶皇可能带着她冲了出去，我也不知道他们去了哪里。"化金神色间有些倦意，更多的却是愤怒和杀意。

啪啪……猎豹身上的骨骼竟自然地发出一连串爆响，犹如破竹之声。

轩辕的目光扫过猎豹的身子，他清晰地感觉到猎豹愤怒的火焰已催发了他潜于内心的杀机，猎豹怒了！轩辕也在这个时候感觉到体内有股火热的气息在流窜、涌动，虽然燕琼可能没事，但他仍想杀人。

"尚大哥，你去告诉共工，就说我们有很重要的事必须赶回共工集，不能亲自去告辞了，请共工原谅，那几张筏子还望共工能为我们留着。"轩辕向一旁的尚禾客气地道。

尚禾从几人的愤怒和对话中也感觉到了有重要的事情发生，但他对化金所言并不是很懂。当然，青云剑宗这几个字他还是听明白了，对于青云剑宗，共工曾下令不要招惹他们，是以尚禾并不想问得太明白，只是淡淡地道："几位如果需要什么帮助的话，不妨向共工说一声，相信共工会帮助你们的。”

轩辕想了想，道：“不用了，只要尚大哥告诉我青云剑宗在什么地方就行了。”

尚禾对轩辕的话倒是听清了，脸色变了变，但却没有拒绝。

枫林谷，青云堡所在地，也正是青云剑宗的发源地。

夜色之中，枫林谷寂静若死，偶有鸟啼兽走之声，落叶满地，虽是夜色之中，却掩不住秋日的荒凉。

青云堡以木石结合而筑成坚堡，比起共工部落的栅栏为墙却要气派多了。不过，这里的一木一石全是由青云剑宗的弟子一手所搬，就是其宗主青天也为建造青云堡而流过不少汗。是以，青云堡是青云剑宗引以为傲的建筑。

当然，青云堡的人数绝对无法跟共工部落相提并论。所以，青云堡并不像共工部落一般沿着河谷兴建十数里，它只是静静地缩在枫林谷的一角，如一只蛰伏的大兽，威严而又气派，更透着无限的神秘。

青云剑宗的崛起，只是近几十年的事，但它的发展的确很快，它可算是一个没有族籍的浪人群体，也可算是一个新近崛起的群体。不过，共工氏部落不敢轻视它，这是事实。

当轩辕出现在青云堡的大门口时，那两名青云剑宗的守门弟子正在打盹，也许他们的确太困了，毕竟此时已过了四更之末。鸡已啼，天未明，这个时候是最容易睡觉的时候，但轩辕却没有一点睡意，绝对没有！

轩辕有的，只是一腔愤怒和无法宣泄的杀机，这一切只是因为叶七诸人的失踪与花冲及圣女凤妮的两名护卫之死。

也许是因为杀意太重，犹如烈酒的杀意根本就不受黑暗的制约，弥漫在每一寸虚空之中，使得空气也显得无比沉闷，所以那两名青云剑宗的弟子醒了。

他们醒来的时候，轩辕已经到了青云堡那扇巨大的木门之下，而这两个醒来的青云堡弟子并未能见到轩辕，因为他们身处于堡头的石墙之上，无法看到紧贴着大门的轩辕。

轩辕并不孤单，陪伴他的还有猎豹。化金伤得不轻，极需要休息，更何况施妙法师还需要保护。在轩辕的印象中，施妙法师并不会武功，而施妙法师也不像个会武功的人，所以化金并没有前来冒险，而是在枫林谷外与施妙法师负责接应。花猛和凡三依仗身子的轻灵，由轩辕安排深入青云堡，在各方面相互配合之下，以顺利完成营救圣女的重任，当然，这个任务是相当艰巨的，更是对生命的一种考验。

轰轰……

木门碎裂开一个巨大的破洞，轩辕和猎豹同时出拳，没有半点花巧地击在木门的门面上，落拳之处，正是大木门上两个刀刻的骷髅头处。

“什么人?”那两名守在石墙之顶的青云剑宗弟子大惊失色地吼问道，在浓烈的杀气之中，他们已经觉察到事情不妙，当他们自墙头跃下时，在火把的光亮中，他们看到了满地的碎木，还发现了如两尊死神般的轩辕和猎豹。

轩辕和猎豹的步伐有种说不出的诡异，但绝对一致。当他们一起从破门洞中走入青云堡时，那两名青云堡的弟子同时骇然惊退两步。

他们无法抗拒自轩辕和猎豹身上散发出来的强大且充满压抑性的气势，那是一股无法形容的杀机。

“来人哪!”那两名青云堡弟子没来由地心底发虚，还没动手就已经呼救了，因为他们清楚地感应到来者绝对不是他们所能抗拒的!

其实，巨大木门被击碎的那声巨响，已经惊动了堡中许多人，只是他们从来就不会想到有人竟敢来青云剑宗挑衅，而且是如此直接。

“去叫青裳来见我!”轩辕冷肃地沉声道，语调之中透着一股无穷的霸意。

“你们是……是什么人?竟敢来青云堡捣乱?”那两名青云堡弟子语调有些打战地问道。

“你们还不配问!”猎豹杀意难平地道。

那两人一惊，又向后退了两步，他们清晰地感应到如刺骨寒风般的杀意夹杂在晨雾寒露之中，使得这个黎明前夕拂动的凉风更冷、更烈!

石墙上燃烧的篝火发出毕剥的声音，似乎在杀气的催逼之下，燃烧得更旺、更猛。

第十八章　勇者无惧

轩辕和猎豹并没有止步，而是径直向堡中深处逼进，这时人声四起，迅速有十数人举着火把奔了过来。

那两名青云剑宗的弟子见有人赶到，胆子似乎立刻壮了起来，见轩辕和猎豹如此傲慢无礼，更明显带着挑衅之意，是以他们迅速出剑，口中大喝道："好大胆的狂徒，看剑！"

青云剑宗的所有弟子都会使剑，当然，是不是剑道好手又是另外一回事了。

对于这两人的剑，轩辕只是投以冷冷的一声轻哼，他根本就不必看剑。

利剑逼入一尺之内，猎豹首先出手，然后轩辕再出手，两人同时以左手钳住了那攻来的利剑，所钳的方位竟巧合得像是预先演练过一般。

砰砰……在钳落两柄利剑的同时，轩辕和猎豹的右拳几乎同时击在各自对手的面门上。

"呀……"在凄长的惨叫声中，那两名青云堡弟子喷血跌出，他们做梦也没有想到自己竟是如此无能，一个照面之下就被对手击飞。

轩辕和猎豹相视望了一眼，脸上竟绽出一丝难以察觉的笑意，彼此都露出一丝赞赏的神色。

的确，他们的心意相通，所有的动作竟是不约而同，这是一种不是默契的默契。

"你们怎么样了？"那些举着火把赶来的十多人忙扶住喷血倒地的两名同伴，关心地问道。

"好大胆，竟敢来我们青云堡闹事，还敢打伤我们的兄弟！兄弟们，给我宰了这两个狂徒!”那个扶住那两名喷血倒地的同伴的年轻人怒不可遏地吼道。

那两人并没有死，只是鼻梁骨被打折，这还是轩辕和猎豹手下留情所致。

“杀!”十余人火把齐挥，以剑招施展出来，从不同的几个方位攻向轩辕和猎豹。事情发展到这个地步，他们的确没有什么好说的，对于两个陌生的挑衅者，他们绝对不会手软！而他们自然清楚这两个人的厉害之处，刚才那一幕，他们也都看到了，是以才会毫不犹豫地联手出击。

这其实犹如猎熊，在无法独立完成这般艰难的任务之时，就要结合集体的力量。对敌，本就是狩猎。

轩辕和猎豹的眼中闪过一丝讶异之色，斗志却更盛。这十几人出手的方位配合得极为默契，几乎封死了两人所有进退的角度，而更可虑的却是那十多支火把，几乎结成了一片火云，挡住了轩辕和猎豹的所有视线，甚至分辨不出每一根火把具体从哪里攻来。

防不胜防之下，轩辕出剑了，剑如流云，火光之中，呈现出另一幕灿烂的霞彩，给人一种惊艳的震撼之感，与火光相辉相映，竟成一片亮丽的火烧云。而在这一刻，轩辕消失在云彩中，淡化成瑟瑟夜风。

云在流动，在飞散，在翻腾，似有一股毫无规则的风在旋转，在涌动。

火烧云露出了一丝空隙，像是被风吹开的一道伤口。而这时，猎豹的拳和脚准确无比地填补了这道缺口——他终于出手了。

在猎豹出手的那一瞬间，轩辕已自云彩之中逸了出来，似乎是破网的鱼，又如从指缝间流过的风和云。

不错，轩辕是云，剑如流云，身如流云。

火花依旧，但火把已不再是火把，而是没有了光彩的木棒。轩辕的剑，以无法捕捉的弧迹斩断了所有的火把头。

那十多人来不及惊愕，来不及骇异，来不及作出任何判断，唯一可以做的，就是变招。

变招，只是因为猎豹的拳脚。

猎豹的拳脚不像风，不像云，却像怒潮，像开闸狂泄的洪水，绵密、紧凑得不留一点空隙。

夜风开始呼啸，很狂很野，这像是为怒潮伴音，不可否认，夜风是因为猎豹的拳脚才会疯狂的。

砰砰……木棒毫无阻隔地击在猎豹的拳和臂上，但那些人根本就没有来得及欢喜。

咔嚓……咔嚓……一连串断裂的声音并不是来自猎豹的臂骨，而是那十多根木棒。

噗噗……猎豹壮硕的躯体犹如一颗陨石般撞入了以木棒结成的网中，再丝毫没有阻碍地撞入了人群之中。

惨叫之声、哀号之声、身体跌出坠地之声四起，一切都是那般清晰而又富有乐感。

猎豹的躯体硬如坚石，那自体内迸发的巨力找到了四个可怜的人。

两人腿骨折断，两人肋骨断了三根，这十多人结成的阵势已经溃不成军。

这个结果实在出乎那群人的意料之外，而猎豹这种以身投敌的打法更是让他们无法想象。

锵锵……剑出九柄，火光之中，闪着青幽而冷暗的锋芒。

对方拔剑的速度极快，毕竟这是一群训练有素的剑手。不过，此刻他们有些后悔刚才为什么不先出剑，而要先动用火把？如果首先出剑的话，他们绝对不会失去这个本不该失去的先机。

的确，他们已经不再拥有先机，在猎豹收拳的时候，轩辕再次出剑。剑是刚夺来的剑，但同样的剑在不同的人手中，便有着绝对不同的威力。

轩辕的剑快、猛、准，那炫目的弧迹犹如惊鸿斜掠，优雅中透着无尽的杀意。

当当……轩辕的剑准确无比地挑开夹击而至的剑，身子迅速地自两人之间穿插而过，滑若游鱼。

那两名剑手只觉得自己的肩头被撞了一下，然后便无法控制地向两旁跌去，更撞上了两旁合围而至的剑手们。

九人的阵形再乱，轩辕的身影再次出现在他们的视线之中，他们看见了一道青虹，然后便感觉到手腕处一阵冰凉，指端一松，当猎豹的拳头再出之时，正是九柄剑坠地之际。

轩辕的剑并未乘胜追击，倒是挥手向身后的虚空抓去。

那是一缕幽风所过的弧迹，而轩辕准确无比地捕捉到了这缕幽风。

手掌抓实，那是一柄冰凉的剑身，然后轩辕转身出剑，悠然如回眸一笑。

面对轩辕的是一张苍白的脸和惊骇无比的目光，轩辕还读懂这个眼神中蕴含的绝望色彩——正是刚才那个呼喊着要杀他和猎豹的年轻人，他终于无法忍受目睹自己的同伴在对方两人手下遭屠的一幕，是以他最终还是出手了。很可惜，他选择的对手是轩辕。

轩辕笑了笑，淡然自若地一笑，有种说不出来的潇洒和自得，他没有击杀对方，只是将那柄夺来之剑轻轻地搭在对方的脖子之上，而他的左手仍捏住对方挥来的剑尖。

惨叫之声和鼎沸的人声几乎是同时传入轩辕的耳中。

惨叫之声是猎豹的拳头和劲腿所制造，那九名可怜的剑手最终还是没有逃脱受伤的命运，轩辕使他们的手失去了握剑的力道，而猎豹则让他们失去了战斗的力道，这不能不算是一种残酷。

轩辕面对的那个年轻人的脸色更为苍白，目光之中多了几分恐惧，他无法想象这两个不速之客究竟是什么身份，竟拥有如此可怕的力量！

人声渐寂，原来青云堡众属已经包围了轩辕和猎豹，只是地上的呻吟之声依然经久不衰。

猎豹和轩辕背靠背而立，轩辕扫视了四周一眼，目光之中没有半点惊惧，反而笑得更为洒脱，当他的目光再次回到所面对的对手身上时，目光变得锋锐无比。

“你们跑……跑不了的！”那年轻人似乎缺少底气地威吓道。

轩辕不由得大感好笑，道：“最先死的人肯定是你！”说话间以冰冷的剑背拍了拍那年轻人的脸。

那年轻人吓得打了个寒战，惊惧地问道：“你想怎么样？”

“你叫什么名字？”轩辕依然不紧不慢地悠然问道。

“我……我叫青风！”那年轻人不敢有丝毫的抗拒，因为他绝对相信轩辕不会舍不得杀他，因为这两个人实在太可怕了。

“青风？倒是个好名字，只是你的剑术也太差劲了，力度更是相差太远，你是不是平时练剑的时候都在偷懒？”轩辕再次以剑背拍了拍青风的脸，笑问道。

“是你们？好哇！我们昨天才说以前所发生的事情一笔勾销，想不到才过这么几个时辰，你们又来惹事生非了，看来今日定饶不得你们！”青裳不知什么时候分开众人来到了场中，他见对手又是轩辕和猎豹，不由勃然大怒地吼道。

“你终于还是出来了！”轩辕冷哼一声，道，“我正想找你一问，你们为什么出尔反尔呢？”

青裳一怔，愤怒地反问道：“谁出尔反尔了？”

“那我问你，我的那些同伴现在哪里？”猎豹也忍不住心中的气愤，质问道。

青裳不屑地一笑，讥讽地道：“你的同伴在哪里我怎么知道？我又没答应帮你们看着他们，你这话不是问得很奇怪吗？”

青云剑宗众弟子乘机扶走那十余名伤者，一时间气氛变得更为紧张，这时东方的天空也渐渐泛出了鱼肚白。

猎豹却气得龇牙咧嘴，轩辕摘下青风手中的长剑，望了青裳一眼，冷冷地问道：“那么我那群留宿在共工集的兄弟是不是你们出的手？”

青裳望了望满地的伤者，脸色变得极为阴沉：“是又如何？不是又如何？”

轩辕脸色再变，冷杀地道：“如果是的话，我们就势不两立，不死不休！否则，我会还你们一个公道！”

“呸！你以为自己是什么人呀？道个歉就可以了吗？未免太小看我青云剑宗了！”青裳身边的一名汉子怒叱道。

轩辕目光冷冷地投在那人的脸上，锐利如刀的目光之中多了几分森冷的杀意，面对数十双凶狠如野兽的眸子，他没有半点恐慌，反而多了一分欢悦，因为这证明花猛和凡三等人暂时没有遇到危险。当然，这种效果正是轩辕所需要的，最好能将青云堡所有的人全都引到这里。

“如果你们青云剑宗所做之事能够让人不敢小看，还会怕说出事实吗?”猎豹反唇相讥道。

“真是两个不知天高地厚的小子！给你们三分颜色就想开染房，好吧，就让我来告诉你们什么是青云剑宗的剑术!”青裳一甩肩头所披的披风，排开众人，大步来到轩辕身前两丈而立，冷冷地道。

“哼，就让我来看看你青云剑宗是什么三脚猫的剑法吧！到时别说我欺你老就行了!”猎豹跨步来到轩辕的身前，傲然而立，自信地道。

青裳极怒，但却表现得很平静，碍于身份，自是不能够群起而攻之。不过，他对轩辕的确没有什么把握，轩辕的武功他是见识过的，三招不到就击败了他的弟子青原，单凭这一点，青裳自问也做不到。

此刻猎豹自告奋勇地向他挑战，似乎更合他的心意。

青云剑宗的弟子四散而开，围成一个极大的圈，将轩辕、猎豹和青裳围在中间，但却没有群攻之意，毕竟青裳身为青云剑宗八大长老之一，也不是易与之辈。

夜风极冷，东方的天空泛起了一层鱼肚白，启明星早已升起，空气显得极为潮湿，因为露水很重。

猎豹自怀中轻轻掏出一双泛着幽光似丝非丝的手套，火光之下，似可看见手套之上有着鳞片般的光润。

轩辕对这双手套也产生了一丝兴趣，却无法分辨出究竟是什么质地。以前，他并未见猎豹动用过这种东西。

青裳也感到有些讶异，不明白这双手套有什么效果，心中忖道：“难道对方想以这双手套来抗拒我的利剑?”

“你是第一个让我使用天龙蚕丝手套的人!”猎豹并没有轻视青裳，但此刻他的语气中似乎不带半丝感情。

“哦，那我是不是应该感到自豪呢?”青裳讥讽地道。

“的确，你应该感到自豪。当然，你也应该感到悲哀，因为你遇到了我!”猎豹自信地道。

青裳却差点气炸了肺，他还从来未被这些小辈如此轻视过，这两天来竟接连遭到这群莫名其妙的小辈讥讽，此刻他确实已经动了杀机。

“你生气了！”猎豹笑了笑，接着道，“身为一个剑手，如此容易动怒，相信你的剑道修为也不过如此而已！”

青裳心头一寒，猎豹的话犹如一记闷棍击在他的头上，他不得不承认猎豹的眼力很好。容易动怒，这正是他剑道修为无法更进一层的主要原因，此刻这话从一个比他小了数十岁的年轻人口中说出来，这就不得不令青裳心惊了。

“废话少说！”青裳的剑尖微挑，直指猎豹的眉心。浓烈的杀机犹如秋风一般自剑尖涌出。

猎豹极为轻松地套好手套，目光之中流露出一股强大的自信，他并没有受到青裳剑尖之上杀意的丝毫影响，反而斗志更为激昂。

轩辕的心头微松，只看这一开始，他就估到猎豹不会败。此刻的猎豹，浑身散发着一层强大的气势，那股威霸之气似乎自身上的每一个毛孔之中溢出，充斥着每一寸空间，并在不断地扩张。

青云剑宗众弟子也似乎敏感地觉察到猎豹的异样变化，就是青裳也面露一丝讶异，忖道：“眼前的这两个年轻人都不简单，若不小心应付，只怕真的会抱憾终生了！”

“你始终无法平息心中的愤怒！”猎豹似觉得有些遗憾地摇了摇头道。

青裳心头再次一震，然后他便看到了猎豹泛着幽光的拳头。

好快的一拳，风雷隐动，犹如疾风电掣，杀意奔涌，霸烈而强大的气势犹如狂潮奔涌，直扑青裳。

青裳暗自吃了一惊，他本来斜指猎豹眉心的一剑竟然无从下手，唯有疾斩猎豹的拳头。

当……剑拳相击，发出一声极为清脆的响声。

青裳身子一震，猎豹身具的天生神力竟让他有些无法承受，而他的剑更占不到丝毫的便宜，只让猎豹的身子顿了顿。

当当当当……青裳的剑式大变，犹如暴风骤雨，上下齐攻，密如细雨斜织。

猎豹双腿不动，双拳在有限的空间之中做着无限的运动，同样是挡得密不透风，青裳竟没有一剑能够突破猎豹的拳网。

四周的众人只看得眼花缭乱，两人一攻一守竟有着无比的默契。

“哈……”猎豹一声轻吼，犹如龙吟虎啸，而此时正是青裳攻完第一百三十六剑之时，轩辕将之数得极为清楚。

猎豹轻吼声中，竟向前逼进了一步。

轰……两股气劲在虚空之中炸开，青裳终于退了一步，被猎豹硬生生地逼退了一步。

猎豹的拳头再出，犹如流星赶月，绝对不让对手有半丝喘息的机会。

当……青裳的剑势一顿，再次斩在猎豹的拳头之上。

猎豹力尽，身子也被震得晃了晃，青裳也不好受，自剑身传来的强大冲力只让他的手臂发麻。但他的剑占了一个长的优势，是以迅速挥剑抢攻，将那险些失去的先机又扳了回来。

猎豹无语，但身子已如狂涛之中的巨礁，稳扎稳守，绝不退后半步，更不会让青裳的剑占到半丝优势，他的拳头每次都准确无比地击中青裳的剑，使之荡开。

轩辕看得心旷神怡，不仅仅是因为青裳那若暴风骤雨般的剑法，同时也因为猎豹那精妙绝伦的拳头，这两种武学似乎将他脑中的灵感尽数激活，他的心神也飞越无限，将之与自己的所学重组，似乎感悟颇多。

轩辕不担心猎豹，如果青裳技仅于此的话，至少他不会败给青裳。

这时，似乎一股冷意侵入了轩辕的神经，轩辕扭了一下头，目光变得更亮，更锋锐，透过火光，落到十丈外那依旧黑暗的角落处，心头涌起了一种无法形容的感触。

那是一股无形的气机，犹如腊月的寒风，淡如自叶头滴下的露水，与这深秋黎明前的寒意并无多大的分别，但是轩辕却觉察到了，敏锐地觉察到这股淡而不疏的气机。

轩辕的目光可以看清十丈外黑暗中物体的色泽，但却并没有发现任何可疑的人物。当然，这不是轩辕判断失误，因为十丈外是一间小木屋，而这淡而不疏的气机却是自小木屋中渗出的。

“是个高手！”轩辕心头暗忖，这是一个不可否认的高手，轩辕知道，这人可能成为继地祭司之后与他交手的最厉害的人物。

轩辕并不吃惊这里会有如此高手出现，他所见的高手之多，早已让他对高手不以为然了。从叶放到有侨族中的祭司长老们，以及雁虎，留给他印象最深刻的却是那神秘的歧伯和鬼三。他不相信世上还能找出第三个可以与歧伯和鬼三对敌的人物。是以，他对面前这个神秘的高手并不感到吃惊。

让轩辕吃惊的却是另一股杀意，这股杀气来源于他身后两丈处。

这是一个走近他两丈才被他发觉的人物，怎令轩辕不惊？轩辕很自信自己那超常的觉察力，任何对手走入他五丈范围内，他就会立刻感知到对方的气机。但这个人直到逼近轩辕两丈之内才被发现，这在轩辕的心中，将之视作比那间小木屋之中的神秘人物更为可怕。

轩辕没有回头，他觉得没有回头的必要，他感应到对手内心有一丝讶异，只是因为对方发现轩辕觉察到了自己方感到惊异。

“去吧！”猎豹再次一声大吼，这是青裳攻出第两百七十二剑之后的一刹那。

猎豹竟抓住了剑锋，同时挥拳而出。这正是青裳最后一招用尽之时，而猎豹对时机的把握是绝对准确的，他早已发现青裳这套剑法只有一百三十六招，而在每一遍使完之后，就有眨眼间的空隙。

高手过招，只要有眨眼的机会，就足以致对方于死命。

青裳的目光之中多了一丝惊骇，他做梦也没想到猎豹竟能够准确无比地抓住他的剑锋，而他根本就没有一点思索的机会，因为猎豹的拳头已经迎面击到。

青裳唯有退，以最快的速度弃剑飞退，倒射而出，犹如一支疾箭。

当然，疾箭并不是最快的，最快的是猎豹的腿！

猎豹的腿比拳头快，比青裳飞退的身法快，那是因为这是蓄势已久的一脚，足足等到青裳攻出了一百三十六剑之久。

嗖……一块不知名的物体自十丈开外的黑暗之中破空而至，比猎豹的腿更快，更绝。

轩辕的眼角闪过一丝怒意，更多了一抹杀机，这一切都没有逃过他的眼睛，甚至都在他的算计之中。当他的目光投向十丈开外那黑暗的角落之时，就已经知道这一切会发生。

自黑暗之中飞来的物体正是小木屋之中那神秘高手的杰作。

轩辕身子一动，他身后两丈处的那股杀意立刻相随而至，浓烈如酒，冰寒如刀。

猎豹心中也大怒，他已感到那自暗处射来之物的目标正是他，如果他不抽回这夺命的一脚，很可能被射来之物夺去生命。

青裳心神大乱，猎豹的厉害之处的确超乎他的想象之外，他明白猎豹这一脚踢出后，即使他不死也会重伤。可是他偏偏无可回避，就连围在四周的青云剑宗弟子也都发出了惊呼之声。

其实，这之中的惊险谁都知道，因为气机的牵动，每个人都已经感知到其中潜伏的杀机，更深切地感受到了那夺命一脚散发出来的可怕力量。

轩辕旋身，自青风手中夺下的利剑弹射而出，射向身后那随之而动的高手。

那人的气机绝对没有逃过轩辕的灵觉，虽然他并没有转身，但可以清楚地捕捉到对方的位置，因为有风。

那柄剑射了出去，然后青风的躯体也被轩辕甩了出去，一切的一切，都显得无比利索，皆因这之中的惊险并没有出乎轩辕的意料。

没有出乎轩辕的意料之外的，包括那柄破空射向猎豹的小剑。那柄小剑本来可以再快一些，但是却因为青云剑宗的弟子挡在小木屋和猎豹之间，这便使得小剑之主放缓了这柄小剑的速度，而这之间的时差，便足够让轩辕将青风送出去。

青风就像是一块挡剑牌，为猎豹阻拦那柄小剑，他根本没有半点反抗的力气和机会。

有人惊呼，却不是猎豹，也不是轩辕，而是青云剑宗众弟子，他们纷纷出手相救，救青风，救青裳，只可惜他们的动作太慢了。

的确，他们的动作有些迟缓，毕竟这之间的距离是一个难以突破的壕沟。

砰……猎豹的那只脚在踢出之前稍稍迟疑了一下，但终还是踢了出去，而且正中青裳的小腹，只不过力道已不如最初那般能摧肝断肠。其实，猎豹本就没有致青裳于死命的意思，他也不想自己陷入群攻之势，若是激起了青云剑宗众弟子的仇恨，只怕他和轩辕唯有死路一条了。

青裳惨号声中青风也闷哼了一声，他果然没负轩辕所望，挡住了那柄暗袭而至的小剑，这对于他来说，实在过于残酷了些，但值得庆幸的却是他重获了自由，不再受到剑架脖颈的威胁。

轩辕也在这个时候反身出剑了，刚才射出的那柄剑并没有对自身后攻来的那名对手起到任何阻拦作用，反而被挑了回来，来势更疾。

轩辕的确吃了一惊，这个对手的内力极高，而且剑势似乎比青裳更为犀利和霸烈。

叮……轩辕的剑在那柄倒射而回的长剑剑身上一挑，长剑被击偏后，再次射向青云剑宗的一名弟子，而他的剑则划过一道美丽的弧线，迎上了对手。

当……轩辕几乎将对方的剑迹完全捕捉到，是以他能准确地截住对方来势甚猛的剑锋。

轩辕的身子一震，对方却倒退了一步，在力量上，轩辕稍胜一筹。

“好！”轩辕低吼一声，似乎称赞对方的剑法，也似乎是在为刚才一击叫好，但他的剑很快便再次挥了出去。

剑如游龙，映着火把的红芒，泛出一种诡异的青影，疾如风雷，玄若星迹。

那个自身后攻向轩辕的神秘高手约摸四十来岁，身着青衣，束发于后脑勺，有着一种浪子的洒脱。他显然对轩辕的实力有些吃惊，不过，他回剑相迎的速度绝对不慢！

当当当……一串清脆而响亮的金铁交鸣声中，那青衣人连退七步，在臂力之上，他仍输了一筹，无法与轩辕的天生神力相提并论。

当……当青衣人连挡轩辕五十九剑之时，两柄剑竟然同时折断，显然利剑承受不住这两股巨力的强烈碰击。而这一切都是在电光石火之间发生，一旁的青云剑宗众弟子几乎还没有来得及作出反应。

的确，轩辕的动作实在太快，更快的是他出剑，再次出剑。

当两柄剑同时断裂之时，轩辕以最快的速度拔出了那柄如今仍深藏于剑鞘中的含沙剑。刚才他手中所用之剑是自青云剑宗的弟子手中夺来的，而这次才是他在青云堡中展现出属于他自己的剑。

含沙剑出，霞光乍现，拖起的亮彩使黑暗的夜空变得更为诡异。

青云剑宗的所有人都发出一声讶异的惊呼，惊讶于这玄幻的光彩，惊讶于这绚丽而充满动感杀机的一剑。

轩辕的身影被这缕光彩所吞噬，虚空之中尽是剑气，犹如流云飘过，更带着呼啸的气旋……

猎豹也为轩辕这一剑所震住了，他似乎没有想到这柄宝剑到了轩辕手中，竟能够发挥出如此威力，变得如此惊心动魄。

那青衣人再次吃了一惊，他似乎是第一次相遇这种剑法。更可虑的却是他手中的剑只剩下一尺来长的半截，如何能够抗拒轩辕这夺命的一剑呢？

退，唯有退才是正理，也只有退！青衣人退走的速度极快……

当轩辕再现之时，已经自两名相截的青云剑宗弟子之间穿插过去，剑锋如雪，光彩夺目。

哧……那青衣人终还是挥出断剑相挡，以抗拒轩辕致命的一剑，但是他却发现自己那一尺来长的断剑再断了一截。

这是一个估计失误的判断，也是一个致命的失误。

轩辕的目光之中闪过一丝冷酷的笑意，但他并不想杀了这个对手，毕竟他还没有具体的证据证明圣女凤妮等人的失踪以及花战败亡之事就是青云剑宗所为。当然，化金的话本是证据，可轩辕并不想就此断言，他有自己的思想，独立的思想，他相信事实，别人的话只能作为一种参考，这是他自小养成的习惯。

当然，轩辕本可以相信化金的话，但是他总觉得这件事情之中有些异样，这是他的直觉，无法说明原因的直觉。轩辕虽然不敢肯定自己的这种直觉，却知道自己的直觉很少出错，所以他仍想以事实来证明这个直觉的对与错。不过，轩辕绝对不会手软，至少他会让对方不能再具备攻击的能力。

这是他此刻的目的！

叮……轩辕只觉得一股强大的力量自剑身涌上肩臂，身子不由自主地倒翻而回。那是因为一柄不知从何处射来的剑，快得不可思议，但又准确得无可挑剔的剑。在轩辕的剑进入青衣人半尺范围之际，那柄意外之剑险而又险地截住了轩辕的剑锋，为青衣人挡过了一剑之危。

“宗主……”青云堡众弟子齐声恭敬地呼道，更多的人却是惶恐不安。

轩辕和猎豹再次吃了一惊，目光都投向那突然而至的神秘人物。

来者白须白发，一身素衣，清瘦而修长，满面红光，目光如电，静立如孤崖上的苍松，浑身散发着一股浓烈的肃杀之气。

轩辕的心头微惊，不仅仅是因为对方竟是青云剑宗的宗主青天，更是因为对方的目光，那冷杀而锋锐如刀的目光，似有形有质，可洞穿一切，包括别人深藏于内心的秘密。

猎豹也显得有些不自在，至少在这个白须白发的老者面前不太自在。这是他从未有过的感觉，在对方的目光逼视之下，他就像是赤裸着身子立在秋风之中，这种感觉当然极不好受。

轩辕倒是发现了青天与他有一个共同的特点——两人都是短发，头发如一根根银针而立，显得格外精神。

那青衣人脸色有些苍白，也许是仍未自刚才的惊吓中回过神来。

“属下无能，还请宗主定罪！”那青衣人和青裳同时出声道。

青天没有出声，只是目光罩定轩辕和猎豹，没有人能明白他的心意。

轩辕并没有发现青天的剑所在，那柄截住他含沙剑的剑就像来的时候一样，来无影，去无踪，但轩辕却感觉到青天的剑无所不在，可以自任何一个可能出现和不可能出现的地方突然射出，这是一种极为可怕的威胁。

其实，青天自身就像是一柄剑，一柄古朴无华却锋锐无比的剑。

轩辕感到青天的目光落在他的身上，甚至感觉到了对方存于心中的那丝惊异。

“真乃后生可畏！年轻人，你叫什么名字？”青天似乎有些感叹，但语气却变得很缓和。

轩辕淡淡一笑，强压住心中的不安，道：“晚辈阿轩！”

“阿轩？这是你的名字吗？”青天的目光变得更为锋锐，反问道。

“大家都叫我阿轩，相信这不是别人的名字。”轩辕坦然道。

“大胆，竟敢……”

“青山，没你的事！”青天打断了那青衣人的话，悠然道，旋即又向轩辕笑了笑，接着道，“年轻人，有个性，与我年轻的时候十分相像。”

轩辕和猎豹不由得相视愕然，他们似乎没有想到青天竟会如此说，一时之间竟然相视无语。

“不好了，宗主，北后殿起火了……”一个汉子急匆匆地跑了过来，大呼道。

众人的目光不由全向北方移去，果见黑暗之中有一层淡淡的暗红之色，显然是火光映照的景象。

轩辕和猎豹知道这是花猛和凡三的杰作，目的只是分散青云堡中众人的注意力和人力，好让他们乘机而逃。不过，这一刻轩辕和猎豹却暗暗叫苦不迭。本来他们想把青云剑宗的高手全都引到前门来，好让花猛和凡三从容救人，这个目的显然已经达到了，可是轩辕却没有想到这样一来竟引出了青天这个让他们头大的人物，使得他们乘乱逃走的机会大减。

轩辕心中明白，青天的武功绝对比自己高出很多，只凭刚才那一招就可以看出来，无论是功力还是招式，他都有所欠缺，唯一可以凭借就只有自己的年轻，气脉悠长。

青天的脸色微变，望了望那名禀报的汉子，又将目光投向轩辕和猎豹，脸上升起一丝怒意和杀气，他似乎明白这一切的一切都可能是眼前这两个年轻人的杰作，那纵火之人也一定是这两个人的同伴。

“青山，你迅速带人去将火扑灭！”青天向青山吩咐道。

“是，宗主，可是这两人……”

“这里不用你管，我自会处理！”青天冷然打断青山的话道。

青山不敢有半点反驳，带人迅速向北院赶去。

夜风之中，场中转眼只剩下猎豹、轩辕和青天及四名青云剑宗的剑手，轩辕自然知道这四人绝对不是庸手。

“年轻人，告诉我，为什么要来我青云堡捣乱？”青天的语气虽然很平淡，但却有着一股说不出的威严和霸意，那种自然流露出来的王者之风让人不敢生出半点违拗之意，轩辕也不例外。

“我只是想来找回我们失踪的朋友，为我们死去的兄弟讨个公道而已！”轩辕并不想隐瞒什么。

“那此时北后殿的大火也是你同伴所为？”青天冷然问道。

“不错！”轩辕心中在盘算着如何逃离这个危险之地，但却觉得没有隐瞒的必要，不过心中暗感凡三和花猛此招有效。否则，如果那一群青云剑宗弟子不离开的话，只怕他两人连一点逃走的把握也没有了，此刻至少多了几分希望。

“你的朋友是什么人？”青天的语意平静得出奇，甚至连轩辕和猎豹都觉得心惊。

的确，一个能够控制住自己情绪的人，绝对是一个可怕的人。

“对于这一切，青裳想来会更清楚一些，难道你们敢不承认昨晚在共工集掳来了几位女子和一群外来人物？”猎豹有些憋不住气地质问道。

“这个世上从来没有我青天不敢做的事情，年轻人，你的话未免也太幼稚了。做了就是做了，没做就是没做，又有什么不敢承认的？但事实上，我并不知道有这么回事，也相信我的弟子们不会做出这种事！”青天断然道。

轩辕和猎豹不由在心中打了个突。

“青天不可能说谎。”轩辕心中是这么认为的。

“那是谁在说谎？”轩辕心中疑问道，“究竟是谁下的手？谁是敌人？”

此时，轩辕想到了另外一个问题，一个极为重要的问题：“化金为什么不愿意跟来指证？”

在前来青云堡之前，轩辕曾要求化金同来，也好指出凶手，至少也要先礼后兵，但化金却借口重伤难支，虽然他当时理由很恰当，但以轩辕的机智又怎会不明白化金并不想前来青云堡呢？此刻想起来的确疑虑重重。

轩辕并不十分了解化金的为人，毕竟他在有邑族所住的时间并不长，才三个多月，所以对待任何人的评价都是一样，这正是轩辕那种直觉产生的原因。

猎豹也不相信青天是个说谎的人，因为青天根本没有说谎的必要。

“我想前辈还是问一问堡中的某些人再作定夺吧。”轩辕虽然语气变得客气了一些，但绝对没有放弃之意。

“哦，那你可否指出凶手是哪几个人呢?”青天尽量以最平静的口吻问道。

轩辕和猎豹再次哑然，两人相视望了一眼，心中的阴影更浓，但事到如今似乎已经无路可退，唯一可做的就是战!

以战为退，但如果想在共工集全身而退的话，只怕很难，毕竟这里也是青云剑宗的地盘，轩辕两人并不知道花猛和凡三是否已经救出了圣女凤妮等人，是否已经找到了凶手的线索，现在他们唯一能做的就是迅速获得共工氏的大木筏顺流东下，可是……

这时轩辕想到了另外一个问题，他的脊背上立时渗出了冷汗，一颗心也在发凉。这个问题他应该早就想到了，以青云剑宗的实力，又怎么可能将圣女诸人全部俘走呢?叶七、凡浪、化铁虎、燕五、风大、风二等人，无一不是高手，这些人的身手并不会比猎豹差多少，而青云剑宗的人物虽多，高手也不少，但要想对付圣女诸人，似乎仍有些力不从心，至少也不会只有化金和叶皇逃走……轩辕越想越心寒。

猎豹似乎没有意识到这个问题，但他却知道必须迅速离开这里，离开这个是非之地，与花猛和凡三会合。

风冷，露重，黎明前的黑暗并不寂寞，至少有鸡鸣，有鸟啼。

杀意渐重，在风中，在晨雾寒露之中，浓如有质之酒。还有剑意，冷杀的剑意，那股无形的气机似乎在束紧，至少轩辕和猎豹有这种感觉，他们知道，青天真的怒了……

青天之怒，是因为轩辕和猎豹的沉默，抑或是因为他们的无言以对，这对于青云剑宗来说，是一种轻视，是一种污辱。没有理由就随便闯进青云堡闹事的人，其本身就是对青云剑宗的轻视，所以青天真的怒了。

这是可以清楚感觉到的征兆，对于轩辕来说，有好有坏。

好，是因为不必再作任何解释，浪费口舌和时间并不是一件有趣的事情，所以说青天的发怒可以说是一件好事。但同时也是坏事，坏就坏在轩辕和猎豹必须尽快去面对一个可怕的对手。

轩辕在意的不是这些，他的心神还存于别处，就是十丈开外的那间小木屋。那个藏于小木屋中的神秘人物一直都未曾露面，但那股气机仍若有若无地存在于虚空之中，这是一个隐患，也可能会成为轩辕两人逸走的一块绊脚之石。

“那么说来，你们是无理取闹喽?”青天见轩辕两人久久不语，不禁冷肃地问道。

轩辕笑了笑，道：“事到如今，我的解释又有何用?”

青天讶异地望了轩辕一眼，突然露出一丝异样的笑意，朗声笑道：“不错，年轻人，你说得很对，事到如今，解释的确没有任何用处!”

轩辕心头一阵轻松，笑道：“所以，我们选择不说，所有的问题，就以你所想要的形式解决不是更为干脆利落吗?”

青天露出一丝欣赏之色，旋即又恢复了冷峻的神情，目光如电般罩定轩辕，沉声道：“很好，年轻人有此豪气和勇气，实属可嘉，那就以我所想的方式解决问题吧!”

轩辕的剑尖指向右侧的地面，整个身体似乎在突然之间绷紧，正视着青天的目光，淡然道：“来吧!”

猎豹排除心中所有的情绪，静如止水的灵台立刻一丝不漏地将周围的形势反映于其中，他知道，对付这样一个可怕的对手，绝对不能有半丝慌乱和疏忽，任何疏忽都将是致命的。

青天那锋锐如刀的目光之中，不能掩饰地存在着一丝讶异。

因为轩辕只是在几句话间，就似乎已经变成了另外一个人，一个完全无法捉摸的人。包括那气势，那种异乎寻常的霸烈之气，远远地超乎其年龄限制。也许，那种霸气可以是天生的，但那必须依靠后天的努力去挖掘。而此刻，轩辕身上的变化似乎并不止于此，而像是笼上了一层魔焰，一层虚无缥缈的魔焰，张而不扬，狂而不野，含而不放。这是一种无法以言语来形容的感受，所以青天的目光之中多了一丝讶异和惊奇。

风止，雾更浓，唯有那将灭的火把仍在毕剥地燃烧着，映亮了几张冷漠的面孔。

青天似乎找到了一种久违的兴奋，那股尘封了多年的战意仿佛被轩辕和猎豹的战意所激活，又找到了年轻的感觉。

“宗主，把他们交给我们吧!”那四名剑手似乎感应到青天的战意狂升，可是他们怎能让青天亲自动手?

第十九章　创剑之祖

青天对他们的话充耳不闻，只是眸子里迸射出狂热的光芒，向轩辕和猎豹冷冷地道："你们小心了，老夫出手绝对不会留有余地，希望你们不要让老夫失望!"

"不让你失望对你没有半点好处!"轩辕稍稍挪动了一下脚尖，淡然回应道。

"年轻人好狂！不过，老夫正是看中了你们这一点，才决定打破这五年来不与外人动手的惯例，你们应该以此感到自豪!"青天并不生气，笑了笑道。

"的确，我们是应该自豪，并不是因为你为我们破例，而是你不得不破例!"轩辕针锋相对，傲意十足地道。

青天脸色微微一变，但却并没有发怒，倒是感到有趣。同时，他发现轩辕借移动一下脚尖之时已将全身的气势凝成一团，借助身体微倾之势强逼而至，这一点也让青天对轩辕刮目相看。

猎豹的战意愈来愈强，全身的关节不断地发出爆响，显示出其气劲已经凝至巅峰，成一触即发之势，他感觉到自己的气势已与轩辕连为一体，有着无比的默契。

青天缓缓抬起左手，食指和中指相并，另外三指斜挑于腰间，森寒的剑气乍绽。

轩辕的剑未出，已先踏前三步，每步犹如巨杵擂鼓，使地面上发出沉闷的爆响，也使其气势倍增。

青天缓缓跨出一小步，目光却始终未离轩辕的眼睛，似乎想看穿其内心所想，只不过，轩辕的目光有些空洞，毫无意义的空洞，根本就无法找到半点内心的契机。

青天笑了，在笑的同时出手，左手的两指以快得不可思议的速度向猎豹划去。

轩辕感到有些意外，也有些吃惊，吃惊青天的速度，吃惊青天的打法。

猎豹暴吼一声，毫无所惧地出拳，拳速不快，但却隐夹风雷之声，地上的碎木、败叶，似乎遇到了一股强劲的风暴，全都凝于猎豹的拳前直击青天。

轩辕剑出，是在青天身形欲自他身边穿过之时，他有些愤怒，愤怒青天如此不将他放在眼里，竟无视他的存在，弃他而直取猎豹。这对他来说，似乎是一种污辱，所以他的剑暗含怒意。

剑啸凄厉而刺耳，锋芒之间更迸出一团亮彩，拖着一道美丽的弧迹破开那股沉重的逼压……轩辕也为自己挥出这样一剑而感到得意。

叮……轩辕的剑再难寸进，是因为青天的剑。

青天的剑已易右手，但轩辕却没有看清它是怎么击来的，这的确是一柄神出鬼没的剑！

这样一剑反而能取到最难以预料的效果，而这个效果却是轩辕最不想出现的。

“噗……”轩辕一声闷哼，青天左手的两指毫无阻隔地击在他的丹田之上，轩辕居然没有一点抗拒的能力，也许是因为青天的动作太快，但这一指却让轩辕五脏一阵翻江倒海的绞痛，更不由自主地飞跌而出。

轰……猎豹的拳头所击中的却是对方的脚，他不由自主地退了一步，青天也退了一小步。

原来青天出指直取猎豹是假，出脚对付猎豹才是真，而同时以剑指为轩辕布下一个迷局，让其自动钻入，这的确精妙至极，以此可看出青天那丰富无比的搏击经验。

轩辕的背部刚刚着地，就感到有两柄剑横掠而至，却是原本立于一旁的四大剑手之二。在他们的印象中，轩辕受如此一记重击绝对会后力难续，是以他们不容轩辕有半点喘息的余地，只可惜他们想错了。

轩辕的身子如同充了气的球体，一着地便再次蹦弹而起，绝对没有半点停留，而在他蹦弹而起之时，含沙剑已化作一道彩虹划出，无论角度、力度还是速度，都远不是外人所能想象的。

叮叮……剑过之处，那两名想捡便宜的剑手并没有如愿以偿，反而剑身断裂，他们所握的普通剑刃并不能稍挡含沙剑锋芒，应声而断。

猎豹此时却倒撞了回来，撞向那两名断剑汉子，他们之间的配合之默契无迹可寻。

青天吃了一惊，令他吃惊的不仅仅是轩辕挥出之剑的锋利，更惊于轩辕那神奇的体质。他明明以五成功力重创对方丹田要害，可对方竟似没事人一般，这怎能不叫他吃惊?

若是一般高手，丹田要害受击，即使不死也将成为一个废人，至少功力会尽废，可是轩辕并未出现那种情形。青天还感觉到轩辕丹田处传来一阵强大而炽热的反震之力，使他的手指发麻，他的确有些不敢相信这是事实，但事实终归是事实，他还需要面对轩辕第二波并未平息的攻击。

轩辕的剑没有丝毫停歇，在切断那两名剑手的剑后，继续直击青天，与猎豹一进一退配合得天衣无逢。

砰砰……那两名断剑剑手的拳头毫无隔阂地击在猎豹身上，他们的断剑根本就发挥不出作用，是以唯有出拳，但他们没有丝毫的喜悦之色，皆因这两拳能得以击中对方，是因为猎豹没有作出丝毫闪避。

猎豹未作丝毫闪避，他觉得这是多余的，轩辕曾讲过以拳换拳的话，而此刻同样是这个道理。

猎豹在两名剑手的劲拳击在身上之时，也以两拳相迎，毫无花巧地分击两人前胸。

“呀呀……”猎豹对这两声惨叫很满意，因为这是他所希望出现的情况，也是意料中事。

以拳换拳，是猎豹的强项，也是他无往不利的战术。

当当当……正当猎豹得意之时，轩辕已经与青天交换了数十剑之多，以快打快的打法轩辕并没有占到丝毫便宜。

哧……青天的剑终于突破了对方的剑网，在轩辕的小腿上拉开了一道血槽。

轩辕一声惨哼，厄运并没有就此停止，在猎豹赶来相救之前，他又重重挨了一脚。

青天的掌、剑、脚无所不用，全身的每一部分都可充作致命的武器，而轩辕因腿上的伤痛所露出的那一点小小的空隙，他也绝不会放过。是以，他的脚突破了轩辕的防守，印在其胸膛上。

“哇……”轩辕着地之前喷出一口鲜血，五脏欲裂。

刚才，青天一指击在轩辕的丹田之上，由于轩辕丹田之中所储的是无法运用的气劲，几乎完全抵消了青天的指劲，根本就未曾受伤，但这一脚却是击在他的胸口上，丹田异气虽有护体功能，却非直接与外力相接，是以轩辕受了伤。

轩辕身体的抗打能力并不比猎豹差，若非青天的功力高绝，绝难伤他。不过，此刻他的伤势也不是很严重，让轩辕担心的却是剩下的那两名屹立一旁、伺机而动的剑手。

那两名剑手似乎早已等得不耐烦了，但他们似乎对轩辕有所畏惧。轩辕刚才的表情及与猎豹的配合，在眨眼间让他们的两位同伴生死未卜，这之间的惊险之处只让他们心中惊骇莫名，也杀意狂升。

此刻他们见轩辕喷血而倒，又怎肯放过这个大好机会？是以，两人奋力出剑，誓要将轩辕斩杀于剑下！

轩辕在中剑之时便知不妙，因为他与猎豹两人联手重创首先出手的两名剑手后，似乎激怒了青天，这才致使青天出此重手。是以，他落地的躯体迅速向一边翻滚，虽然显得极为狼狈，但却是没有办法中的办法。

嗤嗤……剩下的两名剑手又怎会给轩辕求生的机会？杀招一浪接着一浪，逼得轩辕在地上不停翻滚。

轰……猎豹的身体也倒跌而出，他终究还是无法相抗青天的一记暗拳，幸亏其外功扎实无比，否则这一拳只怕已使他骨折脏裂了。

青天一声轻啸，剑化一幕暗潮。对于这两个年轻人，他已经没有太多的耐心，虽然他心中极为欣赏两人，可这两人是他的敌人，因此青天绝对不会心慈手软，甚至要以一切力量毁去这两个年轻的生命。因为他已深深地觉察到深藏于两人体内的无穷潜力，一旦成了气候，只怕会凌驾于自己之上，到时他绝对再难制伏而成为自己的祸患。

猎豹并没有在意青天的剑，他却发现轩辕已经被逼入了绝路，即将成为剑下亡魂。是以，猎豹不再在乎青天的剑，而是倾力向那两名剑手扑去。他绝不想眼睁睁看着轩辕死去，哪怕是以自己的性命换取他的生路。

此时轩辕面对两大剑手的攻击，实在避无可避，他翻滚到了一棵大树的底下，大树挡住了他翻滚的去路，这使得他无法再继续那艰辛的“旅程”。而面对他的，却是无情的杀戮，两柄破空而至的利剑犹如死神的巨齿，急欲吞噬他脆弱的生命。

轩辕无奈，但却为另一件事惊呼出声——那是猎豹的行动和安危！

猎豹的确是不顾一切地前来抢救轩辕，而对于自己的生命他似乎并没有放在心上，脑中唯一想着的一件事就是——他的拳头必须赶在那两名剑手手中的利剑击下之前，诛杀或重创两人！以猎豹的速度可以做到这一点，但如此一来，他唯有死路一条，死于青天的剑下！

青天的脸上也显出了一丝难得的惊讶，他没有想到天下竟有人为义而生，心底忍不住地震撼了一下，不过这并没有影响他胸中已经狂涌而起的杀机，也没有影响他击杀猎豹的决心。

那两名剑手自然也感觉到了来自背后的强大气劲，他们并不想死，更没有给轩辕陪葬的勇气，是以他们唯有改变剑式，倒刺而回。

轩辕的惊呼声并没有对猎豹起到任何阻截作用，倒是猎豹的脸上涌出了一层无可言喻的豪气。

死亡对他来说，并不是一个可怕的威胁，为兄弟而死，这是有邑族勇士的骄傲。

“快走！”猎豹在青天的剑气将之完全笼罩的刹那间，口中迸发出一声大吼，这是他唯一的希望。

轩辕的心抽搐了一下，他看到了猎豹的目光，依然是豪气干云，傲意凛然，那涌动的杀机酝酿成高昂的战意，在这种绝境之中仍没有丝毫的减退。轩辕在猎豹的目光中还发现了热切的期望，他仿佛看到了猎豹那颗火热而真挚的心。

热血上冲之下，轩辕的眼角竟难得的有些湿润，但他的心却好痛，好沉！他知道该如何做，也必须这样做——走！

不顾一切地逃走，这才是猎豹的心愿，要想让猎豹无怨无悔，轩辕就必须走！否则，就是两人同死！

同生共死的人并不能算是一种勇敢，而是一种愚昧，一种悲哀。现实绝不会同情悲哀者，更会排斥愚昧者，而轩辕绝对明白这个道理，因为他也曾是猎人。青山长在，绿水长流，君子报仇，十年不晚，这才是真理。所以，轩辕没有选择与猎豹同死，而是逃走！就在这时，他看见了一道电光。

电光，其实是火光映照的剑，快得不可思议的剑，那种速度以神鬼莫测来形容似乎仍显不够。因为，那道电光击出的速度实在太快……

剑，斜插横穿而至，自黑暗中而来，又没入了黑暗之中，无首无尾，只有一道闪烁如电火的幽光，无可比拟，无法细描其所经所过的轨迹。但，有一点可以肯定——这一剑并非攻向轩辕！

不是攻向轩辕，而是攻入了青天那张如潮般的剑网中！

“叶皇！”轩辕忍不住惊喜得差点欢呼起来。

叮……剑网四散，化成点点雪花飘舞，漫天扬起，使得夜空变得更为虚幻。

论速度，放眼天下，比叶皇更快的人只怕太少太少，轩辕不得不承认这一点。这当然是一件好事，因为只有叶皇那比风更快的速度才能给猎豹点燃唯一的希望。

青天的剑式完全受阻，他从来没有想到世上居然有人能够使出如此快的剑法，拥有如此快的速度，更难得的却是来者的步伐和剑招之配合竟是那般默契无间。

猎豹只感压力大减，身子一轻，仰天一声轻啸，双臂注满全部力量挥舞而出，战意高昂至无以复加的巅峰。

一时间，风云变色，篝火摇曳，夜空更暗、更沉，但似有一场强烈的风暴旋刮而起，寒透了每一个人的心。

哗……一声爆响，十丈外的小木屋裂成无数的碎片，如一阵蝗雨向斗场中的所有人涌到，杀机浓烈得如陈年烈酒。

轩辕并不为此感到意外，因为他早就知道那小木屋之中的神秘人物绝对不会甘于寂寞，更不会让他们轻易逃走。

轩辕出剑，霸烈的杀气自剑锋涌入虚空，向那阵如蝗雨般的木片斩去。

当当……猎豹的双拳狠击那两名剑手的长剑，同时整个身形毫无畏怯地撞入了两人之间。

那两名剑手的身子禁不住一震，那股强大的冲击力几乎将他们震得倒跌而出。猎豹带上了天龙蚕丝手套的拳头，力道凶猛得惊人至极。

猎豹的拳势绝无花巧，直来直去，每一拳都足以开碑裂石，其速度也绝对不慢。当然，比起叶皇在这瞬间击出的五百七十八剑要慢了许多。

叶皇的剑的确快得不可思议，他的剑招就只有一个特点——快！几乎无迹可寻，无招可凭，无章可依，但每一剑都只攻不守，每一剑都绝对对准了青天的要害部位，完全是一种同归于尽的打法。

青天虽然在剑术和力道上胜叶皇许多，但在速度上却相形见绌了，遇到一个不要命的对手，又如一个疯子般狂攻乱砍一气，只让他为之气结，却又不得不节节后退。当然，如果青天欲和叶皇斗个两败俱伤的话，在任何时刻都可以做到这一点。只可惜，青天又怎会舍身去换取一个疯子的受伤或身亡呢？这就是他缚手缚脚的原因。

轩辕的目光透过那幕犹如蝗雨般射至的木片，看清了随着蝗雨而至的人物——一个黑发青须的白眉老者。

杀气似乎如潮湿的露水，让人呼吸不畅，难受至极，轩辕只觉一股冰寒的感觉自心头升起——那是一柄有形却无质的剑！

轩辕无法控制心头的惊骇，剑未至，那人已经将剑意植入了他的心中，这是怎样一个人物？又是怎样一个可怕的剑手？

轩辕想象不到世间竟有如此奇奥绝伦的剑术，目光所至，那道夹杂于如蝗碎木之中的人影已经消失不见，存于虚空的，只有一柄巨大的无柄之剑！拖着长长的芒尾，带着霸烈无比又森冷异常的杀气直逼轩辕！

轩辕第一次清晰地感觉到自己力量的单薄，像是巨人脚下的蚂蚁，但他知道，这雷霆般的一击绝对不是他所能够抗拒的。他想不出在青云堡中，还有谁比青云剑宗宗主青天更为可怕？而这个人又居住在离青云堡大门口不远处的一间小木屋中？……这之中的确透着难解的神秘。

当然，这些都已经不再重要，重要的是如何挡御这惊天动地的一剑。轩辕不顾一切地双手挥剑，提聚了全身所能提聚的功力，直击而出！而对方那强霸浓烈的杀机也同时牵动了轩辕丹田之中那股无法调配的劲气。

轩辕只觉周身热流四涌，通达于四肢百骸，驱散了那道入侵的冰寒剑意，再汇入手臂，流入那柄含沙剑之中。

剑身泛起一层湿润的毫光，在黑暗之中犹如镶满夜明珠的光柱，剑芒暴涨三尺，这是连轩辕也未曾想到的变故，但这一刻的他已经没有任何时间去想去思索这之中的一切，他只感到整个身体都充盈着快要爆炸的力量，不战不快，于是他发出了一声长啸，裂天地、惊飞鸟的长啸……

轰……一阵强烈的震荡几乎让所有的人都为之震惊，似天崩，如地陷，又若海啸山裂。

尘扬叶飞，枝折木断，那四射的泥土沙石犹如虚空之中泛起的浪潮向四面散射冲击。

猎豹怔住了，呆立如傻了般，忘了自己是否该出手，那股强劲的冲击波并未带动他分毫，但却让他神驰心摇，他简直无法想象刚才那一击是人为的。

事实就是事实，叶皇和青天也同时惊退，均被这惊世一击的强烈激荡所震撼。

轩辕的身形犹如纸鸢一般飘飞而出。

鲜血如同傍晚的红霞，溅落在尘埃之中。

“阿轩……”猎豹和叶皇同时惊呼，而这时他们却发现在尘埃渐落的迷雾中露出了一个人——一个黑发青须的白眉老者。

那老者屹立着，青衣仍然悠然飘舞，他脚下的地面犹如被飓风所毁，陷落三寸之多，陷落范围约有两丈方圆。

杀气犹如秋风一般散布于无边的虚空。

“大哥!”青天轻声叫了一声，脸上似乎有些微微的惭愧之意，但他掩饰不住心头的惊讶和震撼，其表情与那黑发青须的白眉老者几乎相同，而这却是因为轩辕。

轩辕落在距白眉老者五丈之外，竟仍轻轻地挣扎了一下，撑起上身，他的剑落在离他两丈之处。

“阿轩……”猎豹和叶皇不再理会这两个随时都可能发出致命一击的高手，甚至连远处闻声自北后殿赶来的人也没有在意。

轩辕勉强撑坐起来，嘴角上滑出两道血水，惨淡地笑了笑，目光却投向五丈开外的白眉老者，有些气促地道：“你是青云剑宗的创始人……青云?”

“阿轩，你怎么样了?”叶皇和猎豹关切地问道。

轩辕扶着两人的手臂坐正了身子，喘了一口粗气，伸手抹了一下嘴角的鲜血，道：“没事，还死不了。”

“年轻人，你很了不起，能抵抗我惊煞三击的第一击，你是三十年来第一人!”白眉老者淡然道。

“你果然是青云！我叶皇就来看看你有什么鬼把戏!”叶皇立身而起，森寒的杀意狂升，那一身黑衣让人感到他身上似乎在燃烧着一层魔火。

“年轻人，你的杀气好重!”青云望了叶皇一眼，皱了皱眉头，冷然道。

“大哥，居然劳动你亲自出手，真是不好意思，这两人就交给小弟吧。”青天向青云恭敬地道。

青云笑了笑，道：“我已有十余年未曾出手，今日难得有机会出手，你又何必如此?”

叶皇不语，只是双眸之中杀机更盛更烈。

“叶皇，不要，你们走吧，你不是他的对手!”轩辕清晰地感觉到叶皇的死战决心。

猎豹自然明白自己与青云、青天之间的距离相差太多，久战下去唯有死路一条，可是他能逃走吗?想到这里，他猛地站了起来，一拉叶皇，低声道：“你走，我挡着!”说话间已快速向青云逼近。

叶皇却绝不肯落后，他的速度比猎豹快多了，只一动身就已突破了数丈空间，剑尖直指青云眉心，相距一尺。

青天也吃了一惊，眼前三个年轻人的武功之高完全超出了他的估计，而且每个人都有着各自的特点。

青云淡淡地笑了笑，却不得不承认叶皇的剑快。不过，对于他来说，这些并不重要，天下间没有任何招式能快过他的目光，快过他的感觉。

叮……青云右手的食指在叶皇的剑锋上轻轻弹了一下。

叶皇一声闷哼，手中的长剑竟碎裂成七截，他清晰地感觉到剑尖之上传来的七股劲气，使得长剑自裂。

不，应该是八道强力，犹如浪涛一般，一波一波地涌入叶皇的经脉中，最后那一波力道使叶皇无法控制自己的身形，倒撞向猎豹。

轩辕的脸色变得极为难看，叶皇和猎豹也同样如此。他们实在无法想象，世间竟有如此可怕的对手，但此刻他们却必须面对这样的一个敌人，同时也明白了为什么青云剑宗能够屹起于黄河之畔，连共工氏也无可奈何的原因。

“大哥，你已练成禅剑指了?”青天显得有些惊喜和激动。

青云望了青天一眼，淡淡地点了点头。

轩辕、叶皇和猎豹却对什么禅剑指之类的武学从未听说过，但却明白这是一种极为厉害，也极为致命的武学。

叶皇勉强平复一下心中的惊骇，青云一指碎他利剑，而且准确无比地捕捉到他剑式的轨迹，这怎能不让他心惊?但他知道吃惊也是于事无补，此刻的局势唯有以死相拼!

“用我的剑!”轩辕提醒道，他自然明白含沙剑之利、之坚，承受了青云那样强悍的一击依然完好无损。

叶皇经轩辕提醒，迅速掠身，同时探手抓向两丈外的含沙剑，速度依然快如鬼魅，如果能拾到含沙剑，或许还有一拼之力，否则他们三人唯有死路一条。

叶皇的速度很快，但“快”有时候并不能代表结果——最终的结果。因为事情总会有意外。

意外有时候是人为的，含沙剑动了，居然犹如活物一般突然自地面上跃起，更如闪电般掠过虚空，向青云飞去。

猎豹一声狂吼，他看得很清楚，含沙剑之所以会动，是因为青云的手，那只在虚空中稍稍一抓的右手，所以猎豹绝对不能让这种局面发生，他必须出手！

叶皇也大惊，这是个完全出乎他意料之外的变故，当他扭身追击含沙剑之时，青天的剑已破空而至，他根本就没有半点机会。

轰……猎豹的身子倒跌而出，却是青云的拳头撞上了他的拳头。来自青云拳中的劲力使他根本就没有丝毫抗拒的能力，而青云的右手已然握住了那柄飞向他的含沙剑。

“噗……”猎豹巨大的躯体将勉强站起的轩辕又重新撞倒在地，两人同时滚了几滚，再次挣扎时，均感到脖子之上传来一阵冰凉的寒意，已有人将冰冷的剑锋搭在他们的脖颈处，正是一旁伺机而动的两名剑手，而这时，青云剑宗众弟子也迅速围了过来。

叶皇见轩辕和猎豹同时遭擒，心头一惊，脚步立乱，青天趁隙而入，利剑无情地抹向他的脖颈，准确得骇人。

叶皇大惊，同时身形疾退，但松神在前，青天似早料到叶皇这一举动，已踢出了一脚。

砰……叶皇心神已乱，根本就未曾防到青天踢来的那只脚，竟被踢得一个踉跄，但青天的剑却没有半点停歇，破空而入。

叶皇感到一阵绝望，他知道自己无论如何都不可能避得了这一剑之威，唯有死路一条。一时间，他闭目暗自长叹一声，往事如电般在脑海中一闪而过。不屈的他，最终还是踢出了一脚，明知这是没有任何效果的一脚，也要尝试一下。

森寒的剑气已透过肌肤，叶皇只感生命一片空白，空白得不再存在任何思想，一切的一切都会随着青天的这一剑而消失……

“叶皇！”轩辕和猎豹惊呼出声，但他们的惊呼未竭之时，听到了一声极为清脆的金铁交鸣之声。

叶皇没有死，并非因为他是铁脖子，更非他有足够的能力躲开青天致命的一剑，只因为另外一柄剑，轩辕的含沙剑，只不过此刻这柄剑在青云手中。

救叶皇者，居然是青云，这是个意外，绝对的意外。在这场中，大概也只有青云才有这个能力自青天的剑下救出叶皇的生命。

青天感到意外，就像是轩辕和猎豹一样意外，即使叶皇也为之惑然，但不死总会是一件好事。

当青天惑然之时，叶皇已以最快的速度脱离青天的剑势范围之外。

“大哥?”青天惑然相问。

青云向叶皇和轩辕望了一眼，才将目光移到青天的身上，未语，却将手中的含沙剑递给了青天。

青天愕然地接过剑，不经意地望了一眼，脸色忽变，低呼道：“含沙剑!”

青云的脸上也显出了一丝惆怅而黯然的神采，点了点头，肯定了青天的说法。

最为惊异者莫过于轩辕，对方自然不知道自己的剑为何名，但自青天和青云口中说出来，却又有着另外一种不同的意思，他猜不到青云怎么知道剑名，还因此而救了叶皇一命。但可以肯定，他们与含沙剑之间有着一种很特殊的关系，这是绝对不可否认的。

青云的目光移向轩辕，深深地注视着这个顽强的年轻人，半晌才问道：“这剑是你的?”

轩辕不由好笑地反问道：“不是我的，难道还是你的不成？……呀!”一句话还未说完，便觉脖子一痛，一股鲜血自脖子上滑了下来，却是那剑手在剑锋上用了些力气，只痛得轩辕脸色苍白。

“你师父是谁?”青云淡然问道，语气温和了许多。

轩辕心中忖道：“难道这两个人会与木大伯有关系？可木大伯又怎会到千里之外的共工氏来呢?”想到这里，他不由道：“我也不知道他是谁。”

青云和青天竟然不怀疑轩辕的话，又问道：“那你师父大概有多大年纪?”

轩辕更觉讶然，不明白青云和青天的话意是什么，但却照实说出了木青之父木孟的年龄。

青云和青天听说对方是个四十多岁的中年人，不免有些失望，又问道：“那他使什么剑法？”

轩辕想了想，不知道是说还是不说，思索了半晌才横下心来道：“神山鬼剑！”

“神山鬼剑？！”青云的脸色再次变了变，终于叹了口气，向青天望了一眼。

青天的神色间有着无法掩饰的激动……

轩辕和叶皇诸人不由得为之愕然，包括青云剑宗的弟子也全都不明所以，他们还从未见过宗主有这种表情。

“那你师父现在哪里？”青云深深地吸了口气，问道。

“放开他们！”青天向那两名剑手喝道，两名剑手愕然之下移开了利剑。

轩辕和猎豹相互望了一眼，互相扶着站了起来，轩辕却在思索着要不要说出自己的来源。

猎豹也有些惊愕地望了轩辕一眼，显然为轩辕提及自己的师父和那从未听说过的神山鬼剑而有些动容。叶皇因为并不知道轩辕在族中以忘记过去的身份出现，所以他脸上没有惊愕之色。

轩辕觉得没有隐瞒的必要，坦然地望了望青天和青云，道：“他已经死了。”

青云和青天一震，神情无法抑制地波动了一下，又问道：“怎么死的？”

“练功走火入魔，气岔暴亡！”轩辕答道。

青云和青天相视望了一眼，轻轻地叹了一口气。青天将手中的含沙剑抛到轩辕身边，淡淡地道：“你们走吧，你们的朋友并不在青云剑宗的手中，昨晚我们也没有人在共工集中做过任何事。话尽于此，希望你们好自为之。”

轩辕和猎豹呆了一呆，叶皇却漠然道：“我相信你的话，昨晚之事不是你们干的！”

“叶皇？”轩辕和猎豹大为惊愕，心中更是充满了疑问，但轩辕绝对相信叶皇的话，这是他直觉的一部分。

“如果事实真是如此，我愿意为今日之事承担后果！”轩辕断然道。

“很好！年轻人，我就在青云堡中等你！”青云悠然叹了口气，淡然笑道。

“那我们先告辞了！”轩辕在猎豹相扶之下，向青云堡外走去，叶皇扫视了青云剑宗众弟子一眼，扭头拾起含沙剑，跟在轩辕之后向外行去。

“年轻人，我这里有颗疗伤圣药，送给你服下吧！”青云快步赶上轩辕，自怀中掏出一颗莹润如玉的丹丸递给轩辕，温和地道。

“谢谢！”轩辕接过丹丸，又问道，“你能告诉我，你们与含沙剑之间的关系吗？”

青云脸上闪过一丝伤感，道：“当你再来之时，我会告诉你的，你要小心一些！”说完头也不回地向堡内深处走去。

青云剑宗众弟子也为之愕然，不知这究竟是怎么回事，宗主为什么要放走这几个捣乱的凶徒？

轩辕怔了怔，青云脸上那一丝伤感的表情犹如烙印一般刻在了他的心上，可他却不想去猜测这之中的关系，只是坦然地服下了那颗丹丸。

东方的天空已经发白，犹如死去的鱼肚，有一层淡淡灰白色的光润点缀在那黑沉沉的远山之顶。

天快亮了，雾似乎还很大，露水也极重，轩辕和猎豹的心更为沉重。叶皇的脸色依然很平静，像是一块冰雕，比秋风更冷，他没有言语，只是望着那片凌乱的足印和树身的几道剑痕。

燕琼犹如受惊的小猫，蜷缩在轩辕的怀中，而轩辕的脸色依然显得十分苍白，只不过此刻他的伤势已好了一大半，也许是青云的那颗疗伤圣药确有神效，抑或是因为积于丹田之中的那股异气在慢慢复苏。只是此刻他的目光显得有些空洞，有些茫然。

枫林谷外，空寂幽静，唯有鸟雀在鸣飞，秋虫在嘶叫，而与轩辕预定在此会面的人此时却并不在这里。

施妙法师不见了，化金也失踪了，轩辕已发出了十多声暗号，均未有反应，也未见任何由施妙法师和化金留下的暗记，唯一的可能就是施妙法师和化金遇敌了。

按照地上零乱的脚印看，这里刚才可能出现了一场很激烈的拼斗，而施妙法师和化金的失踪可能就是因为这些。

猎豹细细数了一下附近树干上的剑痕，足有一百七十多道，这是一个让人心惊的数字。

林间传来一串细碎得几乎被秋虫凄鸣掩盖的脚步之声。

轩辕虽然伤势未愈，但是仍清楚地捕捉到这串细碎的声音，是以他扭过头，锐利的目光穿透浓雾，向声音传来之处投去。

"花猛！"轩辕心中微微升起一丝暖意，低呼道。

来人正是花猛和凡三，但此刻的他们似乎受了些小伤，神情显得有些懊丧，但两人一见到轩辕和猎豹及叶皇时，忍不住惊喜地呼道："你们没事？"

轩辕的心再次沉得极深，但仍摇了摇头，道："你们受伤了？有没有发现圣女的踪迹？"

花猛苦笑着摇摇头道："我们找遍了整个青云堡，却没有见到圣女的踪影，于是便想纵火，谁知遇上了几个高手，不仅无法纵火，连脱身也不能，最后被他们擒住了。"

猎豹和轩辕的脸色再变，同时惊问道："火不是你们放的？"

花猛和凡三同时摇了摇头，惑然地向叶皇望了望，惊疑地问道："是你放的吗？"

叶皇漠然地摇摇头，道："我赶到共工部族时，猜到你们一定前来青云堡了，所以带着燕琼来找你们，当我赶到之时，那火早就有人放了，我以为是你们所为。"

"是呀，我们来的时候见他们全都赶去救火，叶皇便让我留在堡外的树洞中。"燕琼自轩辕的怀中抬起头来道。

轩辕的目光又回落到林间地上那一片零乱的脚印之上，在火把的映衬下，那些脚印显得十分清晰。

花猛和凡三似有所觉，掩饰不住心头的惊骇，问道："难道施妙法师和化金也失踪了？"

轩辕沉重地点了点头，心中却暗自思忖这神秘的人物究竟是哪一路的？到底有何目的？又为什么要纵火？并还掳走施妙法师和化金？而这些人与圣女等人的失踪有何关系？对方是不是一路人？抑或是几群不同身份的人呢？

“那你们是怎么出来的？”猎豹想了想问道。

花猛和凡三苦笑着摇摇头，也满腹疑惑：“是他们放我们走的，我也不明白他们在搞什么鬼。”

猎豹恍然，知道这定是青天下的命令，只是此刻让他头大的不是这些，而是那潜在的敌人是谁？这纵火之人又是谁？

轩辕的目光又投向了叶皇，他知道，叶皇和燕琼是一个很重要的环节，因为他们是目睹这两件事情发生的主要人物。

“叶兄可与那一群人交过手？”轩辕淡然问道。

叶皇吸了口气，犹豫了一下，道：“那群人的武功很杂，但却是我从未见过的。”

轩辕和猎豹同时怔了一怔，轩辕又问道：“那你可见过他们的面孔？”

“那些人都是蒙着面的，似乎怕我们认出一般。”燕琼抢着答道。

众人又陷入了沉默之中。

“我们先找个安全的地方再说吧。”轩辕吸了口气，提议道。

野火未灭，太阳已经破雾而出，山谷中犹显清冷。

轩辕将燕琼搂得更紧了一些，疲惫的燕琼已在他怀中睡着了，而轩辕却没有丝毫的睡意，尽管他很累！

叶皇讲述了他带着燕琼逃出来的经过，也讲了昨夜那一场激战的整个过程。

其实，那并不是什么激战，而是一个不成比例的陷阱。

叶皇当时并没有睡，他的性情很孤僻，不喜欢与众人聚在一起，包括吃睡。是以他的晚餐也是独自一人自烧自吃，这也是叶皇为防止无法抗拒圣女身边几个婢女的美色而旧性复发的一种手段，当叶皇将这个提议向轩辕说出来时，得到了众人的赞同。所以，叶皇自己独成一体，燕琼是轩辕托付给他的，而对于轩辕的托付，叶皇绝对不会有半丝相违。

燕琼因轩辕去了共工氏部族，心神不宁，更没有胃口吃东西，因此晚餐只是吃了叶皇所烤的一只小小的兔腿，而其他人全都集在一起吃晚餐，正因为这样，叶皇和燕琼才侥幸逃过一劫。

轩辕走不多时，便有一群神秘的蒙面人闯入了营地之中，激战立时开始。

没有人知道这群人是怎样突破轩辕和圣女的布置，破除了圣女所设的阵法和轩辕诸人布下的机关。

叶皇也出手了，他的剑夺去了五名敌人的生命，可就在这时，他发现族中勇士们手中的兵刃很快便被人击落，甚至失去了攻击力。

这是一个很突然的变故，但以叶皇的经验，很快便明白了这是为什么，而叶七也吼叫着让他带燕琼快走，找到轩辕再作打算。于是他没有任何犹豫，带着燕琼就向外围杀去。

若让叶皇放弃燕琼独走，那是绝对不可能的。叶皇也有自己的行事原则，答应别人的事，他绝不会失信！当然，这个人必须是朋友，而轩辕当然是他的朋友。若没有轩辕，族人永远都不可能接受他这个罪人；若没有轩辕，他可能永远沦陷魔道，永远无法找到真正的自我。所以，他绝不会弃燕琼于不顾。

叶皇的剑速之快，确已登峰造极，虽然带着燕琼，但绝对没有半点停滞。当然，一路冲杀出去也不会是一帆风顺，毕竟这群神秘的敌人也有许多高手。

叶皇占优势的便是他那无可比拟的速度，又是在夜晚，如果只有他一人的话，他可以轻松至极地逃离。可是，此刻他却要带着一个不会武功的女人逃走，所以他为此付出了代价，背上为燕琼挨了一刀，重重的一刀。但最终他还是带着燕琼冲出了重围，在粗略地包扎一下伤口之后，便遭到一连串追杀，这之中的险象环生自不是言语所能表述的。不过这群追杀他的人都没有好的结果，甚至为此付出了生命。

黑暗中的叶皇就像是死神，他那如鬼魅般的速度在黑暗的森林之中如鱼得水。

他也不知与这群追杀者纠缠了多久，当他脱离危险后迅速将燕琼安置好，又在第一时间赶到共工氏部落，这才知道化金已先他而至，带着轩辕诸人赶去了青云剑宗，于是他又匆匆回到共工集，发现那曾住过的营帐已化成了一片灰烬，地上除了斑斑血迹，连尸体也没有一具，更不知道圣女和叶七诸人被掳到了哪里。目睹这一切，叶皇没有任何犹豫，掠身向青云堡而去。

当然，在叶皇重回共工集前，轩辕和施妙法师等人已先一步回来，并收拾了这里的几具尸体，以后的事情也便全在青云堡中发生了。

第二十章　连连失利

花猛突然出声道："化金怎会如此肯定这群人就是青云剑宗的人呢?"

凡三和猎豹无语，叶皇也不语，只是几人的目光全都投到轩辕的身上，似在等待轩辕说话。在这种时刻，他们似乎想到了轩辕是领头之人。

轩辕轻轻地抚了抚燕琼长长的秀发，吸了口气道："因为化金他们是潜伏在我们之间的奸细!"

"奸细?"众人俱惊，唯叶皇无语，他绝不怀疑轩辕的说法，抑或他并不想作任何评论。

"阿轩怎知他是奸细?"花猛并不苟同轩辕的意见，有些不高兴地问道。

轩辕淡漠地吸了口气，并不怪花猛的怀疑和责问，毕竟他们在同一个族中生活了几十年，无论如何都难以让他立时相信化金是奸细的事实。是以，他对花猛和猎豹这些人的反应都在意料之中，长嘘了口气道："依我想，叶七叔他们并不是输在功夫不如人，若是硬碰硬的话，以我们的实力绝不会输。但是叶七叔他们的兵刃却被人击落，而且没有半点反抗之力，这是因为他们中了毒!"

花猛和猎豹诸人不语，他们知道轩辕仍会继续说下去。

"叶七叔他们都是硬汉，要想掳走他们，若不是因为他们中毒毫无反抗之力，就一定只能掳走他们的尸体。我仔细查看了一下我们所住营帐的周围，那里并没有什么太大的打斗痕迹，也就是说我们的兄弟与贼人交手只限于营地之中。若是敌人的力量很强大的话，就绝不止化金和叶皇来为我们通风报信，而应该有更多的人，就算族中勇士无法突出重围，又怎么可能连营地也出不了？这只是证明他们中毒了，也印证了叶皇所说的，只有他和燕琼没有与大家一起用餐，这才得以幸免。”轩辕分析道。

花猛和凡三的目光全都投向了叶皇，他们怎么也不会相信这毒是化金所下。

叶皇和轩辕似乎都明白他们眼神的意思，叶皇没有作声，但却显出一丝怒容，他知道花猛和凡三是怀疑他下了毒。

“当然，这下毒之人有三个怀疑的对象，但大家会相信这毒是琼儿下的吗？”轩辕突然问道。

“琼儿？不，不可能是她！”花猛和凡三及猎豹都肯定地道。

“我也不相信是她，也不可能是她！”轩辕顿了顿，又道，“那么剩下的只有两个人可以怀疑，一个是化金，一个是叶皇！”说完，轩辕的目光在众人脸上扫了一圈，包括叶皇的表情也一丝不漏地落在他眼中。

叶皇此刻的心境反而平静下来，依然不言不语，没有半丝不安和愤慨的情绪。

花猛、凡三和猎豹也将目光投向了叶皇，但他们却欲言又止。

“这之中，我们所知没有中毒的只有三人，因此我们只能这么怀疑，我们也只能一个个地排除，这才可能得出正确的判断。当然，我们的队伍之中出现了奸细那是绝对的，否则敌人怎会无声无息地出现在营地之中？不仅躲开了机关，更破除了阵法。另外，营中兄弟中毒一事，化金并没有谈起，这么重要的事情他怎么能不说？他并不是孩子，不知道这个疑点的重要性，这就加重了他的嫌疑。”轩辕肯定地道。

花猛和凡三诸人相视一眼，似乎都明白过来，既然燕琼不会说谎，那化金的确是漏掉了这个重要的信息，而使他的嫌疑更大。而花猛诸人对叶皇的信任度始终不高，就是因为叶皇曾经犯过让人难以接受的错误，但此刻轩辕这般解说，也让他们对叶皇的怀疑减少了许多。

“可是，我们怎能凭借这一点来断定化金是奸细呢？”花猛又问道。

“当然，只凭这一点就妄下结论，似乎太过武断了，这样只会伤了兄弟间的感情。”轩辕说话间挪动了一下身子，叹口气道，“其实化金的疑点很多，我们所说的只是其中两点：一、他本身没中毒；二、他少说了一个重要的环节。另外则是他身上的伤有故意为之之嫌。你们可记得他肩头的衣服上有血迹，且以布包扎好了，当施妙法师要他上药时，他说没事，不必麻烦而浪费时间的话？”

“他的确说过，可这有什么好怀疑的？”凡三想了想道。

“当然有，我曾不经意地在他肩头伤口处拍了一下，可是他却没有半点痛苦的模样，甚至连眉头都没皱一下。如果你们身上有大伤口，我拍一下，你们会没有痛的感觉吗？就算你们是钢铁铸成的，可能会不发出惨叫，但是绝对会在表面上发生一些变化，而化金却没有。所以，这是疑点之三！”轩辕悠然道。

叶皇也为轩辕的话所动容，更别说花猛和猎豹、凡三几人了，他们从没想到如此高大威猛的轩辕竟会如此心细，但这又让他们不能不信服。单凭这一点就可看出叶放并没有选错人，只是今日的局面实属意外。

花猛的确对轩辕在化金的肩头上拍了一下有点印象，那是在营地收拾花冲的尸体时，当时他并没有注意两人的表情，更没有想到轩辕是有意如此，他还当轩辕是因为太过愤怒才会有那种举止，此刻仔细思虑起来，倒觉得自己太过低估轩辕了。

“这只是疑点之三。还有疑点之四——在进入青云堡之时，我们本是要一起入堡的，但我却故意留他在堡外。化金是事情突发的目击者，岂有不当面指证的道理？如果你们处在他那种身份，也会听从安排留在堡外吗？”轩辕反问道。

凡三和猎豹诸人相视望了一眼，同时摇了摇头，道：“我们不会，只会要求同入堡中，不仅仅是指出凶手，更要发泄心中的一口恶气！”

“很对，我之所以留他在外，就是要试试他会不会反对，是否会要求与我们同进堡中，如果他不是心中有鬼，绝对不会甘心留在堡外的，而当时化金不但连一句反对的意见也没有，还以自己的伤势为由，名正言顺地留守堡外，这是疑点之四！”轩辕叹了口气道。

猎豹和花猛诸人不由对轩辕佩服得五体投地，但他们却仍有疑惑，问道：“那你当时为什么不揭穿他？”

轩辕摇了摇头道：“当时我并没有想到这四点理由，只是凭着直觉感到化金这个人有些问题，又怎么揭穿？我们唯有等到叶皇回来后，再相互对照一下，才能得出正确的结论。”

众人不语，他们知道轩辕所说是事实，不由微微叹了口气。

“还有疑点之五，如果你们仔细看了施妙法师失踪的地方就可以知道，那么多零乱的脚印只是一个人所留，所有的剑痕也是一个人所留，这并不是一个很难验证的问题。虽然地上存在的并不全是脚印，也显得十分零乱，但留下脚印的人忽略了一个问题，那就是露水！露水打湿了他脚下的草鞋，而使地上的草鞋印和树干之上的草鞋印是可以对照的。而这些草鞋印与化金的脚基本相同，若是你们对那留于树干之上的剑痕仔细看一看，就可发现这些剑痕排列是有一定规律的，可以看出其中很自然的套路。如果这是许多人所留下的，实难令人想象怎会达到这种效果。所以，我可以断定，那些零乱的脚印只是一个人制造的假象，而这个人则是化金，施妙法师也是被他掳走的！”轩辕肯定地道。

叶皇的脸上绽出一丝崇敬的笑意，猎豹和凡三诸人则难以置信地望着轩辕，似乎不敢相信这样细小的问题也被轩辕看出来了，的确有些不可思议。

“那我们立刻去找他回来……”凡三说到这里，才意识到根本就不可能找回化金，不由气恨地怨骂了一句。

“那我们该怎么办？如果圣女有任何损伤，我们又怎么回去向族长交代？”花猛和猎豹担心地道。

轩辕也沉默了一会儿，道：“如果圣女只是有所损伤的话，这便是最好的结果，至少她还活着。我们只是要将圣女送回部落，损伤总是难免，谁都知道这一路上的凶险。”

“可是若他们加害圣女……”

“不过，大家不用担心，如果我所猜不错的话，那群人绝对不会害死圣女，我们总会救出她的，且不用等太久，就会有消息！”轩辕肯定地道。

众人见轩辕如此有信心，都禁不住有些愕然，不知道是什么原因让轩辕如此有信心。

轩辕却高深莫测地嘘了口气。

当轩辕和花猛提着几只刚打到的猎物回到山谷时，却怔住了。

叶皇和凡三及猎豹正在与一群人交手，而燕琼却已落在一位中年汉子的手中。

让轩辕吃惊的是这中年汉子竟是共工氏的宣天长老。

“住手！”轩辕提着猎物，高声呼喝着冲下山谷。

对方见来者是轩辕，立刻有几人蓄势以待，似乎对轩辕和猎豹充满了敌意。

“住手，大家都是自己人，这样自相残杀又是所为何事？”轩辕有些恼怒地喝问道。

叶皇被八名共工氏勇士所围攻，他虽然身负如鬼魅般的速度，却无法施展开来，一手狠辣的剑招更因对手是共工氏的勇士们而无法发挥出全力，竟陷入了极为不妙的境地。

“大家都给我住手！”轩辕气恼地一声暴喝，犹如晴天霹雳，震得人耳鼓生痛，但却十分有效。所有人都被轩辕的气势镇住了，不自觉地停下手来，叶皇和猎豹诸人迅速退开站在一起。

“宣天长老，你这是什么意思？我们有邑族与共工氏乃兄弟友族，你又为何来与我们为难？”轩辕见宣天长老紧扣着燕琼，不由微恼地道。

“哼，什么意思？我还没有问你们呢，你们把我族公主藏到哪里去了？若是公主有个什么三长两短，我会让你们全都陪葬！”宣天长老冷哼道。

轩辕不由一呆，燕琼却委屈地呼道：“轩郎，他们是无理取闹，不要听他们胡说！”

轩辕冷冷地望了望宣天长老，以及他身后二十多名共工氏勇士，不解地问道：“我不知道长老在说些什么，我们从来没有见过你们的公主，更不明白你们公主与我们又有什么关系？”

“哼，别装糊涂，你问问他吧！”宣天长老说完一指叶皇，狠狠地道。

轩辕惊讶地望向叶皇，却不知道是怎么回事，整个人云里雾里摸不着头脑，不由嗫嚅地道：“叶皇，这是……是怎么回事？”

叶皇一脸冤枉之色，愤怒地道：“莫名其妙！他们说我昨晚掳走了他们的公主。”

“轩郎，他们是在血口喷人，昨晚叶皇一直带着我四处找你，根本就没有见到过什么公主。”燕琼立刻辩护道。

轩辕又怎会不相信燕琼的话，不由有些惑然地望了宣天长老一眼，道：“长老，我想这之间可能有些误会吧？”

“误会？昨天晚上掳走柔水公主的人就是他，虽然他当时蒙着面巾，可是我一眼就能认出就是他杀了公主身边的几位兄弟和丫头，掳走了公主！”站在宣天长老身后的一名汉子挺身而出，指着叶皇肯定地道。

“我也可以做证，他四更的时候来到我族说要找轩辕兄弟，我告诉他说你们去青云堡了，他便走了。可不一会儿他又回来了，虽然返回时蒙了面纱，也没有这个姑娘在旁边，但我完全可以肯定就是他，连衣服都没有换！”说话之人是尚禾。

轩辕禁不住有些糊涂了，难道以宣天长老和尚禾的身份还会撒谎？可是燕琼又说昨晚从未与叶皇分开过，那又是怎么回事呢？

“尚兄，你是否看错了？”轩辕又问了一遍，他还是不相信叶皇会再犯以前的毛病。

“哼，除非我瞎了双眼，他这种打扮和说话的声音都丝毫不差，我还跟他交手了六七招，你说我会看错人吗？要不要我将那几招施展出来让你们认认？”尚禾冷哼道。

“不可能，我没有掳走公主！”叶皇极为愤怒地道。

轩辕吸了口气，淡然道：“宣天长老，这个女人是我的妻子，我希望你先放了她，有什么事情我们可以好好谈谈，又何必如此呢？”

宣天长老冷冷望了轩辕一眼，哼了一声，松开了燕琼。他知道轩辕是有邑族人，又与施妙法师关系密切，即使共工也要对施妙法师客客气气，他原以为燕琼是叶皇的女人，现在听轩辕说是他的妻子，也便不好再扣押她，毕竟这事不能做得太绝。

燕琼惊惧地跑到轩辕身边，脸色苍白地道：“他们是坏人，他们血口喷人，冤枉叶皇，我可以做证，叶皇昨晚绝对没有掳走他们的公主！”

“琼儿先别说，长老也是心系公主，并非无理取闹，等事情弄清楚之后再说。”轩辕安慰道。

宣天长老本来微有恼怒，但见轩辕这么一说，怒气也便消了不少，但望向叶皇的眼神之中多了几缕杀机。

“长老，我妻子年龄小，不懂事，如果有什么冒犯的地方，还请多多包涵。不过，我相信我妻子不会说谎，因此还请尚禾兄将昨晚那恶贼所使的招式重复一遍，哪怕只有几招，也好让我们证实一下那人是不是叶皇！”轩辕心中也有些矛盾，但却不知道该如何妥善解决这个问题，只好这样说了。

尚禾向身后的另一名汉子道：“尚武，你将昨晚那名刺客的招式演练一遍！让他们看看，到底谁在说谎！”

那汉子向前一站，道：“我叫尚武，昨晚与刺客交手了八招，中了刺客一剑！”说着掀开外衣，腰肋处缠着一道洁白的纱布，上面染得血迹殷然。

尚武又继续道：“那刺客的剑法太快，我只能凭着印象比画几招，你们看看便是。”

“好，你将那几招使出来吧，我倒要仔细看看！”猎豹不相信对方所说的是事实，虽然他对叶皇的过去很有成见，但那毕竟是过去，而叶皇在青云堡中宁死不退，更救了他一命。是以，他多少也对叶皇有些感激，何况此刻又有燕琼为证，他自然更不相信叶皇会掳走共工氏的公主。

尚武没有说话，只是提剑斜刺，挑、劈、挂、戳……连连做了几个动作，这些并不是连贯的动作，但每一招每一步都显得脉络清晰。

轩辕的目光扫过叶皇的脸上，叶皇的脸色变得极为难看——这是因为尚武的几招不成章法的剑式。

结果不用说，轩辕已经知道尚武所使的剑招绝对与叶皇有关，就连猎豹也感觉到之中的问题。

尚武停下手中的剑，所有人的目光全都投向叶皇。

叶皇脸色十分难看，那始终如坚冰的冷脸竟变了颜色。

“难道真的……”轩辕有些心痛地淡问道。

猎豹和花猛及凡三的脸上都露出了愤怒和鄙视的神情，他们显然对叶皇失望至极，更厌恶至极，就因为叶皇仍然不改当初的恶习。

“我没有！我根本就不认识什么柔水公主！”叶皇声音极冷，也极为肯定地道。

“不会的，叶皇绝对不会掳走你们的公主，昨晚我们真的一直都在一起。”燕琼也肯定地为叶皇分辩道。

“那这几式剑招，可是你的？”宣天长老向叶皇冷然问道。

叶皇向尚武望了一眼，并没有否认：“不错，这几式剑招正是我习惯用的！”

“那你还有什么话说？”宣天长老愤然道。

“我没有掳走柔水公主，也不认识什么柔水公主！”叶皇仍旧坚持自己的辩护。

“你以为这样就能够解决问题吗？快把公主交出来，念在施妙法师的分上，我们或许还可以对你从轻发落，否则别怪我们不客气！”尚禾愤然道。

叶皇的脸色微微有些发白，并没有回答尚禾的话，反向轩辕望去，淡淡地问道：“阿轩也认为是我所为吗？”

轩辕一怔，叹了口气道：“我相信你又有什么用？我们必须拿出有效的证据才行。一直以来，我都不相信你会再犯以前的错误，包括现在……”

“很好，我叶皇没有看错人！”叶皇说完悠然一笑，又扭头向宣天长老道，“我无话可说，因为此时我根本找不到有效的证据来证明自己的清白，但我仍然要对你们说，这件事情绝对不是我做的，不过，我可以跟你们走！”

“叶皇！”燕琼和轩辕同时唤了一声。

“我不是证人吗？为什么你们都不相信我的话呢？难道就因为我是一介女流吗？”燕琼大为激愤地向宣天长老诸人呼道。

“因为你本身也是值得怀疑的人，若非看在轩辕兄弟的面子上，今日连你也不能置身事外！”尚禾也有些愤然地道。

“叶皇，真的不是你所为吗？”花猛和凡三仍有些惑然。

叶皇神色极为平静，只是淡漠地笑了笑，道：“我已不是以前的叶皇，从那晚野火会之后，我发誓要做一个顶天立地的男子汉！我没有必要否认已做过的事情，也不可能承认没有做过的事情！”

花猛和凡三不由得微感脸红，却无言以对。

“叶皇，你放心，我们一定会查出真凶的，找到公主，还你清白！”猎豹也诚恳地道。他也为叶皇的做法所感，叶皇的决定的确有些出乎他的意料之外。

“哈哈哈……”叶皇竟似乎遇到了一件极为开怀的事情，竟放声大笑了起来，良久方息，但众人可以感受到他内心的欢悦之情，也许正是因为猎豹和轩辕对他的信任吧！

叶皇心中确实极为感动，在这种情况下，仍有两位兄弟相信他，不计前嫌地理解他，因此，他的内心深处反而充满了欢悦，并不为自己将要成为阶下之囚而担心。

“我相信你们一定可以还我清白，阿轩，我有几句话只想跟你说！”叶皇没有半点悲蹙之色，反而豪气勃发地道。

轩辕讶异地望了叶皇一眼，缓步行了过去。

众人只见叶皇将嘴凑到轩辕的耳边，很小声地说了几句话，而轩辕的脸色变了数变，却并不知道叶皇究竟说了些什么。

“好吧，宣天长老，我跟你们走，如果要用镣铐和绳索，我也不会反抗！”叶皇长长地嘘了口气道。

宣天长老和尚禾微讶，立刻有人上前缚住叶皇的双手。

“长老，尚兄，希望你们能给我三天时间，我们一定会找到公主，澄清事实！”轩辕肯定地道。

宣天长老定定地望了轩辕一眼，半晌才吸了口气道：“好，我就给你三天时间，三天之内，他绝对会完好无损！若你们三天过后仍找不回公主，我们则会以族中的手段对他进行审问了！”

猎豹和凡三诸人的脸色微变，有些担心地望了轩辕一眼，不明白他为什么说出三天期限，难道他真的这么有把握在三天之内找出凶手？

“那轩辕在这里先感谢长老的宽容，我们下次再见了！”轩辕充满信心地道。

“很好，年轻人有信心就好，希望下次相见时会有好消息！”宣天长老微微赞赏地道。

“如果有线索，需要相助，也可来找我们！”尚禾望了轩辕一眼，淡淡地道。

“我会的！”轩辕认真地道。

“轩郎，我们现在该怎么办？”燕琼六神无主地问道。

猎豹和花猛诸人都陷入了沉默之中，他们实在不知该如何去做，事情发生到这种地步，实在让人觉得头大。

凡三独自嘀咕道：“怎会这样呢？事情一波接着一波，到底有完没完？下次还不知道会发生什么事情呢，真他妈的窝囊！”

猎豹没好气地望了他一眼，道：“如果这一路上一帆风顺才是怪事呢！”

凡三嘟了嘟嘴，将手中的一根草茎狠命地拉成数截，咒骂道：“若是让我看到化金，一定捅他十刀八刀！没人性的东西，连兄弟也出卖……”

“你行吗？就凭你那功夫能抵抗人家五十招就不错了！”花猛的心头似乎也有些烦，出口不知轻重地道。

“花老大，你别这么看不起人，我凡三虽然不如你，但无论如何也不会像你说的这么差！”凡三也被花猛这尖锐的话锋激怒了，愤然抗议道。

“你们别吵了好不好？在这节骨眼上，我们要的不是吵闹，而是冷静，以后发生的事情也许更加糟糕，我们不是早有心理准备吗？”轩辕大声道。

几人相视望了一眼，全都撇了撇嘴，不再言语，也似乎明白了轩辕所说的确是事实。

“大家的心情我理解，这只是刚开始，后面的路还很长呢。我们应该冷静地分析一下这背后的凶手是谁？藏在哪里？为什么要做出这一连串的神秘行动？”轩辕语调显得十分平静。

“轩郎真的能在三天之内救出共工氏的公主吗？”燕琼有些担心地问道。

轩辕长长地嘘了口气，摇了摇头道：“我不知道，唯有倾力而为了！”

凡三和猎豹几人俱惊，讶然问道：“那你为什么还要答应对方三天时间？”

轩辕叹了一口气，道：“我能不这样说吗？如果我不这样说，在这三天之中叶皇一定会受到比死还难受的酷刑，这样对他更为不利。我们这样至少可以争取到三天时间去准备，如果三天之内没找到圣女等人，也没有找到共工族公主的话，那我们只好去救出叶皇逃离共工集了。”

“啊……”轩辕的这个决定即使是花猛也吃了一惊，但仔细一想，事实也只能是这样了。

“会是刑月那一群人所为吗？”花猛突然问道。

“这很有可能，只不过敌暗我明，形势对我们来说极为不利。”轩辕有些无可奈何地道。

“你们对化金的情况是不是很了解？”轩辕又问道。

凡三有些不解地道：“这个还用说？他可是在我们族中土生土长的，我们自然十分了解。”

“土生土长，也就是说他绝对可以算是真正的有邑族人了？”轩辕又问道。

“这当然是！”花猛毫不犹豫地道。

轩辕的眉头皱了皱，疑惑地道：“如果真是这样的话，他又为何会成为奸细？他这样做又有什么动机呢？目的何在？”说到这里，轩辕脑海之中又浮现出了凤妮那绝世的姿容，清丽而不沾尘俗的绝美！暗忖道：“那群人该不是因为凤妮的美色才如此做吧？”

“这个只有问化金了。唉，对了，刚才叶皇对你说了些什么？”凡三不经意地问道。

轩辕望了凡三一眼，吸了口气道：“他说他怀疑凶手是另一个人，暂时我们并没有任何证据断定这人就是凶手，只是一种怀疑，所以他不想对大家说出这个人！”

“哦，那这个人是谁？”凡三、猎豹诸人齐声问道，就连燕琼也不例外。

轩辕的面上显出一丝为难的神色，呵了口气，半晌才道：“在没有确切证据之前，你们最好不要知道这人是谁，而且我也不能说。”

几人一阵错愕，凝视着轩辕，似乎皆想自轩辕的神色间找到一丝蛛丝马迹。但是，他们失望了，轩辕的神情显得极为平静，目光深邃得完全看不到底。

“这人的身份很重要吗?”花猛旁敲侧击地问道。

“当然，如果不是因为这人的身份举足轻重，我又为何不敢断言?”轩辕毫不否认地道。

“身份很重要，又为何对我们设下如此多的圈套呢?”猎豹喃喃自语道。

“不必胡思乱想了，吃饱了我们还有事情待办呢。”轩辕认真地道。

“我们去哪里?”凡三讶然问道，他实在已经想不到现在该怎么去做了，若是如无头的苍蝇一般四处乱撞，又能够得到一些什么呢?

“梁湖!”轩辕淡然道。

“梁湖?”猎豹不解地问道。

“不错，去梁湖找那个秃龟，他也是一个值得怀疑的对象!”轩辕悠然道。

“秃龟?”凡三立刻想到在梁湖之上卖大木筏的那个秃头以及小木船上的遭遇。

“对，我们要查清他的身份，也许昨晚之事就是他所为。”猎豹也附和道。

“但我必须先去一趟青云堡!”轩辕又道。

“还去青云堡干什么?”花猛惊问道。

“那里是最安全的地方，我要将琼儿先安置在那里!”轩辕一手将燕琼揽入怀中，淡淡地道。

燕琼一惊，道：“不，琼儿不与轩郎分开!”

“青云剑宗的人不对我们恨之入骨才怪，他们又怎肯帮我们照顾琼儿呢?你送琼儿去岂不是更糟?”猎豹有些担心地道。

轩辕充满信心地道：“不会的，我相信在共工氏部落所辖之地，只有青云剑宗的人可以帮我们，他们绝对不会对琼儿不利的!”

燕琼神色欲泣地道：“是不是琼儿拖累了你们?”

“傻琼儿，是你为我带来了勇气，又有什么拖累不拖累的?你是我们的活宝，比圣女更重要，所以我再也不能让你多受一点惊吓，这才送你去青云堡，我们很快会去接你的。”轩辕抚了一下燕琼的秀发，爱怜地道。

燕琼虽然仍是一脸的不乐意，但心里却欢快异常。她自然能体会到轩辕对她那份真诚的爱意。

轩辕自青云堡行出来时，神色依然显得十分平静，他在青云堡中只待了一炷香时间。

猎豹诸人见轩辕大步行了出来，心头微松了口气，这就是说，轩辕所言并没有错，青云堡是共工集中唯一能够帮助他们的。只是他们仍然有些疑惑，不明白轩辕与青云剑宗之间究竟是一种什么关系，也不明白轩辕为何如此肯定青云剑宗一定会相助。唯猎豹知道其中的秘密可能就是因为那柄含沙剑，而那，又是关系到轩辕身世的见证。当然，他们不知道轩辕根本就未曾失去昔日的记忆，更不知道失去记忆后会是什么样子。因此，他们对于轩辕的过去，就像一个谜团一样难以解开。

“走吧，我们就去把那秃头揪出来审一审，相信可以从他身上发现一些问题。”轩辕充满信心地道。

梁湖，仅距青云堡六里之遥，这并不是一个很远的距离。

当轩辕出现在湖边之时，梁湖上的生意已经开张，买卖竹筏、木筏、小船的商贩客旅不计其数……

今天的阳光很好，在深秋之际，能出现这般温暖的阳光，实在是一件很舒服的事情。

对于秃龟来说，今天的日子似乎并不是很好。至少，当他看到轩辕的时候，便隐约感觉到了一些什么，也似乎明白了一些什么。

这次跟随轩辕前来的人，只有花猛。因为对付秃龟这种小角色，人多只是一种浪费。

走到湖边的轩辕，目光变得极为冰寒，与这外在的世界并不协调，阳光暖，目光寒，几乎寒透了秃龟的心。

那是一种感觉，一种致命的感觉，秃龟毫无来由地避开了轩辕的目光，也许是因为轩辕的目光太过清亮，亮得有些刺眼、寒心。

正因为这种感觉，所以秃龟跑，撒腿就跑，自木筏上向湖心跑去，他甚至想都不敢想如何去面对轩辕。

轩辕的厉害之处，秃龟已经领教过，是以他此刻一见轩辕来意不善，也就迅速想借水逃遁。但秃龟却低估了花猛的速度，因为他可怕的敌人并不只有轩辕一个。

当秃龟的身子刚跃离大木筏之时，便有一块石子疾射而至。

其实，杀人并不需要亲自动手，直接和间接有时候是同样的效果。

哗……秃龟似乎也感觉到这颗石子的力量，竟踏开大木筏，从裂开的长木之间滑入水底，那颗石子自他头顶掠过。

花猛一呆，他并不是一个擅于水性的人，但却知道秃龟乃是在梁湖边做了若干年生意的人，如果说这种人水性不精的话，那简直是无稽之谈。但在花猛一呆之时，轩辕的身子疾掠向几张大木筏的前端，在大木筏之上带起一根捆扎木筏的绳子，飞身向水中跃去。

花猛发现轩辕在跃入水中的瞬息间，将那短刀咬在唇间，只溅起一些细微的浪花，便如一只青蛙跃入水中一般。

“轩辕……”花猛仍禁不住发出了一声惊呼，快步赶到轩辕入水之处，却见水面涌起一大团白茫茫的水花，使本来清澈至极的水面变得有些模糊，其实也不算是模糊，只是因为那些洁白的水花反射着太阳的光芒，而使得花猛眼睛一时看不清水下的景象。

可以想象，轩辕和秃龟在水中的交战必定正激烈地进行着，否则怎会涌起如此多的水花？

突然之间，花猛发现水中又多了几道黑影，像是几条大鱼一般向那团水花处靠去。而这一刻花猛也似乎可以看清那团水花之中的景象。

轩辕的对手并不只是一个人，而是四人之多，并且又有几名敌人赶到。

花猛心情之急可以说达到了无以复加之境，但对正在水中力斗群敌的轩辕却爱莫能助，因为他并不擅于水性，如果下得水中，反而会拖累轩辕。正当花猛急得团团转之时，却发现了一根竹篙，他大喜之下，迅速拾起大竹篙，瞅准水下的暗影直捅下去。

哗……一颗人头破水而出，刀光一闪，却是划向花猛的脚。

花猛吃了一惊，那根竹篙还没进一步捅下去，便慌忙倒翻而回，再看之下，那人已经再次潜入水底，也不知是在竹筏底下的哪一根木头之下。

花猛心中所受的闷气可真不小，但却又无可奈何。不过，他这次变得小心起来，赶到大木筏边沿，却见轩辕如一条游鱼般，在水底灵活至极，时而犹如水蛇扭身，时而犹如青蛙倒翻，时而犹如巨鲨扑食……那一截截绳子竟然似在水底下结成了网，已有几人被绳子所缠所绊，在水中努力挣扎着。

花猛像是做了一场梦似的，他怎会想到轩辕在水底之下竟也如此厉害？蓦地，一点白光闪过。

轩辕似乎在水中出刀了。

花猛发现有一大串水泡涌出水面，然后便出现了一片潮红，而几条黑影似乎受惊的虾群，四散而开，更有丝丝血水涌出水面。

花猛又惊又喜，他几乎可以猜到水中的结局如何。

当轩辕入水之时，秃龟似乎感到一阵欣喜，他苦于应付岸上轩辕造成的杀伤力，如今对手入水了，这对他们这群熟知梁湖水域的人来说，自然是一件极为有利之事，但他们怎知厄运也已随之降临？

轩辕入水，只觉水下的景物微带昏黄，但人形却清楚至极，甚至目力可达水下十丈之外，这连轩辕自己也大吃一惊，这是他从来都没有过的事情。往日在水下他最多只能看到两丈外的景物，而且眼睛还有一丝胀痛，但此刻非但没有那种感觉，反而有一种无法说出的清凉之感，仿佛他已成了水中的游鱼一般，这种感觉很怪。

轩辕并不觉得水中阻力很大，当初他在有侨族偷偷练功时的所在地就是瀑布之下，这才使他的天生神力得以开发，促使体内的功力飞速增长，虽然没有名师亲自指点，但以他的聪明和智慧，在长年累月的苦练之下，武功的进境之快，是外人根本就无法想象的。这种水下的阻力相对于那强劲瀑布的冲击力来说，根本就不算什么，但轩辕却明白这之间与巨蛇的内丹一定有关系。

巨蛇的内丹本就是一件极为神秘的东西，由于巨蛇在水下生活了数千年之久，其内丹对深水之中的水压及各种因素绝对会有一些相依的效果，只是这之间的奥妙绝不是轩辕所能明白的。轩辕误食龙丹，使其体质在地下河道之中进行了一系列外人所无法知道的改造，其中最为明显的便是眼睛。龙丹本就是由蛇胆变异之物，蛇胆又是最好的明目清火之物，再加上几千年的日月精华的凝聚，那效果确非常人所能理解的。

半晌过后，花猛方见一颗脑袋探出水面，在这人的脸上，花猛却发现了绝望和恐惧至极的表情，犹如有一只水怪在追逐他一般。

那人双手在水面扑腾了几下，含糊地呼道："救命，救……"后面一个字还没说完，身子便似乎被一股巨力给拖入水中，水面涌起一股水泡。

哗……花猛的目光随着一处破水声望去，却见秃龟脸无人色地爬上一张大木筏，像是在水底遇到了妖魔鬼怪似的，一上大木筏，便没命地向岸上跑。

花猛不由得冷哼一声，身子如掠波之燕，平射而出，直撞秃龟。

秃龟竟也不是个庸人，竟能够极快地作出反应，他虽没有估到花猛的速度会如此之快，但却感到那疾掠而至的风声，是以秃龟用力在大木筏上一点，他的脚下竟竖起一根粗壮的圆木，准确地挡住了花猛的攻击。

"好！"花猛暴喝一声，倏地头下脚上，以双手在大木筏的数根木头上轻按，脚下以极快无比的速度踢出。

轰……那竖起的圆木竟断成了数截，四散而出。花猛已自数截断木之间射过，依然是手按木条，脚出如风。

秃龟吓了一跳，他似乎没有料到花猛的腿法竟如此精妙，有着如此霸道的力量，但躲避已是不及，只得迅速回臂相抗。

砰砰……连秃龟也记不清自己究竟挨了多少脚，当花猛的身子停下来时，他已倒飞三丈，向另外一张筏子飞坠而下。

轰……哗……秃龟那百多斤重的身躯重重砸在那张大木筏之上，几乎砸断了一根木料。大木筏震动了一下，在水中一阵晃荡，激得水花四射溅出。而此时，那一根被花猛踢成数截的木料也飞溅入梁湖之中，使湖面一片零乱。

秃龟惨号一声，那秃头在木筏之上撞起了一个大包，脊骨险些砸断，但他却不敢有半丝停留，迅速向大木筏另一边翻去，他宁肯在岸上逃命，也不愿在水中面对轩辕的无情攻击。

轩辕太可怕了，其水性之佳比他身负的武功有过之而无不及，这是秃龟做梦也没有想到的。当然，如果他知道轩辕的过去，也不会想将轩辕引入水中了。

在有侨族中，只有两人敢下龙潭，一个是死去的木孟，另一个便是轩辕。这可以说是有侨族中的一个秘密——轩辕的秘密。

所有族人都以为轩辕所练的武功只是蛟梦传授的流云剑道，但事实上轩辕的武学却是在水中练习得更多一些。而有侨族中只有两处水域可以吸引轩辕，一个是龙潭，一个是神洞汇入姬水的那道瀑布，而这是两个很偏僻的地方。是以，真正注意到轩辕练功的人并不多，也许除黑豆之外，便再无他人。

正因为轩辕的水性比他的武功更可怕，所以才能够出其不意地独立诛杀木艾、华雷和禾田，更神不知鬼不觉地逸走。而这一刻，秃龟引他入水，正合轩辕的心意。他又岂会不知水底之下潜藏着许多杀机？但却并不在意，更不会害怕。

轩辕不怕，但秃龟却怕了，怕得要死。其实，有句俗话说得好，怕鬼遇鬼！秃龟就是如此。

秃龟那飞奔的身子突然摔了一跤，当他发现绊倒自己的东西竟是同伴的一具尸体之时，秃龟差点没昏过去。因为轩辕那冰冷得如同死神的目光此时与他相隔不过两尺。

“呀……”秃龟一声尖叫，双拳同出，完全乱了章法地击向轩辕。

噗……呀……秃龟额头上的大包被轩辕重重地敲了一下，只痛得秃龟一阵抽搐，那攻出去的拳头又变成了回捂自己的秃头。

花猛禁不住发出一阵得意的笑声，其实这也的确很滑稽，不过他却发现轩辕的右手上牵着一根绳子，绳子的另一头却串着一大串或死或伤的人，不由惊问道：“全都解决了？”心中却惊喜莫名暗忖道：“原来阿轩的水性竟如此高深莫测。”此时他即使再笨，也会想到这是轩辕的杰作。

“这些脓包，根本就是一堆死鱼！”轩辕淡然笑道，说话的同时甩了甩湿漉漉的短发，一只脚已经踏在秃龟的咽喉处。

花猛又为之笑了起来，方才紧张的心情顿时轻松不少。至少，他现在知道在水上不用再为任何事情担心了，只凭轩辕那神鬼莫测的水性，便足以应付任何困难，这绝对不是空谈。

秃龟却是面如死灰，他不敢想象轩辕的水性厉害到何种程度，居然在水底将这么多人用一根绳子全都串了起来，这是什么武功啊？简直比魔鬼还可怕！但此时更让秃龟差点昏死过去的却是轩辕满是水的靴底发出的一种极为古怪的气味。

第二十一章　王子龙歌

野竹林，鸟倦林静，小径清幽。

竹林深处，几户人家，以野竹架屋倒也简朴清新，几缕炊烟可感那宁静的山间野韵。

野竹依山而生，别成一景，唯一与竹林不协调的就是弥漫于林间的杀气。

那是因为几具尸体，几具悬于竹枝之上的尸体，压弯了那柔韧的枝头，使得秋风十分惨淡。

这是一条小路，极为宁静的小路，小路曲折盘上山顶。

山不高，只是郁郁葱葱的尽是竹木，山间洞穴也极多，有一泓清泉自山头流下，在七里之外汇入梁湖之中。

这时，有一阵细碎的脚步声缓缓传来，那是踩在烂竹叶之上所发出的声响。

自山上走下的有五人，他们显然已经发现了在竹枝之顶悬挂的尸体，是以五人全都驻足，更变了脸色。

林间的气氛在这刹那间显得更为紧张，更为死寂。

其实，杀机就在这一刻变得容易觉察起来。

"快来救我，胡老三!"秃龟的声音打破了林间的死寂，也显得是那般突兀和尖厉。

那五人又愣了愣，循声望去，却见秃龟浑身湿透，被四棵巨竹紧绷在半空中，四根绳子分别系住秃龟的四肢，更将四根竹子弯成弓状系于绳子的一头，当四根巨竹欲绷直时，便开始对秃龟的四肢进行撕扯。

秃龟脸面向下，在虚空中呈“大”字张开，而他的肚皮之下，几根被去掉上半截锋利如剑的竹竿坚硬地挺立着，只要秃龟一落下，绝对会被这些尖竹捅穿。也许正是因为这些原因，秃龟连动都不敢动一下，因为系住他的绳索太细，而且绝不算结实，即使不动，不挣扎，他也不知道下一阵风大些绳索会不会被这几根巨竹绷断。

“是秃龟!”其中一人低低地惊呼一声。

“小心些!”另一名年长些作渔夫打扮的汉子叮嘱道。

“快救下他!”最先发出惊呼之声的人提议道。

“胡老三，把我放下来，那几个小杂种已经上山去了!”秃龟高声喊道。

“我去!你们把这根坚竹砍断!”被称作胡老三的汉子向身边的另四人吩咐了一声，又朝秃龟喊道，“老秃，你再忍耐一会儿!”说话间已经迅速向秃龟悬挂的地方奔去。

秃龟似乎终于可以松一口气了，心中却不停地咒骂着那该死的轩辕和花猛，不过秃龟对他们那神鬼莫测的水下功夫确实心有余悸。

原来，轩辕在抓住秃龟之后并未杀他，只是将之带到这片少有人迹的野竹林中审问，并用一些极为残酷的刑具来对付他，比如轩辕将竹子中间劈开，再把秃龟的手脚夹于其中，然后把竹竿扭曲，几乎将秃龟手上的肉全都拉下，但却又不会伤了筋骨。最让秃龟心有余悸的却是轩辕劈开四根竹子，将他的四肢全都夹在中间，横架于空中，那尖细的竹刺将秃龟的手几乎完全划伤，那种刺骨的剧痛，使他恨不得把轩辕碎尸万段，但秃龟心中却明白，这野竹山乃是他的大本营，这是轩辕所不知的。不过秃龟并没有如愿以偿地等到自己那群兄弟来帮他杀了这两个可恨的家伙——轩辕和花猛，轩辕甚至相信了秃龟所说的假消息，上山去了，但却将他以几根烂绳悬在半空中，使其在生死的边缘“享受享受”惊恐绝望的感觉。

轩辕失信了，并没有依照最先所说的承诺：若秃龟说出了那神秘的放火之人的下落，便放了他。而这样做，秃龟反而认为是合理的。若是他，也绝对不会放掉对方，不一刀结束了对方的生命已经够仁慈了。

秃龟终于落下地来，一颗绝望的心方慢慢复归原位，虽然满身都是伤痛，但总算是自死神的手中逃了出来。不过，他口中却将轩辕和花猛咒骂了千万遍，所有最难听的字眼全都在这一刻派上了最大的用场。

“是什么人干的?”那渔夫打扮的汉子讶异地问道，显然他们并没有接到轩辕在梁湖闹事的消息。

“就是伤了尊者的那小子！只不知他们是怎么知道我的身份的，竟找上门来。他妈的，下次那两个臭小子若落在我手中，我定要让他们后悔在人世走一遭!”秃龟咬牙切齿地道。

那渔夫吃了一惊，眉头皱了皱，喃喃自语道：“怎会又是那小子呢?昨天他不是受了伤吗?”

“那小子简直是魔鬼!”秃龟心有余悸地道。

“我们快去禀报尊者，那小子可能会很快找上门来!”作渔夫打扮的汉子道。

“是呀，老秃，你身上的伤势这么重，先回洞中治疗吧。”胡老三关切地向秃龟道。

秃龟也感到一阵疲惫袭上心头，他的确受伤太重，在大木筏上受花猛的木桨沉重一击，几乎将他的五脏六腑都震得碎裂开来，而这野竹林之中的酷刑，无论是在精神上还是肉体上，秃龟都受到了沉重打击，此刻一旦心里踏实了，他才感觉到竟是如此的疲惫。

有侨和少典两族摒弃数十年的世仇和好的消息不胫而走。

反应最为强烈的，自然是两族的内部，但在祭司和长老们力排众议之下，又有族长亲自开口，终于平息了族人心头之愤。

和平毕竟是所有人都极为希望看到的，有侨族和少典族之间虽然有些矛盾仍未解开，但和平的契机受到了大多数人的欢迎。

对于临近的各小部落来说，和平更让他们减少了许多潜在的危机，他们可以不再花太大的力气周旋于两大部落之间，那是一种很累的游戏。是以，他们很欢迎有侨族与少典族的和解。

这和平的契机似乎来得太快了一些，也太突然了一些，但所有人都知道，和平的到来是有外在因素的，首先是太华集上山虎盟的崩溃，这也是个意外。

山虎盟在外人的印象中，行事并不坏，但却毁在有侨和少典两大部落的联手之下，也只有像有侨和少典这等部落的力量才能轻而易举地粉碎山虎盟。

真正明白其中原因的人并不多，至少在少典、有侨和有虢几部之中绝不会有人怀疑这次和平的到来之真意。

而这一切的一切，只是因为一个祖族的来客——龙歌王子！

知道龙歌到来的人只有少数几个，除祭司之外，便是族中长老、族长和几位极为重要的人物，就因为龙歌的身份必须保密，也是极为重要的。

秃龟在那渔夫的扶持下，终于攀上了野竹山。

这里的地形他们极熟，一路上，他们所走之处全是荒无人迹的竹丛、荆棘林，甚至自陡崖之下攀爬而上——这根本就不能算是道路，也无路可行。

这里是野竹山的南端，可以望见梁湖那鳞光闪烁的碧波，也可看清黄河之水自西而来，犹如玉带般延伸向遥远的东方。

山顶有洞，是一个极为隐蔽的洞，洞口在一丛茂密至极的竹根之下，几块塌陷的土方上露出筋骨粗壮、毫无规则的竹根，竹根之下是黑乎乎的一片。若是仔细看仍可看出一丝蛛丝马迹，因为那黑乎乎的东西本身就是两扇门。

十丈之外，有两间竹屋，和山下农家的小竹屋一样，显得古朴而简洁。

这种就地取材的竹屋并不难建，虽然容易损坏，却极为方便。

竹屋里住着的人并不多，一共才八人，加上渔夫和秃龟等人自山下赶回来，就有了十余人。

“老秃，你怎么了？”老远就有人看见秃龟那要死不活、气息奄奄的样子，不由大惊地问道。

“被有邑族的那小子给算计了！”那渔夫咬牙切齿地道。

“又是那兔崽子！”一个人气恨地道。

“待尊者伤势好了之后，定要将那小子千刀万剐！”

“你们来时，有没有被那小子跟踪?”有人问道。

“应该没有!”那渔夫并不能肯定。

“我们在附近查过，上山的时候也很小心，相信那小子真的被老秃骗了!”胡老三附和道。

“这究竟是怎么回事?那小子怎会如此精明?又如何知道你的身份?”一名汉子有些疑惑地望着秃龟道。

“他说是得自青云剑宗的消息，我也不知道究竟是怎么回事。”秃龟有些虚弱地道。

山上众人皱了皱眉头，似乎有些惊讶：“青云剑宗的消息?这是怎么回事?”

“昨晚有人在青云剑宗放火，据那小子说，这放火之人是他们的敌人，但这人后来竟逃到我住的院子里失踪，而青云剑宗的高手便是跟踪到我院子外，也不知道那小子怎会从青云剑宗得到这个消息的。”秃龟有气无力地道。

“不会吧，有消息证实昨天晚上那几个小子大闹青云堡，且昨天下午又与青原交手，他们应该不可能与青云堡有什么关系……”

“什么人?”一声断喝打断了众人的分析。

竹林间传来一阵细碎而清晰的声音，众人的目光全都移向声响传来之处，却只见四个人影借着竹子的反弹之力，快速地向这边竹屋逼来。

秃龟的脸色刹那间变得更为苍白，几乎快要昏倒过去。因为他发现向这边疾掠而至的人，竟是那犹如催命阎王的轩辕和花猛诸人。

“是你们!”胡老三的脸色要多难看就有多难看，他的确没有想到轩辕诸人来得如此之快，自己等人连一点心理准备都没有。

“好哇，我们又见面了，为何刑月没在?”开口之人却是花猛。

“天堂有路你不走，地狱无门偏闯来，今日我暴龙定将你们千刀万剐，否则难泄我心头之恨!”一个脑袋成梯形的汉子阴恻恻地吼道。

“哦，你叫暴龙吗?难怪长得与怪物相似，不过你可要小心哦!”轩辕与秃龟诸人相隔两丈多远悠然而立，微笑道。

“你们怎……怎会这么快就找到了这里?”秃龟深知轩辕和花猛的可

怕，眼下自己虽然有十余人，但不一定能够胜过轩辕四人，毕竟轩辕击伤刑月的先例是人人都见过的。

“只有你们这些笨蛋才会自以为很聪明，在我们眼里，你们只不过如一群笨猪！”凡三刻薄地笑骂道。

“不可能，我们上山的时候已仔细查看过周遭的一切，一切行动更是小心翼翼，可他们仍是跟来了……”胡老三心中十分纳闷，但他并没有将心中所想说出来，只是无法明白这是怎么回事。

“秃子，你的嘴巴有股狐臭味！”轩辕淡淡地笑了笑道。

“我？”秃龟伸手在嘴上一抹，立刻想到那股曾让他恶心得想吐的味道，而这股味道却是轩辕那靴底擦在他嘴上所留下的。直到此刻，他方才明白这之中的原因，不由惊骇地问道：“你脚底下……”

“看来你也不是很笨嘛！”轩辕笑了笑，嘲弄道。

秃龟心头凉到了极点，也沮丧到了极点，他还是第一次跟这种老谋深算的对手打交道，此刻方知轩辕最初来见他之时，便已经伏下了一个圈套让他自动钻进来，而他一直以为轩辕智仅如此，却没想到这一切都是轩辕故意如此，也难怪花猛和轩辕出手都是极有分寸，只是重伤他，而不是要了他的命。

“难道你……你在野竹林之中折磨我，也是故意设下的一个圈套？”秃龟简直要崩溃了。

“不错，我们早就知道你们龟缩在野竹山，你们明白这是为什么吗？”猎豹淡然问道。

“为什么？”胡老三讶然问道，但却掩饰不住心头的震惊和骇异。

猎豹伸手向暴龙身后的汉子一指，哂然道：“就是他告诉我们的！”

“刑七？”众人的目光全都投向猎豹手指的那人，讶然道。

“你血口喷人！”那个被唤作刑七的汉子脸色大变，怒吼道。

猎豹见刑七气成这样，不由好笑道：“不做亏心事，不怕鬼敲门，你干吗慌成这个样子？”

“我没有！难道你们会不相信我吗？”刑七见同伴的目光全都投向他，禁不住有些激愤。

“我们当然相信你！”一名汉子道，旋即又转向猎豹冷然道，“你们在说谎，因为我一直是和刑七在一起的！”

“当然，因为你也是泄秘者！”凡三悠然地道，神色间已多了几丝诡异的笑意。

“哼，你们想挑拨离间，这种小把戏我看还是免了吧！”暴龙冷哼道。

“算了，不跟你们玩这游戏了！我们还另有要事待办呢。但我们也不想让秃子的遭遇不明不白，就跟你们说说也无所谓！”轩辕清了清嗓子，悠然接道，“其实，我们早就对秃子家门前的桑林进行了封锁，任何进入秃子家中的人，或自他家走出来的人，都是可疑的对象，而这位老兄和刑七却是两个大蠢蛋，连有人跟踪也不知道。但若非这条路实在难走，加上我们出了一点意外，我们早就找到你们龟缩的狗窝了，更不用在秃子身上下工夫了。因此，秃子只好多吃一些苦头了。”

原来，在轩辕和花猛去梁湖之时，猎豹和凡三却守在秃龟家门前的桑林附近。而刑七这时正有事找秃龟，只是他们却没有想到竟被凡三和猎豹跟踪了。而轩辕的那一边，在擒住秃龟之时，很快就与猎豹二人联系上了，跟着留下的暗号，竟找到了野竹林。所以，轩辕实行一招欲擒故纵之计，制造出一系列的假象让秃龟相信他已经离开，实则在胡老三救下秃龟之时，轩辕就躲在附近，将一切都看在眼中，只是并不想阻止他们离开。

刑七此时才明白猎豹和凡三话中的意思，不禁惭愧至极。

“好吧，这些已经告诉你们了，就让我们送你们这群鬼方的笨蛋去见鬼吧！”轩辕说完，长长地嘘了口气，也伸了一个懒腰。

林间杀意陡浓，连山风也似乎迅疾了不少，竹枝沙沙无休无止地吹刮着，犹如一曲哀歌。

秃龟对这杀意并不感到陌生，他已经在这之前曾两次感受到，这是来自轩辕身上的杀机。

轩辕的目光很寒，似乎此季已经进入了寒冬，那种感觉并不舒服。

花猛、猎豹和凡三并肩立于轩辕的身后，使轩辕的气势不断地疯涨，如高山大海般变得不可揣测。只怕连花猛、猎豹和凡三也不敢说自己可以看透轩辕，就因为轩辕处处都充满着神秘，这并不是因为他过去的身份，而是因为轩辕体内似乎有着无穷无尽的潜力，更无法看出其智慧的深浅，包括他此刻所做的，都透着一股高深莫测的玄机。

轩辕此刻要做的事情，花猛、猎豹和凡三自然知道是为了什么目的——为了在前进的路上少一分阻力。但绝对不是为了救回圣女，因为圣女并不是落入这一群人手中。这是轩辕说的，猎豹三人相信了，他们很难说清楚为什么如此信任轩辕。

轩辕并未说出原因，花猛也没有问，猎豹和凡三亦未询问，因为他们知道，该说的时候，轩辕一定会说出原因的。至少，到目前为止，他们仍然没有询问的必要。

对于花猛和猎豹诸人来说，除叶放之外，他们还真的很少这么去相信一个人，当初他们之所以愿意接受轩辕的调度，只是基于对叶放和天河祭司的信任。但在后来却是被轩辕自身的魅力所折服，其神鬼莫测的推断，显示着他超凡的智慧，勇于深入敌方的胆量也让人不得不佩服，而这一切似乎都印证了叶放和天河祭司对轩辕的推崇赞赏。是以，花猛诸人对轩辕的信心不仅仅来自轩辕自身，也是来自仍在族中守盼的天河祭司与叶放。

天河祭司的身份地位在有邑族中比族长叶放更高，也更受族人的尊崇。只不过，天河祭司并不负责族中的大小事务，而叶放则负责族中的所有事务，包括战争、耕耘。而族中之人从未见过天河祭司夸赞某人，但轩辕却是唯一的例外。

胡老三将秃龟缓缓放下，他感到轩辕的杀机已经渗入了这阴冷的秋风中，虽然林间有风，但他仍是感觉到一股自心底所升起的燥热和郁闷——那是一种压力。

一种无法摆脱，也不知道自何处生出的压力，但不可否认，这股压力极为实在，有质无形，无孔不入。

暴龙的骨节发响，他感觉到一股浓烈如酒的杀机在这有风却郁闷难当的虚空中酝酿、成形、疯涨，似乎可以想象那随之而来的血腥杀戮。

刑七握剑在手，剑轻颤，锋刃更似乎没有一个定向，他没有攻击，也不敢抢先攻击。因为他根本找不到一个可以攻击的角度，而其对手轩辕更无一丝破绽。是以，他唯一能做的事就是以自己森冷的剑身来抗拒对方逼至的越来越沉重的压力。但刑七心中绝对不会不明白，未出手的他，已经处在一个极为不妙的劣势。

轩辕眼中有一丝怜悯的神色，但却并未影响那股奔涌而狂野的杀机。他要击杀刑月，杀尽鬼方的这一群绊脚石。至少，这样做可以为前进的路上减少一些阻力。是以，轩辕会毫不犹豫地杀死这一群敌人。只是他有些不明白，这些人怎会如此快地出现在数千里之外的共工集呢？当然，施妙法师之前提过，有一批曾追杀有熊勇士的鬼方高手可能会滞留在这一带，成了最先接触圣女的强敌。也许刑月这些人就是滞留在路途并未返回鬼方的高手。

咚咚……轩辕连续向前逼进了四步，每一步都如踩在众人的心口，更生出了一股无可匹敌的气势，使林间的压力更大。

花猛和猎豹三人的步伐也迈进了四步，协调得如同是一人前行。四人的气势相凝，犹如千军万马厮杀时的惨烈。

“呀……”暴龙终于忍不住出手了，与他一起出手的还有胡老三和那渔夫，他们的目标是轩辕，正在逼近的轩辕。而另外九人也同时起身而动，他们实在无法想象，若再让轩辕将气势激增至巅峰会出现怎样的一种现象。他们不能坐以待毙，也不想被人牵着鼻子，因此他们已经不再理会别的，抢先出手了。

轩辕的眸子之中闪过一丝冷酷的笑意。

暴龙的兵刃是一柄带刺的大铁锤，铁锤划过一片虚空，似乎带起一阵裂帛般的惊啸，但铁锤击空了，这是他突然间发现的。

胡老三的兵刃也击空了，包括那渔夫在内。他们的速度不谓不快，但最终还是击空了，因为轩辕根本就不在他们所攻击的范围之中。

没有人看见轩辕是如何动作的，他就像是一道魅影，化成一幕虚幻逸出暴龙诸人的视线，步入他们视线的死角。

暴龙吃惊的当儿，却发现了面前涌起一幕潮水般的脚影。

脚影密如织丝，充塞了虚空中的每一个角落，更制造了一股飓风般的压力。

脚，是花猛的，这并不重要，重要的却是这一脚带起的巨大强霸的压力。

暴龙大惊，胡老三大惊，渔夫大惊，他们从来都没有面对过如此快的脚，甚至不知道从何处下手和阻拦，正当他们惊恐莫名之时，场面骤变。

脚影突散，似乎雨过天晴，虚空中显得宁静而清新，就像是一切都没有发生过。那撕心裂肺般的压力也在同时消失无影，但胡老三和暴龙诸人还没有来得及惊讶，便已感到一股锋锐无比的剑气自下盘笼罩上来。

那是一柄剑，寒芒四射，优雅若惊鸿的神剑——花猛的辟邪剑。

真正的杀机并不是那漫天而动的脚影，而是在脚影掩护下划出的剑——这才是真正的杀招。

一交手，便绝对不会留有余地，在敌死我亡之间必须作出如此决定并不是很难，所以花猛一出手就是杀手绝招。

几乎是无可抗拒的一剑，无可抗拒是由于暴龙的失算，也是由于花猛的剑太过诡异。

自一开始，暴龙便已失算。一个人在感知自己失误之时，其信心定然受挫，而此时花猛的腿招乘虚而入，再一次挫伤了敌人的信心，甚至已将他们平静的心神搅得一片混乱，又在突然之间回到现实，再强的心理承受能力也无法在刹那间回过神来。加之辟邪剑的神锋，因此，花猛的这一剑几乎是无可抗拒的。

当暴龙惨哼而退之时，胡老三和那渔夫的腕部已被划开一道长长的血槽，两人的兵刃尽断，而此时的轩辕已经撞入了刑七诸人所布的阵中。他根本没有出剑的意思，但剑鞘已划过一道美丽的弧线，将所凝聚的超霸气势在这一式中尽数释放而出。

剑鞘所至，带起一阵飓风般强烈的剑气，那涌动的气势犹如长江大河之水狂泄而出。

刑七想也没想便闪退，他根本不用与轩辕这一剑相接，便知道凭自己的力量根本不可能抗拒得了对方这致命的一击。他也不知道自己为什么会这样想，似乎他的闪避是天经地义的事，根本不用去考虑这之中的原因，甚至不记得在身边还有一个同生共死的兄弟。

在轩辕的剑势之下，每一个人都似乎发觉自己是多么的孤立，犹如一只失群的孤雁，且成了惊弓之鸟。在这股强霸的气势之下，似生不出任何反抗之心。是以，每个人都如刑七所想的一样——退，不约而同地退。

轩辕对此并不感到意外，因为这一切都在他的意料之中。对轩辕来说，昨晚应该是一个蜕变。

当轩辕亲身感受到青云惊煞三击中的山裂时，他才发现剑道并不是他所想象的那般，甚至使他可以在形式和法则之上对剑道进行重塑。

不可否认，青云那惊天动地的一击改变了轩辕对剑道的感观和看法，更让他突破了一个狭小而片面的思维空间，窥得了剑道深处的玄机，而此刻挥出的这一剑则是他剑道深处玄机的初悟——融神之招。

剑招并不是一个受人指挥控制的无机死体，那样的剑招再强，也只会徘徊在剑道的大门之外，永远无法窥得剑道之奥妙。真正懂得剑的人才会明白，剑招应该具有自己的生命。

而青云的那一式山裂让轩辕感受到了剑招之中的生命，那不是剑，也不是招，更不是人，而是介于人与剑之间的一种形式。它不是招，而应该是将生命的力量凝于一点倾泻的载体……

那是轩辕所遇到最强的一击，在他融合了丹田龙丹的真劲之时，仍然无法抗拒那一击，可见那一击力道之强，实已超出了轩辕的想象之外。若非有体内龙丹真气之助，只怕在那一击之下，轩辕便已一命呜呼了。

轩辕无法想象那一剑之威，正如无人能够想象轩辕的智慧一般。

的确，轩辕的悟性之高，只怕连他自己也不能估测，在感受到青云那一剑之威后，他对剑道立刻有了一个新的突破，因此他才使出了这样一剑——融神之招。

当然，轩辕的本意并不是击杀这几人，那没有必要，他所做的一切只是为了面对刑月。

轩辕发现了那丛竹根之下的门，他也似乎明白了一些什么，所以他的目的只是逼开刑七诸人。

事实不可否认，轩辕做到了这一点，刑七诸人根本就没有半点阻拦的念头，在他们的想象中，轩辕的剑式的确很可怕，那是一种来自心灵和精神上的压力。

砰……猎豹的拳头绝对无情，那渔夫仍未自手腕伤痛中回过神来，腹部便已挨了重重一拳，那硕大的躯体毫无抗拒地倒跌而出，虚空中一道血光划过。

与此同时，胡老三也发出了一声惨叫，凡三的两柄短刀割开了他的胸膛，与花猛配合得无比默契。

暴龙惊呼中连连倒退，他也不得不退，能够自花猛的剑下逃生已经很不容易了，而此时凡三的两柄短刀化成一道幻弧，在划过胡老三的胸膛之后没有半丝停留，速度惊人至极。

“去死吧！”花猛就像是一个浑身长满刺的怪物，到处都是剑，而在剑网之中更夹着一个个暗黑的脚印，让那些被轩辕冲散又向他围攻而至的众人目不暇接。

轩辕没有一丝停留，他并不想被刑七诸人缠住，如果这群人拼死反抗，其力量绝对不容小视。刚才他只是借蓄足的气势一举击下，也就只是那么一招而已，尽管他对剑道有所突破，但也是十分有限的，根本没有来得及巩固。此刻他要做的第一件事，就是击杀刑月。

刑月的武功极高，独龙拳对轩辕来说绝对是一个极大的威胁，轩辕之前若非被激活了丹田中的气劲，只怕会伤在独龙拳之下。所以，他必须在刑月功力恢复之前对其痛下杀手，绝不留情！

轰……轩辕连鞘的剑将那掩于竹根之下的木门击得粉碎，一股尘土四溅飞出。

轩辕飞退，只是因为尘土之中夹着数支利箭，在那狭小的空间，若想避过暗箭，实在不是一件易事。所以轩辕只得闪退，而他的剑鞘仍然不可避免地击开那绝对不能回避的三支暗箭。

洞中伏有杀机，这并不难想象，如果洞中没有人潜伏，那才是怪事。

刑七见轩辕已破开洞门，竟然不再对他攻击，反而抽身而逃，他似乎知道将会产生的结果。

暴龙最终还是避开了凡三的剑，却并非因为他的速度快，而是因为有了替死鬼。

替死之人挡住了凡三的短刀，但很可惜，凡三的短刀是两柄，一柄受阻，另一柄丝毫没有停留，割开了那人的胸膛。

暴龙再没有丝毫的斗志，也许连他自己也不会明白斗志为什么会消失得如此之快，或许是花猛诸人的气势太凶、太猛，让他根本就无暇应付。在气势此起彼落的情况之下，暴龙最终选择了逃，与刑七的做法一样。

对付这群残兵败将，花猛诸人并没有花费很大的力气。

这些人并不是很厉害的角色，对于花猛这类级别的高手来说，根本就不能构成威胁。是以，他们解决这些人显得十分轻松，只有刑七和暴龙两人见机得早，负伤而逃。

花猛没有追杀这两人的意思，他们的目标并不是这两个无关紧要的小人物，而是那个在洞中养伤的刑月。

轩辕击碎了洞门之后，并没有直接入内，因为他并不知道里面是否有埋伏，也不想去冒这个险。尽管他的眼睛有洞穿黑暗的能力，也没有发现洞中有异样，但这个洞太深，在洞口附近似乎有横洞，所以，轩辕在无法看清洞中全景之时，并不敢轻举妄动，那是一种谨慎。

呼……猎豹将一具尸体以极快的速度抛入洞中。

砰……尸体坠地之声在洞内回荡开来，显得异常空洞，但洞中似乎没有半点反应。

轩辕禁不住与猎豹面面相觑，也不知道洞中究竟有什么玄虚，于是每人扣起两支落在地上的箭矢，轩辕带头缓缓向洞中逼去。每个人的神经都绷得极紧，他们知道，危险可能在任何一刻突然降临。

呼……又是一具尸体飞入洞中，这次却是花猛的杰作，但结果是相同的，洞内没有一点反应，似乎这只是一个空洞穴，根本没有任何生命的存在。

轩辕也抓起一具尸体迅速逼入洞中，手中扣着两支劲箭，只要有一丝异动，将会毫不留情地甩出，而那具尸体则犹如一张盾，可为他阻挡任何暗箭的袭击，虽然这样做似乎太过残酷了一些，但为了生存，有些事情却是迫不得已的。只不过，轩辕这样做似乎是多此一举，因为他根本没有遇到任何袭击。

洞中，阴风惨惨，森冷异常，也有破土伸出的竹根，盘根错节地纠结在一起。洞内光线显得很暗淡，却不影响轩辕的视线。对于黑夜里都可视物的他，这点黑暗根本不成问题。

黑暗的洞中并没有人迹，似乎有些出乎轩辕的意料之外。

轩辕没有发现刑月的踪影，却发现了一条极为幽深且极为黑暗的地下通道，却不知是通向何方。

花猛也跨入了洞中，他跟轩辕一样错愕，本来以为刑月一定会出现在洞中，但是这一刻他却失望了。不过，花猛在黑暗中视物的本领与轩辕相比，似乎相差甚远。

“他们走了!”轩辕肯定地道。

“走了?”猎豹和凡三同时挤入洞中，惊问道。

轩辕放下手中的尸体，快步走到一个黑暗角落处，伸手向地上一摸。

花猛也快步跟上，却发现轩辕并不是摸在地上，而是摸在一张兽皮上，不由暗暗吃惊轩辕的目力，在如此黑暗的洞穴中，竟仍能看得如此清楚。

“兽皮还是温热的，他刚走不久!”轩辕立身而起道。

“那我们快追!”花猛将手中的剑紧了紧，果断地道。

轩辕并不想放过刑月，扭头望了望那条不知通向何处的地下暗道，沉声道:“大家小心一些，跟我来!”说完迅速向那暗道中行去。

轩辕的步子很小心，右手提剑，左手扣着两支劲箭，努力使灵台一片清明，身上的每一个细胞都变得极为敏锐，包括暗道之中流过的冷风，也一丝不漏地被他捕捉到了，觉得这暗道之中的一切都似乎变得更为清晰。

四人行得很快，轩辕根本就未曾感觉到危险的存在。以他那超乎寻常的灵觉，三丈之内的任何危机都不可能瞒得过他，所以轩辕虽然很小心地行走每一步，但所行之速绝对不慢。

这条暗道很长，由高向低，最后所到之处，竟是一道干涸的地下河床，这使轩辕四人感到有些无所适从，他们似乎没有想到，在这里竟有着如此深长的地下暗道，而且地下河床四通八达，很难分清刑月究竟向哪个方向逸走了，且河床之中光线极暗，若非轩辕带路，只怕花猛三人会在黑暗中迷失方向，但以轩辕的目力，也只能看清五丈之内的东西，再远一些就显得有些模糊了。几人的脚步声在河床之中发出一串空洞的声音。

咚……咚……咚……

“那是什么?”凡三有些讶异地惊问道，但却发现自己的声音竟大得惊人，连花猛和猎豹都吓了一跳。

轩辕其实也听到了这声音，只是并不觉得奇怪，淡淡地回应道：“那是水珠滴下的声音!”

凡三这才恍然，但在这黑暗的天地间，心里禁不住有些发毛，但却不知道该如何是好。

“我们现在该往哪个方向追?”猎豹有些头大地问道。

轩辕仔细看了看，立刻发现一串浅浅的脚印留在这干涸的河床之上。

“顺着这脚印追，相信可以追上他!”轩辕果断地道。

“有脚印吗?”猎豹讶然蹲下，伸手在地上摸了摸，却发现河床之上有一层薄薄的细沙，运足目力后，才发现那淡而模糊的脚印，知道轩辕所说不错。

“你能站着看见这些脚印?”猎豹讶然问道。

“这还不是一件难事。”轩辕扭头回顾，淡然道。

“他妈的，没带几根火把来，真是吃亏!”凡三轻怨道。

“如果我们点起火把，只怕更容易遭到敌人的暗算，咱们就跟那妖人赌一赌眼力吧!”花猛吸了口气道。

“不错，这应该是一条已经干涸了很多年的地下河，不知那妖人是怎么找到这样一条退路的。你们手牵着手，小心一些，跟我走!”轩辕小声地吩咐道。

“地下河?这是什么玩意儿?”凡三没有这种见识，也是第一次听说。

“别这么多问题好不好?这里可是危机四伏，最好是越少发出响声越好!”花猛有些微责地道。

轩辕却突然蹲下，将耳朵紧贴在一旁的石壁上，似乎在仔细聆听着什么。

凡三和猎豹也感到有些讶异，不明白轩辕在干什么，也学着轩辕的样子走近洞壁，将耳朵贴在冰冷的石壁上。突然之间，他们的心境似乎异常空灵，更似乎有一种空灵而幽远的响声传入耳中，但他们却不知道这些声音是怎么回事。

“他们大概离我们有近两里路，正迅速向东跑去，约有六七人，只怕我们已追不上他们了！”轩辕立起身子，吸了口气道。

“六七人向东跑?”花猛有些不敢相信地望着黑暗中的轩辕，惊疑地问道。

“不错，不过我们可以跟着他们的脚步走出这条地下河道！”轩辕有些无可奈何地道。

“你是怎么知道的?”凡三和猎豹惑然问道。

“听到的！”轩辕指了指石壁道。

“怎么可能？我们可什么也没有听出来呀?”凡三不敢相信地道。

“那是因为你们并没有这种经验，所以无法分辨出哪是人声，哪是水声，也更判断不出人数的多少了。走吧，我们快一些离开这个鬼地方，还有更重要的事情要去做呢，只好让那妖人多活几日了，下次再对付他吧！”轩辕不无遗憾地道。

第二十二章　投入自然

依照轩辕的感觉和指示，四人只用了半炷香的时间便走出了这条地下河道。

外面的天空一下子显得无比高远而空阔，那种光线甚至有些刺眼，但几人很快就适应了过来。地下河道的出口是那奔腾汹涌的黄河。

黄河翻腾的浪涛，犹如万马齐奔，气势之雄壮，只让凡三和猎豹及花猛热血沸腾，他们还是第一次见识黄河，却没有想到竟有着如此气壮山河的气势。

宽阔的河面，似乎笼罩在一层轻烟之中，回旋的浪花，洁白晶莹。

轩辕也是第一次见到黄河，他曾见识过渭水的浪涛，但与黄河相比，却不知逊色了多少。是以，当他第一眼看到黄河之时，竟无法控制住自己心中的激情，在震撼和心惊之后，竟然仰天一阵长啸。

猎豹、花猛和凡三也全都加入长啸的行列。

啸声犹如山崩，犹如雷吼，直插苍穹，激昂雄壮，与黄河的咆啸相呼相应，只让轩辕四人禁不住为此而感动得流泪。为自己的长啸，为黄河的咆啸，也为这开天辟地之气势而感动，此刻的四人虽觉自己是如此的渺小，但却有一种投入自然怀抱的欢欣，就像是投入了母亲的怀抱……

良久，三人才回过神来，放眼辽阔的河面，顿觉神清气爽，豪情万丈，连日来的沮丧和郁闷尽在一阵长啸中发泄出来。

“这就是黄河？”猎豹显得无限欢欣地问道。

“可能是吧。”轩辕却不敢肯定。

“那我们现在在哪里？”花猛疑惑地问道。

轩辕抬头望了望天空中的太阳，想了想道：“我们现在应该是在共工集的东南方向，按这个方位来说，这条波涛汹涌的大河应该就是他们口中的黄河。”

“好雄壮的气势！”凡三忍不住赞叹道，旋即又道，“难怪施妙法师说我们所做的筏子不能够在这黄河中行驶，以如此湍急的水流，只怕那些木筏经不起冲击！”

“是啊，对了，我们立刻赶回共工集！”轩辕一听到施妙法师之名，马上记起圣女诸人失踪之事。

猎豹和花猛惑然地望了轩辕一眼，有些不解地问道：“我们就这样放过刑月吗？”

“不，我们还有更重要的事情去做！”轩辕肯定地道。

“更重要的事情？”凡三惑然地问道。

“不错，我们现在要去做的事情就是接应法师，救回圣女！”轩辕豪气干云地道。

“接应法师？救回圣女？”猎豹和花猛及凡三诸人同时大惊，不敢相信地问道。

“不错，现在该是我们出手的时候了。”轩辕抬头望了望天空中的太阳，似是在自言自语，又似是在感叹。

轩辕等人刚回到共工集，猎豹便看到了青原，与青原同来的是青云剑宗的四名弟子。

凡三见对方几人直接向自己四人迎来，不由得露出一丝戒备的神情。他当然不会惧怕青原这几人，但却不得不担心青云剑宗那一群可怕的高手。

轩辕大步迎了上去，青原对他作了一揖，恭敬地道：“幸未辱命，我们已经找到了他们的藏身之地。”

“辛苦你们了，我们要向贵宗借一批高手相助！”轩辕微喜道。

“宗主已经安排好了，调集了五十名好手将那里的所有路口全部封死，只待公子回来，就开始行动！”青原微感得意地笑了笑道。

猎豹和花猛诸人大为意外，甚至不明白轩辕和青原所谈之事，都傻傻地望着两人。

轩辕大喜，转身向花猛三人解释道："法师和化金的下落已经查到，我们立刻行动！不过，得先向三位兄弟道声歉，我未在这之前向你们说清楚此事，是怕你们对青云剑宗产生误会，还请三位兄弟勿怪！"

花猛和猎豹三人这才恍然，讶异地望了望轩辕，却并没有相责之意。轩辕所说的不无道理，若是事先将青云剑宗插手帮他们调查圣女失踪之事说出来，而青云剑宗又是他们所怀疑的对象，花猛三人又怎能够放心呢？也肯定不会赞同的。只是花猛三人不明白为何轩辕如此肯定青云剑宗一定可以在这么短的时间内找到施妙法师和化金的下落？

"他们在哪里？"轩辕向青原问道。

"野竹山北部的无妄谷中！"青原答道。

"又是野竹山！"轩辕和花猛诸人禁不住同时惊呼出来。

无妄谷，野竹并不是很多，多的却是树木，那苍松古柏，俊奇异常，藤蔓密布，使得谷中的空气显得极为潮湿，光线也极为阴暗。这是一块没有多少人来狩猎的地方，就因为这里不时会升起一些瘴气之类的，又有毒虫出没，所以并没有人喜欢在这种环境中狩猎。

施妙法师在很早时便来过无妄谷，那时候是与上代共工同来此地采集药材，但这次却不一样。

这是一个岩洞，也可以说是一个地穴，以极为粗大的木柱分隔成几间犹如牢房一样的地方，而施妙法师就是被关在其中一间。

地牢之中极为阴暗，施妙法师耳中隐隐听到隔邻的地牢中发出的咒骂之声，这声音并不陌生。

施妙法师独自被关入一间牢房，自从他被关进之后，似乎没有什么人前来打搅他，仿佛他的存在并不会引起对方的注意，因为他并无多少反抗之力。

地牢之中有人来回巡逻看守，是对这群关在地牢中的人进行监视。

施妙法师望了望自那细小的通风口透进的微弱光斑，并不知道现在是什么时辰，但却知道自己来到这里已有半天了。不过，他仍未见到心中想见之人，也没有看到对方的重要人物走进地牢中。施妙法师在安心等待了半天之后，决定不再等待，也似乎感应到轩辕的脚步正在向这里赶来。

想到轩辕，他的心中不禁又多了一股莫名的信心。不知为何，当施妙法师第一眼见到这个年轻人时，便产生了一种异样的感觉，那是一种很难解释的预感，在冥冥之中，他似乎觉得这个年轻人可以改变很多事情，甚至改变整个天地的命运。轩辕就像是一块尚未雕琢的美玉，总有一天，它的光华会四射而出，而施妙法师已经隐隐感到那股光华正在轩辕的身上绽放。

一切都如轩辕所料，一切也都是按照轩辕的推断发展着，就连施妙法师也禁不住要佩服轩辕的推断，那绝对不是常人的智慧所能感知的。

“喂，你过来一下！”施妙法师向那个走到他这间牢房前的汉子叫了一声，手中却扣住了两块石头。

那汉子轻蔑地望了施妙法师一眼，他并没有将这个干瘦的老头放在心上。因为，这里关着的人全都受药物所控制，绝对不会对别人构成威胁。

“老鬼，你有什么事？”那汉子没好气地问道。

“把这个交给你的首领！”施妙法师的左手手心有一个翠绿色的指环，他将之伸出木柱之外道。

那汉子只觉眼前一亮，显然是对这种翠绿的指环极感兴趣，甚至动了贪念。

“这是什么东西？”那汉子一边伸手来接，一边问道。

“这是寒玉指环，只要将它交给你的首领，他就知道是怎么回事了。”

那汉子疑惑地望了施妙法师一眼，突然感觉手腕一紧，一股阴寒至极的力量透脉而入，他还来不及弄清楚是怎么回事，便觉脑子一片空白，失去了知觉，连惨叫声都没有来得及发出。

施妙法师眼角闪过一丝冷芒，迅速松开抓住那汉子脉门的手，故作惊骇地呼道：“喂，你怎么了？没事吧？”

施妙法师的惊呼让其余几个巡视的汉子都吃了一惊，见同伴歪在地上，不由皆跑了过来。

“胡子，发生了什么事？胡子……”

“这位仁兄是怎么了？你们快来看看！”施妙法师装作惊慌地道。

“老鬼，你叫什么叫，再叫就割掉你的舌头！”最先赶来的一名汉子凶狠地道。

施妙法师装作惊慌之状，退了一步，但右手迅速扬了扬，两块石子如飞蝗般以快得不可思议的速度射出。

破空之声惊醒了那个正探身查看胡子伤势的汉子，他迅速抬起头，那两块石子擦过他的肩头，直射向他身后赶来的两人，他立刻明白这是怎么回事了。只可惜，一切都显得迟了一些——一只干瘦的手已准确无比地钳住了他的咽喉。

那是施妙法师的手，干瘦，但却绝对有力。

嚓……那个被施妙法师钳住脖子的汉子根本就无法承受那强劲的力道拧曲，只闻脖子咔嚓一声脆响，整个人如同朽木般倒下，这时他身后也传来了两声惨叫。

“老鬼，你……”剩下的一名未中暗算的汉子正要惊慌地呼喊之时，却见一道绿光闪过，正入他的口中，一句话还未来得及喊完便颓然而倒，正是那枚寒玉指环。

那两名被石子击中之人根本就不可能有活命的机会。

施妙法师的力道实在是惊人至极，石子竟洞穿了他们的脖子。

“事出无奈，只好再破杀戒了！”施妙法师无奈地叹了一口气，喃喃自语道。说话间迅速在胡子的尸体上拿下钥匙，打开门上的锁。

“法师……”另外几个囚室之中的人禁不住惊喜地呼了一声。

施妙法师一出囚室，就看清了邻近几个囚室的情景，果然如他所料，邻近的囚室之中囚禁的正是叶七诸人。

“法师，你怎么也到这里来了？”叶七禁不住有些惊讶地问道。

“出去再说！”施妙法师迅速打开那一间地牢的门，沉声道。

“圣女还在他们的手里，我们必须先去救出圣女！”叶七心情有些急切。

施妙法师此刻才注意到，圣女和四个婢女全都不是关在这个地牢之中，在这里只有十二个男人，心头禁不住有些发凉。

“你们是不是中毒了？”施妙法师又问道。

“最初是，现在好些了，自保应该没有什么问题，我们先去救圣女再说！”风大和风二的心情最急。因为他们本身所承担的使命和责任比之叶七几人更重，也最为关心圣女的安全。

“褒弱她们是不是和圣女在一起？”施妙法师想到了另外一个问题，他敢肯定，天下间没有哪个男人会不对圣女凤妮动心，如果这群人的目的与鬼方或东夷人相同，那还好说，但如果对方只是垂涎美色，其后果就不堪设想了。同时也印证了轩辕的推断，这群贼人果然是用药物才顺利制住了护卫圣女的众高手。

“我想应该是的！”叶七诸人迅速自牢中行出，估计道。

施妙法师自那尸体的喉中挖出寒玉指环，抬头向四周望了望，又扭头朝身后的一群人看了一眼，道：“跟我来！”

叶七等几个有邑族兄弟不禁为之讶然，在他们的印象中，施妙法师是根本不会武功的，可是现在看来，施妙法师却是一个深藏不露的高手。

花猛还是第一次听说施妙法师是一个深藏不露的高手，他一直都以为施妙法师也如圣女一样，需要众人保护，却没想到真正为圣女护驾的人竟是施妙法师——这当然是自轩辕的口中所得到的消息。

不仅仅花猛一个人感到意外，即使猎豹和凡三也感到极为意外。当然，这对他们来说是一件好事，至少又多了一份力量。

“阿轩，你其实早就看出了化金的身份，对吧？”凡三不无崇拜地问道。

“也不能这么说，我开始只是怀疑而已，在不能证实心中的论断之前，我只好忍而不发，于是与法师共同商量出这个计划。如果化金是奸细的话，我们正好可以将计就计地进入他们的巢穴，探出圣女的具体下落，但如果他不是奸细的话，也就只好作罢。而如果化金是奸细，又自以为法师是一个手无缚鸡之力的人，一定会想办法将法师也掳走，而我故意给他一个机会，化金绝不会傻得再去等待下一个机会，事实证明我的估计是对的！”轩辕断然道。

“可是你为什么不早点跟我们讲呢？”凡三仍有些不解。

“你们与我的立场不同，你们自小生活在有邑族，化金是好人，这个观念已经根深蒂固，我如果跟你们挑明，你们在表情上肯定会有所表现，甚至可能会反对我的做法。是以，我没有向你们明说。当然，我之所以能很快地怀疑化金，是因为我对他的了解并不是很深，可以毫不受他往日的表现所影响。因此，我与你们在看待化金的立场上有些不同。”轩辕解释道。

花猛和猎豹诸人一听，也不得不承认轩辕所说的是事实，虽然心中仍有一丝隐隐的不快，但对轩辕这种神鬼莫测之精心安排却不得不心悦诚服。

咚咚……脚步之声显得十分空洞。

这本是一个很空寂的洞厅，四壁的回音使得脚步声显得分外刺耳。

圣女凤妮的面纱已被摘除，她并不想这样，只可惜她已身不由己，也便只好让自己的绝世姿容暴露在别人眼中。

“你好！”一个冰冷而不含丝毫感情的声音似乎自虚无中透出，那是一种无法形容的感觉，包括圣女凤妮在内，都禁不住心头发冷。

凤妮的目光所及之处，是一张极为高大的石椅，石椅的雕工十分精细，两旁的扶手和后面的靠背都似乎刻上了一些图纹，此刻上面铺着一张白色虎皮，使石椅更显出一股无可抗拒的气势。

凤妮的目光当然不是落在这张石椅上，而是停留在落座于石椅上的那个身材显得十分伟岸的汉子和石椅旁边的蒙面人身上。

凤妮对那蒙面人并不陌生，因为这人正是昨晚对她们进行袭击之人，而且是那群神秘人物的首领，但凤妮对那个坐于石椅上的人物却显得极为陌生。

“你们到底想怎样？”圣女凤妮的声音很平静，她知道此刻根本就不可能脱身，明知不可为而为之是傻子，所以她唯有平静以对。

“圣女误会了，我们只是想请圣女前来坐坐，顺便带你去另一个很好的地方而已，绝对不会为难圣女的。”那坐于石椅上的汉子打了个哈哈，淡然笑道。

“你们究竟是什么人？”圣女凤妮心中暗惊，冷然问道。

“哈哈，在下乃是少昊大神属下神将之首——白虎神将!”那汉子自我介绍道。

“你是少昊部族的人?”凤妮吃了一惊，骇然问道。

“不错，圣女不必这么惊慌，只是有一个人想见见你而已，是以我们才会有失礼之处。”白虎神将淡然一笑道。

凤妮心里直发冷，她自然知道少昊是什么人，连白虎神将这个人物她也听说过。

“如果我不想去见那个人呢?”凤妮冷然反问道。

白虎神将笑了笑，只是很轻松地望了望凤妮，半晌才悠然道：“我相信圣女会合作的!”

“为什么?”凤妮反问道。

白虎神将不语，表情却显得有些淡漠，只是向他左侧的那蒙面人望了一眼，那蒙面人立刻笑了笑，道：“有些事情并不需要理由，而圣女更没有选择的余地!”

凤妮柳眉微扬，冷冷地打量了蒙面人一眼，努力地去思索着这人究竟是谁。她心中有一种直觉，觉得一定曾在哪里见过这神秘的蒙面人，而且似乎还很熟悉，包括那体形。当蒙面人开口说话时，凤妮便发现对方是故意压低声音，使嗓门变得沙哑、低沉。

“你很见不得人吗?”凤妮向蒙面人出语相激道，心中却在思索着面前这个神秘人物为什么不敢与自己面对，不敢以真声说话，他是惧怕什么吗?抑或担心什么?

“圣女不必用激将之法，这对于我来说根本就起不到任何作用!”蒙面人一眼就看出了圣女的用意，是以仍旧沙哑着声音冷冷地道。

凤妮一时也拿他没有办法。

“神将，你觉得怎么样?”蒙面人审视了一下凤妮，向白虎神将邀功似的问道。

白虎神将微笑着点了点头，目光却再次在凤妮身上打量了几眼。

“好吧，你将马车准备好，要最舒适的，因为她将是三头领的人！另外将那老鬼也一并带上，蚩尤大头领要见那老鬼。其他的人就全部交给你处置了，今日之事做得很好，那几个美女也算是奖赏给你的！”白虎神将稍作吩咐之后仍不忘对蒙面人赞赏几句。

“还望神将能在三位头领那里为我讲几句好话，我定会感激不尽！”蒙面人对白虎神将极为客气，却并不是一种下属对上级的语气。

凤妮听到白虎神将与蒙面人的对话，心中的确吃惊不小，不仅仅是因为这两人的安排，也对蒙面人的身份暗自吃惊，蒙面人能与白虎神将平起平坐，其身份、地位也定然不低。

东夷族有三部，分为蚩尤部、太昊部、少昊部，而三部以蚩尤为首联合成一体，他们联合的实力足可抗衡有熊族现在的力量，连北部鬼方也都惧其三分，不仅仅是三部中高手如云，更因为其三大头领蚩尤、太昊、少昊都是不世高手，基本上没有人敢轻易去得罪他们。

东夷族乃有熊族分裂而出的一部分，但历经百年间，两族之间的恩怨似乎永远都没有一个终结，而两族之争，也是在于权利之争。圣女凤妮自然清楚两族之间的关系，对东夷族的人物甚至认真研究过，其中当然少不了对白虎神将的了解。

圣女凤妮对白虎神将的话意听得极为清楚，但却无可奈何，唯一可盼的就是轩辕快点来救她。只不过，她心中很明白，以白虎神将的武功，轩辕根本就不是他的对手，若是贸然前来救人的话，很可能会自投罗网。想到这里，圣女又禁不住为轩辕诸人担心起来。

“神将长途跋涉而来，不如先去休息休息，待会儿我叫人为神将送上共工部的第一美人，以为神将洗尘如何?”蒙面人淡淡地笑了笑，问道。

白虎神将眼睛微亮，讶然问道：“共工部的第一美人?”

“不错，这是我特意为神将准备的一道美餐。不过，这小娘们辣得很，就得由神将自己去驯服了！”蒙面人与白虎神将相视了一眼，轻笑道。

白虎神将会心地一笑，开心地道：“辣的好，辛辣才够味，待我将满身风尘先洗一下，你立刻给我送过来，我要在晚餐之前先用这道美味。”

“没问题，我已经让人为神将烧好了水，那一群赶来的兄弟也都在一边休息，只要神将一吩咐，立刻就可调动所有人。”蒙面人悠然地道。

“那你先带圣女去休息吧，我就在这里多住几天了。”白虎神将哈哈大笑道。

凤妮心中又多了一线希望，同时也明白白虎神将是今日才赶到这里，否则，昨晚那些偷袭之人也就不必下毒了，单凭这些人的实力就足以制伏自己等人。

“禀使者和神将，山谷四周的路口全被人封锁了，而且有大批人向这里赶来。”在几名小卒刚送圣女凤妮离开时，便有一名汉子有些慌乱地闯了进来，禀报道。

白虎神将正准备去洗澡，听到这话，竟又坐了下来，与蒙面人相视一眼，才问道：“那些是什么人?”

“是青云剑宗的人！他们来势不善，而且那些人锁住山谷路口似乎有一段时间了。”那汉子有些怯生生地道。

“那你刚才怎么不回来禀报?”蒙面人一听，不禁怒叱道。

“我们先前只是如此估计，也是刚刚才发现敌踪，一发现敌踪便立刻前来禀报使者和神将了!”那汉子似有些无可奈何地道。

“呀……呀……”两声凄长的惨叫打断了白虎神将和蒙面人的思绪，也让洞厅之内的众人皆惊。

“不好!”蒙面人只说了两个字，便已与白虎神将并肩掠出洞厅。

地上并不止两具尸体，而是四具，两名守在外面的卫士与两名带走圣女的小卒，此刻全都成了毫无生机的尸体。

圣女已经失去了踪影，而凶手却无影无踪，地上只有一摊鲜红的血。

“好快的剑!”白虎神将似乎有些吃惊地望了望那四具尸体上的伤口，吸了口凉气道。

“给我搜！绝不能让奸细跑了!”蒙面人杀机无限地吼道，同时身子迅速掠开，在四周的草丛树林里寻找。白虎神将也知道，这凶手绝对不可能跑远，同时举目四顾，杀意沸腾。

“绝不能让那女人走掉了!”白虎神将极为坚决地道。说完，他翻了一下那几具尸体，却又在思索起来。

四人的致命一剑全都是咽喉，而且下手角度和方位极为刁钻狠辣，根本就不留半点余地，但这人又是谁呢？为何而来?

白虎神将心中有些骇异，他想到了两个人，那就是青云剑宗的宗主青天和青云剑宗创始人青云。如果是这两人之中的任何一人出手的话，今日之战恐怕会很艰辛，虽然他十分自负，但是面对青天这样的高手，也不敢放肆，何况传说中，青云的剑道已达到了登峰造极的地步，是以，白虎神将心中有些骇异。

“给我小心戒备，有任何事情立刻来通知我！”白虎神将冷冷地吩咐道。

那群闻到惨叫之声赶来的人立刻分头四处搜寻，他们也不相信这凶手会跑得如此之快，能在杀人掳人之际从容离去，这几乎是不可能的。而且圣女凤妮已被药物所控制，根本就无法发挥功力，也就是说，杀人凶手不仅是自己逃遁，还要带着一个累赘，这样又怎能躲过各路口的眼线？

白虎神将脸色极为难看，却并不想亲自去查，他唯一想做的，就是进洞厅静待消息。他知道这件事情急也没用，是以，他在说完话之后，立刻返回洞厅。

洞厅之外，情况似乎在瞬间变得很乱，四处都听到有人奔跑的声音和呼喊声。这些让白虎神将心里微乱、微恼，居然让敌人潜到这里来了却没有发觉，简直丢人！只是这里的一切事务全是由蒙面人打理，他并不想插手，他这次前来的主要任务是接走凤妮和施妙法师，这是三头领指定所要的两个重要人物。

突然间，白虎神将的心神跳了跳，当他第一步跨入洞厅，正准备迈出第二步之时，警兆突生，这是作为一个高手的本能反应。白虎神将乃身经百战的高手，其作战经验之丰富是无与伦比的，对危险的觉察力绝不逊于任何野兽。只是这一刻他被心事所扰，并没有集中精神，兼且根本就没有想到在这个地方会有敌人的伏击，是以，直到兵刃破空之声响起时，他才觉察到杀机的存在。

乍亮的洞厅，只因为一缕亮丽的剑光，寒气四射，破空的轻啸拖动着飓风般的杀机，完全罩定了白虎神将进退的所有方位和空间。

白虎神将知道这是自己的疏忽，他的确没有想到敌人会出现在洞厅之中，而这人一定是刚才杀死四名士卒的凶手——一个狡猾的凶手。

最危险的地方才是最安全的，白虎神将想到这一点时，一切就不难解释了。这凶手一定是杀了四名士卒之后，便立刻带着圣女来到洞厅的窗外，只待他一出洞厅，立刻自窗子溜进洞厅之中。这就使得外面的人盲无头绪地乱找一气，也根本不可能找到敌人的踪迹。但白虎神将不得不承认这凶手的智慧和胆量，在最不安全的地方竟然不是想办法逃走，反而计划着一件大刺杀的方案。

剑光如雪，那绝美的弧迹犹如流星划过夜空，绚烂而优雅，若非那浓重的杀机，这倒的确是一次极为精美的艺术表演。

白虎神将一声冷哼，对于这些，他并不是很在意，虽然事起仓促，但他并不是庸手。

叮……那一道美丽的剑弧立刻在空中崩散，化成漫天闪烁的星光，依然封死了白虎神将的所有进退之路。

白虎神将吃了一惊，对手的功力的确有些出乎他的意料之外，力道之猛，便连他也无法不退。毕竟，他只是仓促出招，无法全力而为，自然要吃些亏了。但是，白虎神将最终还是化解了对方致命的一剑。

星星点点的剑光之中，白虎神将发现了那个凶手——一个极为年轻、极为高大、一头短发的年轻人。

森寒的剑气之中，年轻人的脸色冰冷如铁，眸子里闪烁着冷酷的杀机，只看那眼神，就不难想象这一剑是如何的犀利。

叮叮……白虎神将用的是一柄刀，窄长微弯的刀，其实，这柄刀至少有七分像剑，但只有一面开刃。

快！白虎神将的刀的确极快，只是以几个简单至极的动作，便化解了那满天星光似的剑式，但是，他忽视了另一件事——凶手并不止一人！

凶手不止一人，这是事实，一个让白虎神将也有些后悔的事实。在他挡开那少年的第三十五剑之时，已有一缕幽风无声无息地拂过他的背部。当他发现这缕幽风的到来之时，所能够做到的就是尽最大的努力挪动身形，只是这一切显得太慢了。

砰……白虎神将也觉得自己的动作有些慢，是以，他在挪动身形之时，顺便倒踢出一脚，当他发出一声惨叫之时，这一脚也落实了。

白虎神将感觉到背后之人发出一声闷哼，对方似乎并未讨到多大好处，只不过，他知道自己受了伤，而且伤得不轻，那缕幽风拂过之处一片冰凉，更有一种撕肉裂骨的痛楚，使他的冷汗都冒出来了，幸亏躲过了要害部位。

呀……门口传来了一声护卫的惨叫，显然是这护卫因为听到异响，立刻直冲进来，但却被人宰了。

叮……砰……白虎神将只觉手心再次一震，那个与他正面相对的剑手竟自底下踢出一脚，而他因背上之伤和背后偷袭的剑手分了神，根本就来不及抵抗。

“呀……”这一脚的确很重，即使以白虎神将一身功力也有些承受不了，身子不由自主地跌撞在一侧的墙上，背部的伤口更是雪上加霜地再受重击，他无法控制地发出一声惨叫。

那年轻人的剑没有丝毫停留，无情地再次射向白虎神将。

“小心，轩辕！”圣女凤妮的惊呼响起。

年轻人一震，也感到一阵锐利的剑气袭向背部，只听那轻啸，便知这一剑的速度惊人至极。

生与死，只不过是脑海之中激荡的一点意念。

这年轻人正是轩辕，此时的他面临着生与死的抉择。

他若想击杀白虎神将，那么自己即使不死，也定会身受重伤，因为他背后高手的剑势的确太快，轩辕不想死，他绝对不会拿自己的生命去换白虎神将的性命。人的价值并不能以生命去衡量，所以，轩辕绝对不会做出蠢事。

“呀……”又有一声惨叫传来，把守洞厅门口的人是花猛，他中了白虎神将的一脚，却在白虎神将背上划下了深深的一剑，两人同时受伤，但他伤得并不重，因为白虎神将那一脚能凝聚的不过是三成功力而已，因此，他才有能力阻止这一群赶来相助的敌人进入洞厅之中。辟邪剑很利，招式也很快，但十分可惜，花猛无法阻止那蒙面人的冲入。

蒙面人的身法很快，快得让花猛感到有些眼熟，这使他想起了叶皇出剑时的速度。蒙面人不仅身法快，剑招更是诡异得无迹可寻，是以花猛根本就无法阻止他的进入，幸运的是，蒙面人攻击的对象并不是花猛。

不是花猛，而是轩辕！蒙面人的目标是轩辕，那正在搏杀白虎神将的轩辕！

轩辕并未转身，只是长剑回撤，以一个极为诡异的角度回撤、后挑，他根本不用看对方的方位，只需捕捉到那缕幽风便可知对方所在的位置。

轩辕的剑并不是想挡住那柄袭向他的剑，而是回刺蒙面人的要害，他不想做无益且多余的动作，要么，就同归于尽！

这是赌，赌命！一场充满豪气的较量，而轩辕却有着自己的苦衷，形势逼迫他不能不如此。他的直觉告诉自己，这是一个他惹不起的对手，若是直面相对，自己只怕并不是这神秘偷袭者的对手，所以轩辕一开始便拼命了。

拼命的人是绝对可怕的，是以，便有了一夫拼命，万夫莫敌之说。

蒙面人对轩辕这种不要命的打法吃了一惊，大大地吃了一惊，这是一个意外，一个必须面对的意外。

蒙面人的眸子之中闪过一丝极为异样的神采，他不想死，绝对不想！但却不能不欣赏这个年轻的对手，因为这个年轻的对手一上场就抓住了最重要的一环，而使他的一切后招全都无法派上用场，这不能说不是一场智慧的较量。

轩辕的眸子之中闪过一丝微微的得意，当他发现蒙面人的目光之时，便知道对方舍不得放弃自己的生命，在这场生命的赌博上，他赢了！

轩辕赢了，却并没有半丝兴奋，那蒙面人以极快的速度横移开去，避过了轩辕一剑，也放弃了刺杀轩辕的机会，但他却掠向了圣女凤妮。

蒙面人在这场生与死的赌博之上输了，但从另一个方面来说，他的目的已经达到——解开白虎神将的一剑之危。

蒙面人似乎早知道轩辕与圣女凤妮之间的关系，是以，他的目的只是擒下圣女。

轩辕的剑刺空，白虎神将的刀已经斩至，迅捷如风，他似乎并未受身上的伤痛所限，动作利落至极，根本就不给轩辕去救圣女的机会。

轩辕心中大急，但却无可奈何，因为他根本无法抽身。白虎神将比他想象之中更要难缠，中了一剑一脚仍然如没事人一般，若不是刚才他与花猛联手偷袭，只怕根本就不可能重创对手。此刻，他在暗自庆幸之余，又不免有些心惊。

凤妮微微惊呼，花猛的剑已在她的面前幻起一幕剑盾。

蒙面人的身法快，花猛的步法也绝对不慢，他似乎早已料到蒙面人会如此，是以，他抢先护在圣女凤妮的面前。

叮……蒙面人的剑势之犀利几乎让花猛心惊肉跳。

辟邪剑并没有占到半点优势，他织起的剑网反而被蒙面人的剑势破开一道裂隙，长驱直入。

花猛大惊之下，上身倒倾，脚下猛踢而出，这是没有办法中的办法，蒙面人的剑术之强，与花猛并不是同一个档次。花猛的长处在于腿上，挥剑对敌只是想借宝剑之利来占些便宜，但此刻宝剑无功，只好弃剑用脚了。这也是病急乱用药，是否有效却只能在试过之后才知道了。

蒙面人的身子轻灵至极，借自己的剑在花猛的剑上一拍之力，身子居然弹射而起，越过花猛的阻拦，直扑圣女凤妮。

对蒙面人的一连串动作，轩辕都看在眼里，惊于心头，暗忖道："这蒙面人的武功只怕还在白虎神将之上，若自己不能与花猛联手，胜算几乎不足一成。"但他却又无能为力，心想若此刻叶皇在此就好了，大概只有叶皇的速度和身法才能够胜过这神秘的蒙面人了。思及此处，轩辕心头一动，他惊奇地发现这蒙面人的体形竟与叶皇有着惊人的相似之处，而且这种身法和剑式更有几分酷似叶皇。

"一定是这人劫走了共工族的公主！可是这人与叶皇之间又有什么关系呢?"轩辕在思忖的当儿，已经迅速挡开了白虎神将的十八刀之多。

轩辕可以肯定这蒙面人不是叶皇，无论是从气势还是速度，这蒙面人与叶皇都有着极大的差异。虽然轩辕与叶皇相处的时间并不是很长，但他却已深知叶皇的性格和作风，只凭直觉就可断论这一点，何况此刻的叶皇已在共工部族内。

"这人为什么要蒙面？光天化日之下，不敢以真面目示人只有两种可能：一是长相实在太丑，处于一种深深的自卑状态，这种人是不敢以真面目示人的。另一种人却是心中有鬼，或有不可告人的秘密，因此才不以真面目示人。”而在轩辕的猜想中，这蒙面人应该是属于后者，但这人又是谁呢？

当……轩辕心神未定，竟被白虎神将一刀震得倒翻而出，白虎神将因反震之力太强，背上的伤口崩裂，鲜血狂喷，是以后继无招。

轩辕的身子在虚空中一扭，利用反弹之力侧撞向一名攻向花猛的刀手。

砰……轩辕的身子沉重至极，那名刀手一下子被撞得软瘫在地，口中鲜血狂涌。

第二十三章　意料之外

花猛的身上溅了点点血花，却是那软瘫的刀手口中喷溅出来的，若非花猛的身子迅速移向蒙面人，只怕已是全身血红了。

圣女凤妮发出一声惊呼，是因为蒙面人的手已经向她抓到，而她此刻功力受制，根本没有反抗之力，唯有惊慌闪躲，但蒙面人的这一爪是何等快捷，岂容她躲开?

“叶放!”轩辕急切间，想起了叶皇在他耳边所说的那些话，不由得脱口呼道。

蒙面人的身子在空中颤了一下，似乎受到某种极大的震惊，在震惊和骇异之下，那只抓向圣女凤妮的手竟奇迹般地落空了。

圣女凤妮手中却多了一柄短剑，这柄短剑是轩辕带着她自窗口溜入洞厅时给她的，此刻她终于还是刺了出去，虽然功力受制，但招式依然玄奥莫测，犹如神助。

蒙面人一爪抓空，心神似乎犹未从震惊中平复过来，竟不敢接圣女凤妮这无力的一剑，反而向侧边滑去。

当然，此刻蒙面人若是出剑，定会击杀圣女凤妮，但是他的目的只是想要一个完整的圣女，绝不愿这个绝美若出世仙子的女人有半点损伤，否则他很难向白虎神将或少昊神交代，这也是圣女凤妮敢贸然出剑的原因。

蒙面人一滑开，花猛也就迅速护在圣女的面前。

“原来你真是叶放!”轩辕愤怒至极地吼道，自刚才蒙面人的表现中，他几乎可以肯定这神秘的蒙面人就是叶放，否则对方也不会震惊至此。

蒙面人冷哼一声，却不予回答，似是对轩辕的话极为不屑，也似是默认了，但无论是何种意思，都让花猛难以相信自己的耳朵，就连圣女凤妮都为轩辕的猜测所震惊。

花猛在发呆，当轩辕蓦然喊出“叶放”两个字时，他便愣了一愣，直到轩辕说出下文，他更是有些糊涂了，竟不知道该不该动手。若要花猛接受这蒙面人就是叶放的事实，他实在不知该如何去面对。

不仅仅是花猛无法面对，只怕许多人都会无法面对这个现实。

无妄谷变得热闹起来。

青云剑宗的弟子似乎已得到了格杀勿论的指示，对那些反抗的人尽数诛杀。

无妄谷之中也有不少好手，是以青云剑宗众弟子与之交手之时，死伤总是难免的，为了最低限度地减少伤亡，青云剑宗众弟子准备了大量的弓箭。

无妄谷本是一个空谷，这一群人只不过是最近才占据此谷。这里的攻防建筑并不多，甚至可以说没有，所以外敌攻击起来根本不用花太多力气。

无妄谷内部也发生了一连串的骚乱，包括地牢之中的骚乱和轩辕所引起的骚乱，这都打乱了无妄谷之人的秩序。

猎豹和凡三的出现也引起了极大的骚乱，他们与轩辕的分工不同。

轩辕和花猛为一组，他们故意让青云剑宗众弟子引起谷内势力的注意，料到定会有人去报告谷中的负责人，也就是这样，两人跟着那个向白虎神将禀告之人找到了洞厅，却没想到圣女凤妮竟然就在这里，于是就引起了这一阵骚乱。

猎豹和凡三却是偷潜入谷中，找到了几个营帐，他们的目的自然是救人，一路上按照施妙法师所留下的暗记，终于找到了地牢的所在地。

施妙法师留下的暗记分两种类型，一是在树干上刻记号，二是在空气中留下一种极淡极怪的气味，而这一切却是他与轩辕约好的，猎豹和凡三自然也知道这两种暗记的特征。只不过施妙法师被“押”到无妄谷附近时，似乎再也没有机会在树上留下暗记，只能在空气中施放一种暗香。

这种暗香是经过密制而成的奇香，就算有风也能在空气里停留十二个时辰以上，却不能遇雨，如果下一场雨的话，则气味尽消。侥幸的是，今日并没有下雨。

当猎豹和凡三赶到地牢之时，地牢之中已经空无一人，显然是施妙法师已经破牢而出。地牢之中有数具尸体，地牢之外也有血迹和尸体，更是一片零乱，打斗的痕迹处处都是。猎豹和凡三猜测施妙法师诸人已经出了地牢，而且刚出地牢不久，因为地牢之外地面上的血液仍有些微微热气。

"你真的是族长?"花猛手中的剑有些松动，颤声问道。叶放在他心目中的地位比圣女凤妮更重要，他对叶放的尊敬就像是对自己的父母一般，甚至曾将叶放当成偶像，可是此刻……叶放出卖了他们，甚至出卖了所有的族人，出卖了圣女和轩辕……这一切的一切，只让花猛脑海中一片空白。

想到花冲的死，想到所有兄弟的失踪，还有那一次次欲将自己等人置于死地的阴谋，花猛不仅仅脑海中一片空白，连心也很痛。就是眼前这人劫走了圣女，再让化金嫁祸于青云堡，使自己等人去青云堡送死，而后一计接着一计地算计叶皇，劫走共工族公主，嫁祸叶皇，这等卑劣的手段实在让花猛心寒。

如果说这神秘的蒙面人是叶放的话，那么化金是内奸则很好理解。而刚才花猛也觉得眼前之人极为熟悉，但却绝不敢想象对方是叶放。可在轩辕的呼喝之下，蒙面人的表现却使花猛倏然惊觉。

蒙面人冷冷一笑，却没有回答花猛的话，而是迅速出剑，以雷霆万钧之势划过虚空。

剑潮怒涌，犹如激石巨涛，杀气凝成卷天席地的气势疾扑花猛。

花猛的心更痛！他见过叶放的剑法，而这神秘蒙面人所施展出来的剑法正是叶放的成名绝技惊涛剑诀，此刻还有什么值得怀疑的？是以，花猛心痛，心伤，为自己，也为族人，更为死去的朋友，可是他不能不反抗，他知道叶放欲杀人灭口。

叶放绝对不允许有人泄露了他的秘密，特别是花猛。因为花猛在有邑族土生土长，说话有着一定的分量，如果这个秘密由花猛泄出，虽然在有邑族不一定能影响他的族长地位，却至少将使他失去很多威信。但他不怕轩辕说出，因为轩辕本身就是外人，一个值得怀疑的人，只要他反咬一口，立刻可陷轩辕于不忠不义的境地，是以，蒙面人的剑势所笼罩的人便只有花猛而已。

花猛怒，愤怒！当一个人在知道自己最信任的人居然是个大骗子，不仅欺骗了自己，也欺骗了所有信任他的人之时，那种愤怒是无与伦比的，所以花猛控制不住自己的剑。

花猛的剑——怒剑！让轩辕为之震惊！

花猛没有想过该出什么样的剑招，也没有想过该如何对敌，他所有的情绪只有一个——愤怒！他不知道这算不算是一剑，但是他看到了蒙面人眼中的惊诧和讶异！

好烈的一剑！的确，轩辕完全可以感觉到花猛这一剑之中最强的情绪——怒！有情绪的剑，便不再是死物，而这种将自己的情绪和精神完全融入剑中的境界，轩辕还是初悟出一些皮毛，他自问尚未达到花猛这一剑的水平，所以他感到震惊。

杀气似有形有质一般在虚空中交错摩擦，竟发出一声锐啸，之后便是一声爆响。

铿……清脆而夺人心魄。

花猛连退三步，几乎撞到了圣女凤妮的身上，蒙面人手中的剑竟奇迹般地断为两截。

蒙面人几乎不敢相信这是事实，花猛这一剑的力量之强，完完全全超出了他的估计，不仅破除了他那夺命的一剑，还击断了他手中的宝剑，这简直不可能！

蒙面人只是怔了一怔，阴冷的目光很快扫过轩辕、圣女和花猛，在花猛也为之惊愕之时，倒射而出。

“别走！”当轩辕回过神来追赶时，蒙面人已穿破窗子，冲出了洞厅之外。

洞厅之中立刻有人缠住轩辕和花猛，就连受伤的白虎神将也在手下的全力保护之下退了出去。

“冲出去!”轩辕并不想被死困在洞厅中，何况他的身上也多了几道伤痕，这是为护圣女凤妮而挨的刀子。

双拳终难敌四手，轩辕和花猛虽然依仗宝剑神锋，但也是无可奈何，最后被逼得退到石墙一角背对石墙，两人将圣女凤妮护在一处角落，准备背水一战！只望猎豹诸人快来救命。

轩辕并没有等到猎豹，却等来了施妙法师。

施妙法师带着功力犹未曾恢复的十余人杀出地牢，却闻到山上正处于一片骚乱之中，他立刻猜到是轩辕等人前来相救，也便迅速向山上赶去。当施妙法师赶到山上时，正好是轩辕需要帮助之际。

乍见圣女也在，施妙法师大喜，战意更为高昂。

叶七诸人几乎没有未受伤的，或重或轻，这些人虽然吃了施妙法师的一颗解毒丸，却并不能马上恢复功力，是以战得极为辛苦。不过，此刻众勇士的精神大振。

洞厅之中的贼人并不是太多，但也有几个好手，是以，即使轩辕和花猛也无可奈何。此刻施妙法师带来了十多位帮手，自然立刻开始反扑，而白虎神将的属下也知道己方大势已去，纷纷自窗口逃出，有的自大门口杀出，而青云剑宗的好手也很快乘乱杀上了山。

这里的战局很快就得到了稳定，轩辕诸人似乎也没有料到事情会如此顺利。众兄弟相见，自然是皆大欢喜。

“东面没有找到褒弱姑娘四女的踪迹……”

“南面也没有……”

“我们也没有发现她们的踪迹……”

轩辕的眉头又皱了起来，他知道，一定是在白虎神将匆忙离去之时，将褒弱四女带走了，也许还有共工氏的公主。如果五女没有找回的话，轩辕等人与众敌的这一场较量就不算赢家，甚至有可能成为大输家。当然，对此行的任务而言，并未影响结果，既然圣女救回来了，自然不会影响结果。但对于情理来说，这是绝对不容许忽视的问题。

“猎豹和凡三没有消息吗?”轩辕有些微恼地向燕五问道。

“他们两人还没有消息，想必应该不会出事。”燕五不敢太过下定论。

花猛露出一丝别人难以觉察的苦笑，如果他此时不知道蒙面人是叶放，或许还有这种自信，但现在他却没有这么乐观了，只不过此刻他并不想把这个事实说出来，这也许残酷了一些，但却是迫不得已。

轩辕并不主张将这个消息说出去，是因怕引起内讧，影响内部的团结，更会打击这一群有邑族勇士的斗志，这对他们而言弊多于利，所以轩辕让花猛不要将蒙面人的身份揭破。

圣女并非是个不明白事理的人，是以，她依照轩辕的吩咐，仅将这个消息告诉了施妙法师，连那群自三苗带来的高手都没有对他们提过。对于轩辕的话，圣女几乎从不违背，她听出了施妙法师对轩辕的推崇，当然也对轩辕的表现和智慧感到极度欣慰。

花猛想到了早晨叶皇被宣天长老带走之前在轩辕耳边的耳语，而轩辕告诉他们说“叶皇怀疑凶手是一个不可以外传的人物”，这话想来不假，那就是说，叶皇早就看破了那神秘蒙面人的身份，只是一直都不想说出来而已。

“我们在山下发现了猎豹留下的记号！”化铁虎气喘吁吁地跑了上来道。

轩辕一怔，隐隐猜到了什么，忙立身而起，道：“快带我去！”

青云剑宗死伤的兄弟达到二十人，这让轩辕觉得有些过意不去，虽然白虎神将的属下死伤几乎是己方的两倍，但他却没有一点值得高兴的地方。

青云剑宗之人如此舍命相助，不仅仅让轩辕心生感激和歉疚，就是所有有邑族勇士和三苗高手，包括圣女凤妮在内也都为之感动，却也无法挽回那些失去的生命。

有战争，就必定有伤亡，没有人会否认这一点。

已亡的二十名青云剑宗之人都被抬回了青云堡，且以青云堡的最高礼节将之下葬。

参加这次葬礼的有施妙法师、圣女凤妮与有邑族的几位勇士，另外则是青云剑宗的所有人。

而三苗部的六名幸存者与轩辕、花猛及叶七则一起追寻猎豹和凡三的踪迹去了。

这是轩辕的安排，虽然有人提出质疑，但却没有人反对，因为这一群人彻底地信任轩辕。

他们相信轩辕的武功，相信轩辕的智慧，相信轩辕的勇猛和果断。这群有邑族勇士此刻相信轩辕的程度甚至比相信叶放更甚！似乎没有什么事情可以难倒轩辕。

风大等六人对轩辕的指挥言听计从，能够在如此短的时间内便识破敌人的诡计救出他们和圣女，也只有轩辕能做到，兼且施妙法师将轩辕这一系列的分析和计谋描绘得有声有色，因此他们不知不觉地对轩辕信服起来。

崇拜英雄，这是人类很自然的反应。

此时轩辕已猜到猎豹和凡三定在跟踪白虎神将那一群人，说不定他们已经发现了褒弱诸女，只是因为人手太少、力量太单薄而无法行事，这才留下暗记让同伴赶去支援。是以，轩辕赶路极急、极快，而这一路上踏断的枯草似乎也证实了轩辕的猜测。

猜测毕竟只是猜测，事情究竟是怎样的一种情况，没有人敢下定论。

猜测的人最容易犯错误，那是一种自以为是的错误，轩辕也不例外，就因为他的这个猜测。

当轩辕感觉到气氛不对劲之时，众人已来到了一条干涸的河谷，这是一个只有梅雨季节才会有水的河谷。

小小的树，犹如面黄饥瘦的病夫，让人自心里生出一丝怜惜。

几块爬满青苔的秃石没有半丝生气。

轩辕驻足于此，也许是因为这里太过阴森，才会使得轩辕心头升起一种无法表达的感觉——也许，这是一种直觉。但轩辕却知道，自己的直觉似乎从来都未曾失误过，这次也没有例外。

只见河谷四周出现了数十道身影，而轩辕等人正在河谷之间，所以便形成了一种剿兽的形式。兽，自然是轩辕诸人。

蒙面人的身影出现在一丛灌木之后，那露出来的眸子之中有着一缕难以察觉的阴狠。

轩辕等人不敢动，因为对方每个人的手中都握着一张强弓，而每张弓上的劲箭都是对准他们的。只要轩辕诸人稍有异动，就可能立刻成为箭下游魂。而在这种距离中，能够躲开对方劲箭的人并不多，所以他们似乎注定成为困于笼中的兽。

叶七和花猛的脸色很难看，叶七认识这蒙面之人——正是昨晚袭营的人。仇人见面，分外眼红，但此刻他却无可奈何。

风大诸人与轩辕贴背而立，围成一个小圈，但这个小圈却是极为单薄，完全暴露在别人的箭矢之下，根本就不可能脱出对方劲箭的射杀。

轩辕露出一丝苦笑，有些无奈地道："你又赢了一回。"

"哈哈哈……"蒙面人发出一阵极为得意的笑声。他又赢了，这是事实。

"你的确是个很好的人才，本来你可以不死的，但是你太过聪明，留你不得！要怪便只能怪你的命不好！"蒙面人爆笑良久之后才冷然道。

"族长，你是不是有什么难言之隐？如果你能及时回头，我们族人仍然会原谅你的。"花猛心头隐隐作痛，仍想挽回。

叶七一惊，仔细地打量了蒙面人一眼，目光投向花猛，讶异地问道："花猛，你刚才叫他什么？"

花猛脸上浮出一丝悲愤而痛苦的神情，无奈地道："他就是我们的族长叶放！"

"什么？"叶七浑身一震，几乎不敢相信自己的耳朵，目光之中泛出一丝惑然的神采，怔了半晌才道："不，不可能，他不是叶放！"

风大诸人也全都为之震惊，这个变故是他们根本没有预料到的，不由皆疑惑地将目光移向轩辕，似乎希望轩辕能给他们一个肯定的答复。

轩辕轻轻地吸了口气，道："是不是都已经不再重要，因为他不会让我们再活下去！"

"你很聪明，说得也很对！老七、花猛，你们不要怪我，有些事情是迫不得已的，你们过来，我是不会杀自己族人的，只要你们俩能够保证不将今日之事外传，就行了！"

叶七几乎站不稳脚，本来他并不相信花猛的话，可是此刻由蒙面人亲自证实，连他最后一点侥幸也为之破灭，叫他怎会不心神大震？

“你真的是叶放！”叶七心痛地轻声道。他对刚才蒙面人所称呼的“老七”这种语调熟悉得不能再熟悉了。

“老七，到我们这边来，只要你和花猛发誓不将今日之事外传，族长绝对不会为难你们的！”化金不知道什么时候也从灌木丛中钻了出来。

“住口！”叶七愤怒无比地吼道。

化金和蒙面人一怔，花猛和风大也吓了一跳，只见叶七的脸色铁青，胸口急剧地起伏着，显然正在努力地平复心中怒气，他的目光极为阴冷地盯着叶放，半晌才森然道：“叶放，花冲是你下手杀的吗？”

蒙面人未语，显然是不置可否。

叶七更怒，吼道：“就是因为他发现了你的身份，划开了你的蒙面巾，然后你就对他下了杀手？”

“叶七，哪轮到你来教训族长？”化金叱道。

“化金，你还是不是人？”叶七愤怒地望了化金一眼，怒极地反问道。

化金脸上一阵青一阵白，却不知如何去回答叶七的问话。

蒙面人轻轻地点了点头，道：“不错！花冲是我杀的，连风七和风三也都是我杀的。我不能让任何人泄露这个秘密，所以我必须杀了他们！”

“如此说来，如果我们不答应发誓，你也一样会杀了我们？”叶七怒极反笑地问道。

蒙面人目光阴沉，但却极为坚决地道：“你说得不错，如果你们俩不答应发誓，我也只好动手击杀你们，绝不留情！”

花猛和轩辕诸人的心中感到一阵寒冷，因为蒙面人那阴冷绝情的话，也为对方的心狠手辣而泛寒。

轩辕淡淡地笑了笑，冷冷地望着蒙面人，问道：“猎豹和凡三在哪里？”

蒙面人冷冷地笑了笑，道：“那两个小子倒是挺机警，但是跟本族长比起来，他们仍相差得太远。自以为可以跟踪我，却刚好为我布下了这个圈套，不过你放心，他们目前还不会有事，至少他们并不知道我的秘密。”

“共工氏的公主也是你们劫来的？”轩辕又问道。

“告诉你也无所谓，你说对了，柔水那小妞的确是个难得的大美人，如果不拿来享用，岂不是太过可惜？”

“可叶皇是你的弟弟，为什么要嫁祸于他?”花猛愤怒地道。

“哼，从小他就喜欢与我争，你们这些人中，也只有他可以威胁到我，甚至猜到了我的秘密，我只好借刀杀人了！这也怨不得我，在这之前，他一直都在窥视我族长的位置，如此心腹大患，自当除之!”蒙面人不屑地冷哼道。

“叶放，我看错你了，算我叶七瞎了眼，像你这般禽兽不如的人，当初我居然选了你做族长，真让我愧对祖先!”叶七声音有些颤抖，却又有无边的痛苦。

“人要好好地活下去，就得不择手段，没有谁对谁错，任何阻拦我去路的人都是该死的，你又有何怨言?”蒙面人不为所动，毫无愧色地道。

叶七还想说什么，却被轩辕拉了一下衣袖，便缄口未言了。

轩辕深深地望了蒙面人一眼，突然哈哈大笑起来，只笑得所有人都莫名其妙，不明所以。

“你笑什么?”蒙面人也为轩辕的大笑而感到莫名其妙，忍不住问道。

叶七和花猛及风大诸人亦好奇地将目光投向轩辕，包括那些围守于四周的箭手。

轩辕的笑声良久未竭。

蒙面人的目光更显得阴郁，连化金的脸色都变得很难看。

半晌，轩辕才停住笑声，毫不畏怯地与蒙面人的目光相对，却未回答蒙面人的话，只是在脸上多了一层异样的笑容。

“很好笑吗?”蒙面人的语气更充盈着无限的杀机，冷漠无情地问道。

“当然!”轩辕毫不否认地道。

“有什么值得好笑的?”蒙面人的身上杀机更浓，甚至连空气也变得紧张起来。

所有的人都知道，这神秘的蒙面人也许在下一刻就会下令放箭，那浓浓的杀机是如此的实在，让人不得不心底生寒。

轩辕并不畏惧对方的杀机，只是脸上的笑容在突然间变冷，目光如电般与蒙面人的目光相对，这才缓缓地道：“你——不是叶放!”

蒙面人心神大震，眼神之间显出一丝讶异和惊骇之色!

叶七和花猛也同时心神大震，目光全都落在轩辕的身上，不明白轩辕为什么突出此言，但他们自蒙面人的眼神中也发现了其内心极大的震撼，这表明轩辕所说的与现实相差绝对不远。

化金的脸色也有些难看。

蒙面人很快镇定下来，冷冷一笑，故意对轩辕的话不置可否："笑话，你凭什么说我不是叶放？"

轩辕笑了笑，此刻便是一个初出江湖的人也能听出蒙面人语气的变化。

"你心虚了？哼！"轩辕不屑地笑了笑，又接着道，"其实很简单，只要你把蒙面的黑巾摘下来不就可以真相大白了吗？但我知道你没有这个胆子摘下蒙面的黑巾！"

"哼，我为什么要听你的话？"蒙面人冷笑道。

"你当然不必听我的话，可你实在是太心虚了。其实根本不用摘下面巾，我也可以分辨出你不是叶放！"轩辕自信地道。

"凭什么？"蒙面人又是一惊，反问道。

"眼睛！"轩辕肯定地道。

"眼睛？"不仅仅是蒙面人感到惊讶，即使叶七和花猛诸人也感到惊讶。

"不错，就是眼睛，你可以用布遮住头脸，但却不可能遮住眼睛。人说画龙点睛，眼睛才是人类最重要的一部分，每个人的眼睛都绝对不同，特别是眼神。你的眼神之中有的只是阴冷、凶厉之芒，可以表现出你性格的偏激、阴鸷、冷酷，但叶放族长的眼睛与你的眼睛绝对不同，所以我敢肯定，你不是叶放族长！"轩辕悠然道。

"哼！"蒙面人依然不置可否地冷哼一声，不屑地问道，"那我为什么还要在这里跟你们说这些废话？真是好笑！"

"哼！"轩辕不屑地笑了笑，道，"因为你想陷害叶放族长，当然，我不明白你为什么要冒充叶放族长来陷害他，但你跟我们说这些话并承认是叶放族长，都只是想诋毁叶放族长的形象。如果我猜得没错，你定会将今天听到这席话的人留下几个活口，然后让这几人回到族中陷叶放族长于不仁不义之境!”

“哈哈哈……真是好笑，你以为我今日会留下你们这九个活口?哼，真是白日做梦!”蒙面人似乎听到了一个最好笑的笑话，大笑道。

轩辕不置可否，不屑地一笑:“哼，如果我所料不错的话，你一定将猎豹和凡三两人制伏了。而且，他们一定处在能听到我们此刻谈话的位置，你们就算将我们全都灭口了，仍然可以演一场让猎豹和凡三逃脱的游戏，这样就不愁没有人为你宣传叶放族长的心狠手辣了!”

蒙面人的眼神之中再次现出惊愕，化金的脸上也闪过一丝阴晴不定之色。

轩辕可以肯定，如果此刻不是蒙面巾遮住了对方的面容，那张脸上的表情一定会极为复杂。

蒙面人的目光紧紧地罩住轩辕，似乎在盯着一件极为古老却不知道价格的物品。但目光已不如先前那般锋锐，而且显得变化不定。这种目光很清晰地反应出了他内心的震惊。

连叶七也清晰捕捉到了这之中细微的变化，不禁微微松了口气，因为经轩辕一提醒，他也发现蒙面人的目光与叶放的眼神有着极大的差异，甚至可以断定轩辕刚才的猜测并没有错，只要这蒙面人不是叶放，他心中自然不用太伤心，但在蓦然之间，他想起了另一个人，禁不住神色大变，忍不住惊呼道:“你是叶帝!”

蒙面人的躯体再震，扭头深深望了叶七一眼，半晌后却放声大笑起来，笑声之中有着说不出的得意。

轩辕和风大诸人禁不住全都愕然，却不知道叶帝究竟是谁，只有花猛的神色跟着叶七的脸色而变化。

对于花猛来说，叶帝这个人他并不感到陌生，但是那却是五年前的事。

五年前，有邑族作出了一个很重大的决定，那就是对族中两个犯了大罪之人进行判决，这两人正是一对孪生兄弟，且是族长叶放的亲兄弟。因此，这可以说是一件很大的事情，叶帝正是其中的主犯之一，而另一人则是叶皇。

不可否认，这对兄弟在有邑族中可算是两个奇才，两个武学奇才，但行为却极为乖张，就像是族中两个格格不入的另类，所行之事都尽走极端。

叶帝所犯之罪是偷了祭司的法器，更将两名看守法器的族中勇士打成重伤，这几乎是不可饶恕的罪过。而叶皇则犯下了淫罪，勾引族中妇女，更有奸杀邻近友族的妇女之嫌，但因证据不足，而未判以死刑。叶帝从此被逐出族门不能再回族中，而叶皇则在南山思过，五年之内不得归返。

这在当时来说，的确是件很大的事，使有邑族族人过了很长一段时间才从这场风波中苏醒过来。因此，花猛对叶帝的记忆仍然极为深刻，只是没有想到五年之后的今天，昔人再现，而且出现之时双方已成敌对之势，这的确有些出乎花猛和叶七的意料之外，也恍悟为何这神秘的蒙面人为什么要害叶放，为什么连共工氏部族之中的人也会误会叶皇了。

蒙面人大笑良久，才傲然道："想不到老七仍记得我，真令我很高兴！"蒙面人说完，顺手摘下脸上所蒙的黑巾，露出一张让轩辕也为之震惊的面容。

若不是叶七和花猛指出眼前之人就是叶帝的话，轩辕只怕也会大叫一声，呼出"叶皇"的名字来。

叶帝与叶皇长得实在太像了，便连轩辕也无法在瞬间分清两人之间的区别。

轩辕只是在微微惊愕之后又恢复了平静，自这一刻开始，他知道再也没有缓转的余地，既然已经识破了对方的身份，大概连一线的生机都不会有，因为叶帝绝对不会留下任何活口。

"巡察使！是否立刻将他们全部击杀，以绝后患？"化金沉声问道。

"是应该结束这场游戏了。"叶帝的脸上浮现出一层淡淡的杀机，他不想再拖下去了。

呀……一阵惨叫声中，一串弦响，叶帝和化金的脸色却变了。

轩辕一怔之际大喜，低喝道："散开！"说完身子如一团肉球般向侧边飞滚而去……

叶七和花猛诸人虽然没有弄清究竟发生了什么事，但却知道闪开身形刻不容缓，当轩辕滚出的一刹那，他们也相继以最快的速度滚开。

箭雨如蝗，在轩辕刚滚离原地的一刹那，便已钉满了他刚才立足之处。

呼呼……是石头，轩辕滚倒在地之时，手心立刻抓起河床之上那些小卵石飞射而出。

这之间的突然变故连叶帝也没有弄清楚是怎么回事，便有人身中卵石捂着头脸惨号。

花猛和风大诸人也学样以石头攻击。这曾是一群超级猎手，手法之准是根本不用置疑的，虽然被人挡下了不少，但依然造成了不小的杀伤力。

对四周的箭手造成更大杀伤力的，并不是轩辕诸人的石头，而是自暗处突然射出的箭，没有半点征兆，但每一箭绝对会命中一个对手，因为这一群施放暗箭之人似乎早已选中了对象，是以一出手则为必杀之箭。

叶帝出剑的速度快到无法捕捉的境界，他的脚根本就没动，只是稍稍动了一下手指，当一道暗影乍现即逝之后，射向他的三支劲箭竟若死蛇般落在地上。

叶帝似乎根本就不曾动手，他的剑依然在鞘中，而脸上的神色却变得平静如死。

轩辕的心也为之震撼了一下，他看见了叶帝出剑，也看见了叶帝还剑入鞘，但那是极短极短的一瞬间，若非那三支死蛇般的箭身，轩辕定会以为这只是一种错觉，一种无法窥得全貌的错觉。

这一切并不重要，重要的是究竟是谁会成为这场角逐的失败者？

那群箭手的第一轮箭未能射杀轩辕诸人，第二轮箭便不再是射向轩辕，而是那些偷袭者！他们并不是不想射杀轩辕，但局势已经不允许他们有足够的时间来对付轩辕等人，除非他们想死！他们当然不想死，所以他们所做的第一件事就是反击！

嗖嗖……一串弦响、一串惨叫声中，轩辕想也没想，便飞扑向叶帝，擒贼先擒王，轩辕必须抢得先机。

花猛的目标却是化金，他恼恨化金，这个出卖兄弟的叛徒，他绝对不想放过。

“小心！”叶七却是向轩辕呼喊，别人不知道叶帝的可怕，但他知道，所以他不能不向轩辕提醒一声。

这其实是极有必要的，因为轩辕仍低估了叶帝。

剑刺入叶帝两尺范围之内，叶帝仍未曾眨半下眼睛，便像是根本就未曾发现轩辕这要命的一剑。

轩辕从未遇到如此镇定的对手，也未见过如此狂妄的对手，在他的印象之中，这样的对手不是傻子疯子，就是一个足以让人做一辈子噩梦的魔鬼。

轩辕感觉到有些不对，当他感觉到有些不对时，叶帝的剑距他的胸膛只不过半尺，而此刻轩辕的剑却距叶帝仍有一尺二寸。

死亡的阴影是如此的实在，轩辕从没想过会有人比叶皇的剑更快，但叶帝却做到了。

叶帝的脚没有移动半分，甚至脸上的表情也没有丝毫的变化，可是他的剑却拥有无可比拟的速度。

轩辕根本就不曾见到叶帝动一下手臂，但却知道叶帝的这一剑绝对会比自己刺向他的那一剑更快，也定会先一步刺入自己的胸膛。

无声无息的一剑，像是幻觉却并非幻觉。

轩辕拼命地以剑锷下压，回挡叶帝的那一剑，这是没有办法中的唯一救命之招。

“哧……”轩辕惨哼一声，喷血而退。

血，来自轩辕的小腹，叶帝这一剑只差点没有剖开轩辕的小腹，若非轩辕见机得早，此刻便已只是一具尸体。

叶帝的剑的确快如闪电，让人感到有些不可思议，虽然轩辕极力回剑自保，却也只是将叶帝的剑击偏一些，而叶帝在此时又变招斜掠，当然，他也是不得已才变招，毕竟轩辕不是一个庸人。是以，叶帝这一剑只能在轩辕小腹之上划下一道血槽。

轩辕负伤而退，让叶帝感到有些意外，能够逼得他变招且能在他这样一剑之下不死的人绝对不多，但轩辕看上去不过十八九岁，却成功地做到了。让叶帝感到意外的不仅仅是轩辕能够不死而退，还有自轩辕剑上传来的力道。

叮……叶七的剑截住了叶帝欲再次攻向轩辕的剑。这一切，他似乎早已料到，只是让他稍感欣慰的却是轩辕没有死，在叶七的估计之中，轩辕是难以逃脱叶帝这夺命一剑的，所以他才惶急地提醒轩辕，也惶急地出剑来救。

轩辕所受之伤虽然不重，但他心中的惊骇却是无与伦比的，他还从来都没曾遇到过这样诡异且快捷无伦的剑，虽然他见识过叶皇的快，但叶帝的快却比叶皇的快更为诡异莫名。

“轩辕，你没事吧?”风大一把扶住轩辕，长剑迅速挑开一件自侧边袭向轩辕的兵刃，急切地问道。

轩辕微微皱了皱眉，稍稍定了定神道：“没事，只是小伤而已。”

在轩辕和风大说话间，叶七的身上也多了几道剑痕。

叶帝的剑似乎无孔不入，无处不到，更是无迹可寻的，连叶七也只能凭着感觉挡住叶帝的几剑，却被叶帝的剑式逼得节节败退。

轩辕的目光略略扫了一下四周的形势，却发现周围多了许多共工部落的兄弟，也不知道这些人是什么时候赶到这里的。不过，任谁都知道刚才放箭射杀叶帝所属下的人自是共工氏部落的兄弟。

见到共工氏的勇士前来助阵，轩辕的精神大振，身形一扭，自风大的身边飞插而过，手中的剑以一种极为奇诡的角度挑向叶帝，而此时，却正是叶帝欲对叶七痛下杀手之时。

叶七的心有些痛，说起来自己还是叶帝的堂兄，可是叶帝竟如此绝情，对他痛下杀手，这的确让他有些心痛。

第二十四章　叶帝之剑

叶帝的剑只得再次改向，弃叶七而迎轩辕，依然不见丝毫迟缓。他是用剑的高手，自然知道审时度势，而轩辕这一剑他必须要挡，否则他照样会死得很难看。

锵……叶帝身子震了震，竟被震得倒退一步，心下不禁一阵骇然。

轩辕的身子向后倒退四步，他并非是被叶帝震退的，而是他故意退后四步，同时将叶七也带了回来。

嗞……风大迅速在衣衫上撕下一条长布带，飞快地为轩辕包扎腹部的伤口。

轩辕感激地望了风大一眼，再看向叶帝之时，叶帝也向他投来了讶异的目光。

杀气在两人目光相触的一刹那变得实在起来。

轩辕笑了笑，将叶七的身子向后推了推，吸了口气，淡然而自信地道："七叔先退下，他是我的！"

叶七吃了一惊，道："我们大家一起上，对付这种人不用讲任何情面！"叶七的内心深处始终对叶帝的剑法存在着一丝阴影。想到五年之前，为对付这年轻的叶帝，也需要族中数名勇士联手方能将其制伏，而那时候叶七就领教过叶帝那诡异莫测的剑法，没有人知道叶帝和叶皇那鬼魅般的速度是从哪里学来的，只不过，叶皇与叶帝的"快"是有些区别的。叶帝是以静生快，而叶皇却是以动生快。叶皇的快是无影无形的，连同他自己的身形也达到了一种幻觉般的境界，但叶帝不同，他只是出手间的那一刹间，快如奔电，但你看不到他的脚移，甚至看不到他出手。因此，叶皇和叶帝在族中成了两个传奇一般的人物，唯有叶放的功夫才是这两人所惧的，但他们却以叶放作为假想之敌，一直都欲超越叶放，只可惜他们全都触犯了族规，不学好，终落个不得人心之局，叶帝更被逐出族门不知所踪。

但此刻叶帝再现，其剑法之高绝，只怕连叶放都不一定是其对手了。是以叶七又怎能放心让轩辕独对叶帝呢？何况刚才一招间，轩辕便被叶帝所伤，可见轩辕与叶帝之间实在有着极大的差距。

轩辕郑重其事地道："七叔，你去帮花猛，将那叛徒给擒下，这没有人性的禽兽便交给我好了。放心吧，不会有事的！"说话间，轩辕左手握住剑鞘，右手握剑，平平地在胸前架起一个十字，与叶帝相距一丈而立。

叶七还想说什么，却感觉到轩辕身上涌出一股汹涌无比的气势，冰寒的杀机犹如霜雾一般层层而出，以轩辕为中心向四周辐射，不由得暗惊，忖道："好强的杀机！"他立刻知道轩辕独战叶帝的决心。

风大本来想要上前助阵，但是也清楚地感应到轩辕身上升起的那股浓烈的杀机，以及强大的斗志。

叶帝微微有些讶然，在轩辕架剑胸前之时，他顿觉眼前所立的竟似是一堵孤崖，且山风簌簌，清寒如严冬雪雾，那种诡异的气势，使他抛却一切轻视的心理，平心静气以对。

"来吧！"轩辕的语气平静得让叶七和叶帝诸人有些吃惊。

让叶帝吃惊的不只是轩辕的语气，更是因为轩辕的眼睛。

叶七和风大诸人也大吃一惊，因为轩辕在说出了那么一句话后，竟缓缓闭上了双眼，像是进入了一种禅定的境界。

轩辕竟闭上了眼睛，在面对如此强敌之时，他竟缓缓地闭上了眼睛，这的确不能不让人心惊，不能不让人奇怪和惑然不解。

静，只是轩辕的表现，似是一个无底的龙潭，无法窥视潭底那片宁静如死的天空，又像是无顶的天空，深邃莫测，让人感到一阵毫无来由的空洞和无奈——这就是轩辕给人的感觉，无法捕捉也无法模拟的境界。

闭上眼睛的轩辕杀气全敛，似不再是这世间的生命，抑或像是一片尘土，让人产生不了任何实感，但没有任何人会认为轩辕看不见东西，因为所有人都感觉到在轩辕的身上，无处不是眼睛。

这是一种很怪异的感觉，但却又是那般实在。

叶帝脸上的神色变化很大，他根本找不到轩辕的任何破绽，也感觉不到轩辕的杀气，但却察觉到了轩辕身上所散发出来的那种无形的气机，犹如无数触角，充斥着每一寸空间，紧紧地与他的杀气相触，甚至将他的躯体也笼入了其中，哪怕他只是一点很细微的动作，都不可能瞒过轩辕的触觉，甚至会遭到最无情的攻击。

没有感觉到杀机，并不等于没有杀机，只是叶帝并不知道轩辕的杀机内敛于哪一角落，但他却知道轩辕的一击肯定会犹如暴风骤雨一般猛烈。

杀戮仍在进行，却并不是轩辕和叶帝之间，在他们之间，似乎达成了某种平衡，谁也不想先出手，谁也不想先动一根指头，甚至喘口粗气，只是犹如石雕一般凝立不动。杀戮只是在共工氏的兄弟与叶帝带领的属下之间展开。

叶七受了伤，并不重，但伤口极多，也许是叶帝手下留了情，也许是他够幸运，抑或这是叶七本身武功的必然。伤，对于叶七来说，很正常，他自从五岁开始便在老林间与大自然、与野兽相斗，至今已有近四十个年头了，但他却仍然坚强地挺过来了，他活得很艰辛，却活得十分硬朗。此刻，他依然是最凶狠的杀手。

风大诸人却是憋得极慌，此刻终于有一个吐气的机会，人人如狼似虎般杀红了眼。

花猛心中极恨，恨化金，他最恨的就是这种出卖兄弟的人，所以其攻势也极为猛烈。

化金的武功并不差，虽然没有花猛那般快捷的速度，但在功力上，却比花猛要强上许多。而且他明白花猛的剑锋利至极，所以尽量避免与其相交，只是施展柔劲，以极为奇妙的弧迹直击花猛的剑背，使花猛的宝剑并无便宜可占。但化金却极为心惊，因为共工氏部落的插手，在共工氏的势力范围中与之作对，绝对不可能讨得了好处，所以化金为之心忧。

他不明白共工氏部族的人为什么会来帮助轩辕，却知道不要去惹共工氏部落为好，但此刻的冲突是无法避免的，更让他担心的却是，如果被共工氏部落的人发现了柔水公主是被自己所掳，那只怕会将事情闹得更不可收拾，所有的计划也将会付诸东流。

叶帝似乎也明白这一点，共工氏部落勇士的出现是一个意外，而这个意外却打乱了他的计划，也打乱了他平静的心。

叶帝心乱的那一刹，轩辕的剑划破了虚空，准确无比，其快捷虽无法与叶帝相提并论，但那种玄奇的弧迹，似乎刚好找到了叶帝心灵的空隙，竟变成无可抗拒的一剑。

叶帝吃了一惊，吃惊于轩辕的剑竟然如此精彩，吃惊于轩辕的心思竟如此细密，连这么一点点空隙也能捕捉到，但他不得不出剑！

叶帝的剑依然是简洁而利索，但绝对狠辣，没有任何花巧可言，只可惜，他仍需退一步。

叶帝后退一步，是因为轩辕的剑，轩辕的剑绝不同于普通剑招，而是心剑！以心神驱剑，应感觉而出剑，所以这一剑有着常人无法想象的玄妙，叶帝当然清楚，所以他退，也必须退！

轩辕的剑，似乎填补了叶帝心灵的空虚，填补了思想的一丝间隙，其实这并不能算是一柄剑。

当……一声脆响，叶帝的剑终于在退出第二步之时挡住了轩辕的剑，但遗憾的却是轩辕的剑招再变，又以一道极为优雅而玄奇的弧迹莫名其妙地划出一剑。

轩辕的这一剑，对于所有的旁观者来说，都似乎有些莫名其妙，因为它并不是刺向叶帝，而是刺向叶帝的左侧半尺之处，但叶帝的脸色却再次变了，也只有他才明白轩辕刺出的这一剑是多么的精明绝妙。

轩辕所刺的方位不仅是他气机的空隙，也是他出剑的必经方位。也就是说轩辕这一剑正是叶帝的破绽所在。

叶帝自己也明白这处破绽的存在，所以他出剑的方位总会选择这个角度，让剑来弥补这处致命的破绽，但是此刻轩辕却先一步出剑了，而且直袭其破绽之处，当然让他感到心惊了。

叶帝再退，这是他很少遇到的情况，居然有人可以使他一退再退，甚至连出剑的机会都没有，他惊怒，却又无可奈何。

叶七似乎没有想到轩辕的剑竟达到了这种境界，实在有些出乎他的意料之外，以至于怀疑叶帝第一剑之时，是怎样让轩辕腹破血流的。

轩辕的气势不断疯涨，使得河谷间的空气变得压抑而沉闷，犹如暴风雨欲来前的死寂，让叶帝心头愈惊。

叶帝想不到轩辕如此年轻，竟拥有如此强霸的武功。说到剑法，他自然要比轩辕胜出许多，但轩辕的机敏、力道和捕捉之准确，却比他强。且叶帝不该分神，分神就等于将先机拱手让给了轩辕，这是一种失误，也是一种无奈。

叶帝不想同归于尽，他留恋生命，更珍惜所得的一切，是以他并不想与轩辕同归于尽。当然，如果他欲同归于尽的话，随时都可以下手，而轩辕却没有这样的机会，因为轩辕的这种打法本就带着同归于尽的疯狂，而主动权仍握于叶帝手中。

“撤！”叶帝终于作出了一个极不情愿的决定。

叶帝的决定是明智的，他唯有撤退一途，虽然共工氏部落的兄弟并不一定能够占到多大优势，但在这种两败俱伤的局势之中，他又何必去浪费人力和鲜血作无谓的牺牲呢？叶帝是个聪明人，而且退路早已选择好了，因此他们退走并不是件难事。

这群人似乎受过专门的训练，即使退走也是一丝不乱。虽然元气大伤，却也仍是凶悍绝伦，共工氏部落的兄弟没讨到半点好处。

叶帝依然在轩辕的剑下忙碌，轩辕的剑似乎不紧不慢、不依不饶而又根本不讲究招式，随心而发，应意而至，无迹可寻，但每一剑都会出现在叶帝的必救之处。

轩辕竟然以意志紧锁住了叶帝的心神，将叶帝心绪的每一丝波动都捕捉得清清楚楚。是以，无论是叶帝心理上的破绽还是剑招间的空隙，都无法隐瞒轩辕那灵敏至极的触觉。

这也许是轩辕自己都没有想到的效果，但他却很清楚这件事的精义所在——心比眼睛更有用！

心比眼睛更有用自然是有针对性的，轩辕本身就是一个喜静不喜动的人，近十年来，他常常独自坐于孤崖之顶观天静思，对于风的感觉极为灵敏，哪怕只是一点点风，也不会有丝毫的遗漏。而以身体去感受周围的一切，便需要用心，当心明神清、静心平气之时，一切都变得清晰，包括每个人身上所散发出来的气势和任何的风吹草动。虽然一切都变得更为抽象，这却并不影响他思维的准确判断。是以，除了瞎子外，没有人比他更明白心比眼在许多时候都好使得多，而这一刻正是最好的佐证。

叶帝无可奈何，但他并不愁脱身。因为轩辕在一开始便没有准备胜过对方，只要能拖住对方就行。轩辕自然明白，要想战胜叶帝，他的剑道仍然差了一个境界，是以他的打法只是想牵制叶帝的快剑，以免叶帝去伤害另外的兄弟，因此叶帝虽然境况有些狼狈，但却绝不是全无退走之机。

当轩辕再次睁开眼睛的时候，叶帝已经退走，他退走的速度极快，虽然并没有叶皇那般诡异的快，却也不会输给花猛，单凭这种速度也够惊人的。

共工氏的兄弟似乎并不想放过这些人，仍跟在后面追去。

轩辕当然不会放过叶帝诸人，因为猎豹和凡三以及褒弱众女仍在对方手上，但他却不能继续追击，因为有人不让他追！

叶帝一走，轩辕又陷入了包围之中，这次却是共工氏部落的兄弟们。

“想走?!”有个愤然而冰凉的声音传入轩辕的耳中。

轩辕和花猛诸人一阵错愕，讶异地扫了共工氏族人一眼，目光却落在那说话者的脸上。

轩辕和花猛都认识这个人，轩辕不由问了声：“天乐长老，你们这是什么意思?”

这说话的人正是共工氏中的五大长老之一天乐长老，声望比宣天长老更高，在五大长老中排名第二。那次轩辕在共工氏宴会上，对于共工氏的重要人物和一些不重要的人物至少记下了半数之多。但他却没想到会在这场合中与天乐长老相见。当然，他也不知道天乐长老为何如此及时地赶来救了自己等人，更不明白天乐长老为何又将自己等人当作猎物围了起来。

叶七和风大诸人本来准备立刻出手，但听了轩辕的话后，他们又按下了这个冲动，也知道这群人可能是熟人，但从这些人周身散发出的浓烈杀气中可感知来者不善，所以他们不得不小心戒备。

“什么意思?”天乐长老不由悲愤地笑了笑才冷漠地道，“将叶皇交出来!”

轩辕和花猛不由一愣，相视望了一眼，脸色变得有些难看，望着天乐长老惑然问道：“长老难道没有见过宣天长老吗?”

天乐长老的脸色越发难看，愤怒之色更盛，冷哼一声，怒笑道：“我当然见过宣天长老，就是因为见过了他，我们才会来找你们的……”

“天乐长老此话是什么意思?”花猛也有些恼怒地反问道。

轩辕的脸色变得有些阴沉，心中也有些愤怒，冷冷地望着天乐长老，问道：“既然长老见过宣天长老，又怎会没有见到叶皇呢?”

“我正要问你们呢!”天乐长老也一脸阴沉地冷声道。

“问我们?”花猛讶然反问道。

“长老何不将这件事情说清楚一些？叶皇不是在今早被宣天长老带去了共工部吗？难道出了什么意外?”轩辕强压住心头的不快，极力使自己的语气变得平和一些，客气地道。

“尚禾和尚武死了，连宣天长老也受了重伤，而这个凶手正是叶皇!”天乐长老愤怒至极地道。

轩辕和花猛诸人不由得全都一愣，半天说不出话来，也立刻知道了事情的严重性，但轩辕却不相信这是事实，半晌才肯定地道：“不可能，叶皇不会做出这种事情的!”

“哦，那你是说宣天长老在诬陷他啰?”天乐长老怒极反笑地问道。

轩辕一呆，立刻意识到自己刚才的话意有些不妥，不由忙解释道：“我不是这个意思，我只是说，这件事情中肯定有误会!”

“误会？哼，宣天长老要是也被灭了口，你可以说误会，那也许有人信，但你别忘了，刺向宣天长老的剑是叶皇的手所握，难道这也是误会?”天乐长老嗤之以鼻地质问道。

轩辕被问得哑口无言，不知如何回答才好，但他心中隐隐感到事情远远不是想象中的那么简单，这是他的直觉。不过，在他没有见到叶皇之前，实不好作任何断言。

“我们自早晨之后再也没见过叶皇，如果我们再见到他的话，定会问清楚，假如事实真如长老所说，我们一定将之捆绑送去共工部，任由长老处罚！”花猛不卑不亢地道。

“老夫还有必要去冤枉一个人吗？你也太小看我天乐了！”天乐长老怒极，虽然花猛的话并不是没有道理，但作为心高气傲的天乐长老来说，却认为花猛在怀疑他诬陷叶皇，怎叫他不怒？

“长老误会了……”

“哼，我误会！”天乐长老怒气难息地打断轩辕的话。

“我们自然不会包庇一个凶手，但我们却必须了解其中的内情，既要对死去的兄弟有个交代，亦要对活着的兄弟负责，因此花猛才会如此说。作为我们的立场，希望长老能够明白，有邑族和共工氏本来也可算是兄弟之族，有些问题我们是应该相互协作，才是解决问题的最佳办法，相信长老定会明白其中的道理！”轩辕压住心中的恼怒，客气地道。

“我还用得着你来教训吗？”天乐长老傲然道。

“长老，我们并不想教训任何人，也无意教训任何人，只是我们确实不知道叶皇的下落，现在叶皇失踪了，你们在找，我们也要找。他是因为被你们怀疑掳走了柔水公主才会被带走的，可现在你们应该知道掳走公主的人并不是他，他是清白的。若说要人，我还想恳请长老回去将他放了呢！”轩辕再也无法控制心中的愤怒，他没想到这个看上去清高无比的天乐长老竟然如此顽固且不可一世，那种倚老卖老、强霸蛮横的架势正是轩辕最看不惯的。在族中他对祭司的恨本身就有些偏激，只不过一直强自压抑着，此刻见到天乐长老如此一副嘴脸，只感到一阵恶心和愤然，更不想与这种人再纠缠个没完没了，是以，说话的语气也不再留半分情面。

天乐长老闻言一怔，脸色立时涨得紫红，似乎没有料到轩辕竟真的敢如此说话。

轩辕的目光扫过花猛和叶七，然后出手了。

轩辕出手，叶七出手，花猛也在同一时间出手，风大、风二诸人亦没有闲着，他们与轩辕一心，知道该如何做，同时明白若不先下手的话，天乐长老也绝不会手下留情，这已经是不可缓解的局面。

轩辕实在不想再受这些窝囊气，从昨日到今天，这些狗屁杂八的事几乎让他焦头烂额，虽然凭其聪明已抽丝剥茧地理出了一个头绪，可是共工氏也没来由地胡搅蛮缠，使他心情大坏。年轻人本来火气就大，岂肯向人低头？在一再容让之下仍然被人咄咄相逼，怎叫轩辕不怒？

当然，轩辕并不是一介莽夫，今日的局势他很明白，如果叶皇真的杀了尚禾和尚武，又伤了宣天长老的话，那他们与共工氏的怨是结定了。轩辕自不可能再将叶皇送给共工氏偿命，有时候，生活并不必讲究某些原则，再则轩辕根本不相信这之中就如天乐长老所说全是叶皇的错，因此，他不想再与任何阻碍他行动的人客气。

天乐长老吃了一惊，他没想到轩辕说打就打，而且来得如此之快，没有半点征兆。

砰砰……花猛的动作与轩辕的剑招配合得默契无比，挡住轩辕利剑的两人根本就没能沾上轩辕利剑的边，便被花猛自底下攻至的脚踢得飞跌而出，为轩辕的剑打开了一条无阻的路。

此时轩辕的剑正对天乐长老，那倒跌而出的两名共工族人也是向天乐长老撞去，使得天乐长老有种应接不暇之感。

叶七一声冷哼，一缩身撞入了共工氏族人围起的圈子之中，剑与鞘同出，身体的每一个部分都充满了强大的杀伤力，对于共工氏族人这种不入流的人物来说，犹如虎入羊群，包围圈根本就构不成任何威胁。

天乐长老错在不是在远距离以弓箭相对，而要近距离与轩辕对话，这便使得他必须正面面对轩辕这一群精悍强霸的高手。

叮……天乐长老险险截住轩辕的剑，那是一根古怪的铁棒，但他却倒退了一步，也正好逼过两具躯体的袭击。

轩辕一声低啸，剑锋斜偏，以快捷无比的速度侧挑天乐长老的肋部。

天乐长老的怪棒一绞，欲挡轩辕之剑，但却挡空了。

并非因为轩辕的剑快，而是因为轩辕的剑并非击向他，却是改向自侧面攻来的共工部族人。

砰……轩辕的脚没有半点征兆地踢在天乐长老的小腹之上，剑却利落无比地切断了共工氏族人的兵刃，且在对方的胸口上划出了一道血槽，这却并不是轩辕的目的，轩辕的目的是要对付天乐长老。

天乐长老一声怪叫，几乎被轩辕那一脚踢得吐出了隔夜饭，轩辕的脚实在太重了些，只这一脚，大概便可以让天乐长老知道眼前这个年轻人绝不好惹，更不该去轻易得罪这个年轻人，此刻后悔自可不必，但却忍不住吃惊。

吃惊于轩辕的剑，轩辕的剑根本就不给对方半点喘息的机会，犹如一片被风吹动的云彩，没头没脑地向天乐长老罩去。

剑气和杀意犹如一张寒意逼人的网，紧紧束缚着天乐长老的心神，他看不清轩辕的脸，看不清轩辕的身子，轩辕便像是隐于云间雾里的魔豹，只有两只雪亮的眼睛是那般清晰而深邃，轩辕已经破除了众人的包围。

天乐长老的五脏仍未从震荡之中平复下来，但却不能不出招。不知什么时候开始，他发现自己竟然被孤立起来，无论是在身体和心理上，他都有一种被孤立的感觉。

叮……天乐长老只感到手心一热，震荡并不十分激烈，然而他已经被那片隐现不定的剑云所罩，暗潮自四面八方袭来，汹涌澎湃的是轩辕的剑意，在这剑云之中，天乐长老迷失了自己。他没有料到自己曾经不可一世，竟然会碰到今日这种无助的局面。

“全都给我住手!”轩辕一声暴喝，声若雷震。

共工氏的族人在吃惊之余，目光全都投向轩辕，却见轩辕的剑已横在面若死灰的天乐长老脖子上。

“谁若想他死的话，不妨动手试试?”轩辕的声音极为冷厉，杀气逼人，犹如魔神。

花猛和叶七诸人也停止攻击，迅速退到轩辕身边，风大诸人也围着轩辕而立。

共工氏的族人禁不住面面相觑，不知如何是好，但却没有人敢再动手。

轩辕冷冷地笑了笑道：“我不喜欢那些给脸不要脸的人，自高自大、自以为是之辈很讨人厌！今日之举实是长老逼我这么做的，我只是想向你证明一点，你并不是一个说什么就是什么的人，自高自大对你并没有任何好处！”

天乐长老的脸色涨得通红，只差点没有吐出血来，但此刻他的命运掌握在轩辕手中，无可奈何，羞愤之际，只想速死。

轩辕一声轻笑，在天乐长老的身子前倾的一刹那，伸手止住其势。

天乐长老分毫动弹不得，他无法抗拒轩辕那天生的神力，连求死也不能。

“哼，可悲呀可悲，一个连现实都不敢正视的人只能算是一个懦夫，世上最可怜的人莫过于此。你以为死了就可以证明你很勇敢、很高傲和神圣不可侵犯吗？你错了，别人只会当你是一个逃避现实的弱者，不敢正视失败的蠢物！”轩辕说话极为刻薄，就是因为天乐长老说了那句“我还用得着你来教训吗”，所以，他故意刺伤天乐长老的自尊心。

花猛本也被天乐长老那不可一世、高高在上的态度激怒了，此刻听轩辕一说，虽觉得有些不妥，但仍感大快人心。对付这种人，不给他一点颜色看看，还以为你是软蛋好欺负。唯有叶七心中多了一丝阴影。

轩辕从小就受环境的刺激，对那些高高在上之人有着一种偏激的仇视心理，更是心高气傲，心机深沉，从来没有服过谁，根本就不在意天乐长老究竟是什么身份。因为他已经决定，在了结这件事后，让青云剑宗迅速准备几张大竹筏。其实那全没必要，因为秃龟的那几张大竹筏他完全可以拿来用，只怕此刻那几张大竹筏已经在黄河边准备好，只等他们的行动了。

“快放下长老，有什么话好好说。”

说话之人轩辕也认识，是尚禾的兄长尚木。

轩辕淡淡一笑道：“我自然不会伤害长老，只要你们不无理取闹就行了，现在我们的首要任务是如何救回你们的柔水公主和我的兄弟。至于叶皇的事我们早说过，并未见过他，眼下这件事也是逼不得已而为之，请尚木兄勿怪！”说完，轩辕扭头向叶七道，“七叔，你带他们立刻去追击叶帝，我随后就来！”

“你小心一些！”叶七扫了众共工氏族人一眼，微微有些担心地道。

“我知道应该怎么做，一切都按我们的原计划行事。”轩辕自信地笑了笑道。

叶七向花猛望了一眼，道："花猛，你与阿轩一起，风大，我们走！"

风大轻轻拍了一下轩辕的肩头，提醒道："你小心一些，我们先走了！"说完便跟在叶七身后向叶帝逃走的方向行去。

"你不杀我，我也绝对不放过你！"天乐长老阴冷地道。

"我从来都没有怕过谁，自然也知道长老说到便能做到，不过我希望长老能够三思！"轩辕淡漠地道。

"有什么话先放开长老再说！"尚木又道。

"先别急，我还有话要问尚木兄，尚禾和尚武是不是真的遇难了？"轩辕悠然问道。

尚木的神色一变，显得有些愤然，道："这是事实，我的两位兄弟还未下葬，你要不要去看看？"

轩辕一呆，他知道尚木是不会说谎的，但若让他相信这两个人是叶皇杀的却不是易事。轩辕虽然认识叶皇的时间并不长，但却十分了解叶皇，也极为信任他。既然叶皇答应了跟宣天长老一起走，他又怎会出尔反尔伤了宣天长老，再诛杀尚禾和尚武呢？

"那除了宣天长老外的其他人呢？"轩辕又问道，他记得与宣天长老一起离开的并不止尚禾和尚武，还有另外一群共工氏的族人。

"他们也是死的死、伤的伤！"尚木愤然道。

"以叶皇一人之力怎么可能伤得了这么多人？你分明是在说谎！"花猛断言道。

"我没有说谎！"尚木涨红了脸道。

"如果不信，你们大可亲自去看一看。"另一名汉子也插口道。

"我会的！这件事情我们一定会查个水落石出，但却不是现在。现在我们还必须去找回叶皇，如果叶皇是被你们所害，就算你们不来找我，我也会去找你们的！"轩辕强硬地道。他对眼前这群人并没有太过在意，虽然明知共工氏不能够得罪，但越是难啃的骨头越要啃，既然与他们已经闹翻了，索性就一翻到底。

"好，我们走着瞧！"天乐长老语气竟异常平静，但谁都可以听出他骨子里的那股杀机。

“当然，咱们走着瞧!”轩辕自信地笑了笑，又向尚木道，“我们要走了，你们全都给我退后五十步，否则你们便提着他的头来杀我吧!”

尚木望了天乐长老一眼，又望了望共工氏的族人，无可奈何地道：“好吧，我们退!”

猎豹浑身浴血，凡三似乎也好不了多少，但他们的神情却显得十分欢快。

叶七完全可以理解他们此刻的心情，因为他们使这个结局变得更为圆满。

当轩辕赶来之时，不由吃了一惊，也跟着大喜过望，因为他看到了褒弱，看到了圣女的三个婢女春韵、秋杏、冬宁。

四女似乎仍在昏迷之中，犹未醒来，看着她们那美丽而憔悴的容颜，让人感到一阵心痛和怜惜。

看到轩辕，猎豹却有恍如隔世的感觉，几人的手用力地握在一起，竟无言相视。

良久，轩辕才喜极而问道：“你们是怎么将她们救出的?”

猎豹苦笑道：“我们?若只凭我们两个，只怕是凶多吉少了!”

“是叶皇救了我们!”凡三脸色有些难看地道。

“叶皇?”轩辕和花猛齐声惊呼出来。

“不错，如果不是叶皇，只怕我们再难见到你们了。叶帝那浑蛋可真够狠，连你们都不是他的对手!本来我俩想跟踪他们，谁知他却出现在我们的后面，由于时间紧迫，来不及跟你们打招呼，就这样被他擒住了。幸亏阿轩揭穿了他的诡计，否则可真把族长给害了!”猎豹无可奈何地道。

“阿轩可真是神机妙算，当时你们的对话我们全听清楚了，你居然猜到叶帝那浑蛋会将我们俩放在能听到你们讲话的地方，可真是神了!”凡三无限敬慕地道。

叶七和风大诸人也不由得暗自吃了一惊，此刻他们真的是不得不佩服轩辕的智慧了。

“叶皇呢？他在哪里？”轩辕想到天乐长老的话，不由急切地问道。

“他去追查那个什么柔水公主了。”猎豹道。

“他一个人？那怎会是叶帝百虎神将的对手呢？”花猛不由急道。

“你别着急，叶帝绝对不会对付叶皇的，我们和褒姑娘都是叶皇让叶帝放的。”凡三解释道。

叶七似乎明白凡三所说的，也并不感到奇怪，如果真是叶皇要求叶帝放人的话，叶帝绝对不会阻拦。在这个世界上，若说只有一个可以让叶帝心软的人，那这个人大概便是叶皇。

轩辕似乎也隐隐明白了一些什么，讶异地问道：“叶帝没有和叶皇动手？”

“没有，叶皇提出要放人之时，叶帝连想也没想就将我们放了，并且还向那个什么神将说这件事由他一人承担！”猎豹认真地道。

“他们本是孪生兄弟，其中的微妙感情是外人无法知晓的，这件事情应该没有什么值得怀疑之处。”凡三出言道。

“可是刚才你们怎么又说叶皇去追查柔水公主的下落呢？难道柔水公主不是被叶帝抓去了吗？”轩辕有些不解地问道。

“本来是的，可是后来来了一群怪人，大杀一气，便连那神将也无可奈何。后来这群人将柔水公主掳走了，奇怪的是这群人似乎对于褒姑娘她们和我们不屑一顾，只抓了柔水公主就走，好像他们专门为柔水公主而来似的。”猎豹也有些不解。

“一群怪人？怎么个怪法？”轩辕讶然问道。

“那些人的头发都是棕色的，像是树皮那种颜色，鼻子极高，头颅似乎比一般人要大，而且手特别长！”猎豹形容那群人时，神色间似乎有些紧张，似乎想到了刚才那群人乱杀一气的情景。

轩辕不由微微皱了皱眉头，自猎豹的表情中可以知道那群人一定是极为凶狠和残忍的，否则以猎豹的胆量也不可能露出这种表情。可是那些人为什么只是抓走柔水公主而放过褒弱诸女呢？难道柔水公主比褒弱更美，抑或那群人实际上是共工氏的人？但共工氏之人的头发又怎会是棕色的，而且高鼻梁大头颅？当然，那群人应该不是少昊的人，否则的话定不会与百虎神将作对……轩辕的心里正想着，叶七突然似有所觉地说了一句话：“难道那些人便是传说中的祝融族人？”

“祝融族？那是个什么族系？”轩辕好奇地问道。

“传说这一族是火神祝融的后人，但其行动极为神秘，且每人都是棕色的头发，力大无穷，行动如风，可是这群人怎会出现在共工集呢？他们掳走柔水公主又是为了什么呢？”叶七的神色有些微变，也有些不得其解。

“猎豹、七叔，你们和风大一起将几位姑娘送回青云堡，我和花猛去帮叶皇！”轩辕沉声吩咐道。

“阿轩，没用的，叶皇的速度你们根本就跟不上，除非他找你们，否则这么大一个世界，你们怎知道他去了哪里？而且以叶皇的身手，单独行动反而会更好，你们去只会为他添麻烦！”叶七认真地道。

“是啊，阿轩，你也受了伤，我看还是先回青云堡再想办法吧。共工氏的人不会就此善罢甘休的，我们还需尽早作出安排！”风大也提醒道。

轩辕向远方望了望，神色间闪过一丝无奈，他知道叶七和风大所说的也是有理，他必须先去作一下安排，最主要的却是必须将圣女安然地送出这片危险的地带，而他自己却又答应了另外一个人的一件事。这是他必须做到的承诺，因为他承诺的人是青云剑宗的创始人青云。

“好吧，我们立刻返回青云堡！”轩辕果断地道。

当轩辕赶回青云堡时，堡中的葬礼已经完毕。

这种葬礼虽然是族中最高勇士所能享受的葬礼，其实也极为简单，只是将最为古老的大树挖出一个洞，然后把尸体放入树洞之中，再将洞口密封起来，如此而已。

轩辕带回了褒弱诸女，让人大感欢欣，事情的进展之顺利有些出乎人的意料之外。

褒弱诸女在路上便已醒转，几疑是在梦中，褒弱更是差点投入轩辕的怀中痛哭一场。但那只是一刹那间的激动，很快又幽幽地退开，心神黯然之下，竟不敢看轩辕的目光。

轩辕心中多了几分怜惜，他自然明白褒弱为何会如此，甚至能够读懂褒弱的心，便连猎豹和花猛也有些痛惜。

轩辕并不是一个木头人，这一路上虽只三天时间，而他们相处的时间更是只有两天，但当褒弱知道他是真正的轩辕之时，便产生了这种似乎有些尴尬的局面，褒弱甚至在回避他。当然，他们一路上根本没有时间交谈，而刚有机会之时，又发生了这种事情，使得他们又分开了，所以两人一直都没能好好地交谈。

在圣女凤妮的队伍之中，褒弱始终有点孤立，只是因为她是自虎口中救出的一个来历不明的人物，而另外三婢女却是圣女凤妮自有熊族带来的，是以，这之间似乎总有些隔阂。

回到青云堡，褒弱似乎更为孤立，轩辕却像是大英雄一般被一大群人簇拥着。

而花猛那张嘴，若让他不将那惊险的场面吹嘘出来，只怕比打死他还难受。何况青云堡中的女眷也在场，花猛吹起来更是有劲，凡三和猎豹却被带去包扎满身的伤口了，他们的伤势更为花猛添了不少吹牛的材料，可以想象出那场面是如何的激烈，如何的惨烈，叶七却与施妙法师在一起商量正事。

第二十五章　倩女褒弱

那是轩辕吩咐的正事，轩辕让叶七和施妙法师如何乘筏东下，避开敌人追袭之事。

而轩辕自身有要事待办，这是叶七所知道的，圣女和施妙法师早就听青天讲过，所以当然不会见怪。

唯有褒弱自一堆缠上来的年轻人中有些厌烦地挤出来之后，只是落寞地坐在一个偏僻的角落，似乎在思索着什么，又似乎什么也没想，只是黯然失落地望着天空，就连一只手搭在了她的肩头犹未曾回过神来。

“在想什么呢？居然这么入神。”

惊醒褒弱的，是轩辕的声音，她震动了一下，吃惊地扭过头来，却发现轩辕似笑非笑地望着她，那有力的大手正缓缓地自她肩头收回。

“你……你怎么来了？”褒弱有些意外，也有些激动，连语调都有些结巴。轩辕是什么时候来的，她并不知道，但无法掩饰那种意外和惊讶的表情。

“我想着想着，也就来了。”轩辕向她顽皮地眨了眨眼，狡黠地笑了笑道，说话间已很自然地坐到了褒弱的侧边，扭着头，依然望着褒弱。

褒弱的俏脸微微一红，稍稍挪开了一下身子，似带着几分羞怯，但瞬即又避开轩辕的目光，眺望着西边的天空中那一抹晚霞，浅浅地嘘了口气，有种说不出的惆怅和落寞。

轩辕从侧面审视着褒弱那找不出半点瑕疵的脸庞，心中涌出一股难以抑制的怜惜，更有一种要将其拥入怀中好好呵护的冲动。

“你有心事吗？”轩辕又向褒弱靠了靠，紧挨而坐，柔声问道。

褒弱这次并没有继续避开，只是仍不与轩辕的目光对视，落寞地反问道："你没有心事吗?"

轩辕一呆，有些讶异地望了褒弱一会儿，也深深地吸了口气，将目光自褒弱的面容上移开，投向那遥不可及的天际，淡淡地笑了笑道："我当然有心事，就像天地间存在着太阳一样，无论是天晴抑或下雨，白天抑或黑夜，太阳是永远存在的。只不过，有些时候太阳被阴云所遮，被黑夜所噬，别人无法看清而已。每个人都会有自己的心事，只是看每个人如何去隐藏这份心事，怎么去面对这份心事。"

"那你是如何面对自己的心事呢?"褒弱突然扭头望向轩辕，依然让自己的语调保持平静。

轩辕并未对视褒弱的目光，只以侧面相对，淡淡地笑了笑道："有的在心底越埋越深，有的逐步实现，有的为别的事务所代，有的直言说出。总之，它最后的形式是由时间和环境所决定的。正如阴天云暗，晴天云淡，有风云走，无风云留。一切的一切，都在极为自然的环境中演变转化淡去。然后，一切都归于现实……"说到这里，轩辕又扭头望向褒弱，淡然问道，"你呢?"

褒弱没想到轩辕突然扭过头来，一时四目相对，禁不住俏脸微红，忙扭转头去，不敢正视轩辕的目光，半晌才幽幽地叹了口气道："我不知道，或许你说得对，有些越埋越深，其实我也不知道自己的心事是什么。总之，很乱很乱，没有头绪可理。对了，你怎么没跟他们在一起?"

"那你呢?"轩辕不答反问道。

"我不同!"褒弱叹了口气道，她也实在不知道该怎么说，心中却又多了一份怅然。

"为什么你不同?你我难道不是共患难的好朋友吗?"轩辕诚挚地道。

"是吗?"褒弱语调有些微微的激动，反问道。

"当然是，你我都是离开族人的孤雁，我们的家人都在同样地担心我们，想念故乡，想念亲人，我们的心不是一样的沉重吗?"轩辕恳切地道。

褒弱的眼圈微红，想到那遥在千里之外的亲人和那熟悉的故土，禁不住内心一酸，眼泪却并未滑出眼眶。

“其实，这些全都是我的错，若不是我，你此刻也不会流落在千里之外而无法与亲人相见了。”轩辕叹了口气道。

“那都是过去的事情，又何必再提呢？”褒弱幽幽地道。

“是啊，过去的事就让它过去吧！既然已经成为现实，我们就必须面对！”轩辕依然带着深深的感叹道。

褒弱未语，轩辕却又转换了一下语气，淡然而平缓地问道：“你还在恨我吗？”

“没有！我为什么要恨你？如果不是我，我想你也定不会成为离群的孤雁，是吗？”褒弱嘘了口气，轻轻地撩了一下散披的秀发，淡然问道。

轩辕笑了笑，稍稍注视了褒弱一眼，悠然道：“可以跟我说一说你现在心中想些什么吗？”

褒弱仍是未答，只是淡淡地望着天边的晚霞，半晌才莫名其妙地感叹道：“天边的晚霞好美。”

轩辕呆了一下，心中又多了一丝酸涩，他怎会不明白褒弱语调之中的意思呢？但却又有一种爱莫能助之感，禁不住暗自叹了口气。

“你知道我在想什么的！”褒弱肯定地道。

轩辕又苦涩地笑了笑，目光也投向天边的晚霞，怅然道：“是啊，好美的晚霞，只可惜，在这美丽的尽头将是无边的黑夜！”

“你也对明天没有信心吗？”褒弱的问话竟有些难测的哲意。

“前途茫茫，不正如黑夜吗？虽然黎明总会存在，但天亮前的日子却是那么漫长，难道不是吗？”轩辕淡淡地答道。

褒弱深深地望了轩辕一眼，竟露出了一丝极为优雅的笑容，半晌才以十分温柔的语气道：“我还是第一次听你说对前途没有把握，这与我想象中的你似乎有些差别。”

轩辕唯有苦笑以对，耸耸肩不置可否地问道：“那你想象中的我又是什么样子呢？”

“我不知道！”褒弱这次没有回避轩辕的目光，只是淡淡地笑答道。

轩辕一愣，似乎没有想到褒弱竟会是这种回答，但对于这些他并不觉得很意外，只是笑了笑。

“其实有些东西并不是语言可以表达清楚的，那或许只能称为一种感觉，一种意念。你让我一定要将它讲出来，我除了这个回答外，也不知还有什么可说！”褒弱似乎看出了轩辕的心思，淡淡地解释道。

轩辕再笑，淡淡地道：“也许是你以前不太了解我而已，不过，有时候是因时而异，此一时彼一时吧。”

“也许吧！可我却总觉得你一定有能力将这件事情完成得很好，单凭今日的这件事就可看出没有什么可以难得住你的！”褒弱扭头深深地注视着轩辕的面庞，认真地道。

“你太看得起我了！”轩辕吸了口气，顿了顿，又接着道，“这一次的经历只不过是一个侥幸而已。以后是否还会有这样侥幸的机会，其可能性很小很小。如果你真正看到过这些敌人的话，就会知道我的话并非言过其实。”

褒弱不语，只是静静地听着轩辕说话，又似乎在思索一些什么。

轩辕又道：“我们的敌人，无论是智慧还是实力，都绝对不可以轻视。这才是刚开始，今后的路仍很长很长，会遇见怎样可怕的敌人还是未知数。敌暗我明，在武功上，我们差人一筹；在人力之上，我们似是孤军。如果让我去选择，我宁肯面对一群虎狼，也不想去面对这些暗处的敌人……”说到这里，轩辕长长地叹了口气，接道，“不好意思，我不该跟你说这些的！”

“我很高兴你能跟我说这些。”褒弱认真地望着轩辕，诚恳地道。

轩辕笑了笑，却有些苦涩，然后再扭头望向天边的晚霞，有些感慨地道：“真希望我只是一片云彩！”

“那也不好，你不是说它的尽头便是无边的黑夜吗？”褒弱反问道。

轩辕哑然失笑，也反问道：“如果我是一阵风呢？”

褒弱眨了眨美丽的大眼睛，也露出一丝甜笑，不答反问道：“你是一阵风吗？”

轩辕不由得与褒弱相视而笑，似乎一切的郁闷全在这一刻飘散。

“阿轩，你怎么在这里？宗主有事找你！”花猛的声音从远处传来，一下子打断了轩辕和褒弱的思绪。

轩辕扭头望了望快步行来的花猛，摇头苦笑道："现实永远都不容许我们将过多的目光停留在晚霞上，这也许就是世俗的一种悲哀，可谁也无法抗拒这种命运。"

"是呀——像这样的机会是多么的少啊!"褒弱不无惆怅地感叹道。

"不，现实与梦其实是同时存在的，只是梦十分短暂，而现实却显得那么漫长。所以，像我们刚才那样观看晚霞的机会还很多，可结果却总会留下惆怅。"说话之间，轩辕已从褒弱的身边站了起来，向褒弱伸出大手，温柔地道，"这里的风大，我们一起回去吧。来，我拉你!"

褒弱一怔，抬起头来，有些异样地望了轩辕一眼，犹豫了一下，终于伸出了那春葱般的玉手，轻轻放在轩辕的掌中。

轩辕温柔地将她拉了起来，两人四目相对之时，轩辕轻柔地道："我希望你开心一些，其实你并不孤独，别忘了，我们都在关心着你!"

褒弱深深地望了轩辕一眼，脸上又笼上了一层落寞的神情，心不在焉地涩然问道："你们?"

轩辕心中涌起一丝痛楚的怜惜，深深地吸了口气，认真地道："是我!"

"你?"褒弱回避了轩辕的目光，反问道。

"不错，如果可以补偿，可以从头再来，我希望今天是开始，而我愿意去分享你所有的快乐和痛苦。"轩辕双手将褒弱的手握得更紧，目光也更为热切。

花猛不由得呆了一呆，望着轩辕和褒弱静立于秋风凄草之间的身影，立刻感觉到了一丝异样，不仅止步不前，还向后退了几步，半晌才摇摇头，露出一丝苦笑。

褒弱的头低了下去，但轩辕可以感觉到她内心深处的震动，因为她的手也在轻轻发抖。

"在天边的黑夜来临之前，让我们共同珍惜这尚未走到尽头的晚霞，好吗?"轩辕移开一只手，轻轻地抬起褒弱那圆润的下巴，柔声道。

褒弱的目光不由自主地与轩辕相对，眼里却是点点泪光。

轩辕的心情一阵激动，忍不住在那美丽的眸子之上轻轻吻了一下，这才柔声道："走吧，我们回去!"

褒弱竟出奇地温顺，点了点头，脸上泛起一阵羞涩的红润，任由轩辕牵着手，身子向轩辕微微靠了靠。

“好哇，你们俩原来躲到这里谈情说爱了，害得我都找晕了头！”花猛打趣道。

“你刚才看见了什么？”轩辕不怀好意地问道。

“哦，哦，是这样的……”花猛煞有其事地道，“我刚才看见了那什么霞呀云的，还有草呀树之类的，哦，还有那块大石头我也看见了！”

“还有吗？”轩辕悠然问道。

“哦，没有了，难道还有吗？”花猛仍是一副煞有其事的样子，反问道。

“去你的，两个大活人居然没看到。”轩辕一脚猛地踢在花猛屁股上，笑骂道。

“你别踢得这么重好不好？有话慢慢说嘛。”花猛怪模怪样地道。

褒弱不由得大感好笑，不禁抬头向轩辕望去，却刚好与轩辕的目光相对，脸上禁不住又泛起一阵红润。

轩辕不由得豪气上涌，哈哈一阵大笑，伸手将褒弱重重搂到怀中，欢快地道：“花老大，前面开路，去告诉众兄弟，轩辕要向圣女请求让褒弱做我的女人！”

花猛也禁不住一怔，旋即又放声大笑着飞速向青云堡深处跑去，只留下一串在空中久久未散的话语：“你放心，所有兄弟都支持你……”

轩辕扭头深深望了望被搂在自己怀中的褒弱，停下脚步，认真地道：“我会让你成为世界上最幸福的女人之一，你愿意做我的女人吗？”

褒弱眼中的泪水再也忍不住，夺眶而出，双手死命地搂住轩辕的腰，似是一个溺水者抓住了一根树枝，然后竟扑到轩辕的怀中哭了起来。

轩辕的心里也禁不住一阵酸涩和痛惜，褒弱是一个外表坚强，但内心实在很脆弱的女子，只会将心思隐而不露，虽然充满了智慧和灵气，却无法承受太多的压力。自从离开家乡后，她便一直生活在这个充满陌生气息的世界中，那种孤独无依和思家的情感也被她深深地压抑在心里，久而久之，便使得其心情抑郁难开，却又没有一个倾诉的对象，这本来就是一种痛苦。

轩辕知道，褒弱对他动了情，而且很真，但在这种心情抑郁难开之际，人都会变得有些孤僻和自卑，又因轩辕已有燕琼，所以褒弱一直强迫自己不去想他，甚至回避他，可这种自欺欺人的做法反而使她更为痛苦，而这一刻，轩辕却突然打破了这个僵局……这一切虽然出乎轩辕的意料之外，但他却深深地理解了……

“我们并没有太多的时间可以准备，所能够做的事情就是要尽快摆脱所有敌人的追踪。在这茫茫的原野之中，敌人想找到我们，那并不是一件容易的事情。因此，我们必须由明转暗，方可真正占到上风！”轩辕神情肃然道。

“可是我们如何才能够由明转暗呢？”圣女凤妮有些担心地问道。

轩辕想了想，目光在密室中的几人脸上扫了一遍，淡淡地吸了口气道：“我想过了，我们要想由明转暗，就只有一个办法——那便是在这些敌人还未回过神来之前，我们立刻起程！”

“立刻起程？”连施妙法师都觉得有些意外。

“不错，立刻起程，那些敌人肯定想不到我们会这么快便动身离开。因此，只要我们趁他们此刻犹未回过神来监视我们的行踪之时，便立即离开这里，这样就会打乱他们的全部计划，那对我们来说是绝对大大有利的！”轩辕肯定地道。

“可是叶皇仍未回来，还有猎豹他们的伤势犹未曾好转，我们怎么能这么快便走呢？”叶七和风大同时出声道。

“这才叫奇兵突出，出奇制胜方是我们由明转暗的重要依凭。敌人肯定也不会想到，在叶皇仍未回来之前，我们就会离开共工集，而我就是要让敌人意料不到！”轩辕悠然道。

“可是，难道我们就把叶皇丢在这里不管吗？”叶七微恼地望着轩辕道。

轩辕不由得笑了笑，道：“当然不是，我们只是说暂时先行一步，然后我们在敌人绝对无法预料之处再行会合，这样并不矛盾。当然，这个会合的地点我们必须先作一下研究，然后一切就按照计划进行。相信只有这样才能够化被动为主动，牵着那群人的鼻子走上几圈！”

圣女凤妮禁不住感到莞尔，施妙法师也赞同地点了点头。

“嗯，阿轩的话的确不错，如今你们所面对的敌人是来自各个方面的，此刻敌暗我明，对行事大大不利，只有按阿轩的计划方是可行的！”青天也赞同地点了点头。

对于圣女诸人来说，青天也不是外人，皆因他与轩辕之间有着外人无法理解的关系，又不遗余力地帮助轩辕，且他身为一代宗师，自然不会做出有违道义之事。是以，在这密室之中，青天也被邀请入列。

“可是叶皇怎么能够知道我们会合的地点呢？”叶七提出疑问道。

“我会留在这里与叶皇一起走的！”轩辕认真地道。

“你留下？”密室中除青天之外，其他人全都吃了一惊。

“不错，我留下不只是因为等叶皇，也是因为要给敌人制造一些假象，让敌人以为我们仍停留在共工集，吸引敌人的注意力，这样你们便有足够的时间到达目的地，并安排后路。当然，这也是因为我答应了宗主，要在青云剑宗待十日，十日之后我方可动身去与你们会合。”轩辕认真地道。

几人的目光不由得全都投向了青天，青天并没有回避众人的目光，只是淡淡地点了点头，道：“阿轩没有说错，他留在青云剑宗十日，是我向他提出的条件，十日之后，他喜欢做什么由自己决定，我并不想去管。但这十日之中，他却必须留在青云堡中！”

“为什么？”叶七的脸色微变。

“七叔，这是我的决定，我犯下的错误必须承担责任，而宗主答应派出高手全力帮助我们，也就是要求我在堡中待上十日，我必须遵守承诺！”轩辕打断了叶七的话，顿了顿，又扭头向圣女凤妮道，“我会尽快赶去与你们会合的，而且叶皇这边的事情也需要处理，所以我要利用这段时间处理好这些事情，希望圣女到达安全之处时，能等我半个月，如果半个月仍等不到我和叶皇赶来，那你们便可起程了。若我们在途中有事情耽搁，也会跟在你们的后面赶上的。”

“既然阿轩这么决定，那我们也就不再勉强，具体的行动就听阿轩的吧！可我们该如何撤走呢？”圣女凤妮吸了口气道，她心中自然知道，如果再强迫轩辕的话，那就是对轩辕的不信任了。虽然这个突如其来的意外有些让人难以接受，但既已成事实，就应该去面对，因此，她的表现显得很平静。

施妙法师深沉地望了轩辕一眼，淡淡地笑了笑道：“我相信公子一定可以处理好一切，并前来与我们会合的。好，我们一定会等你半个月，至于行走路线，我们待会儿再商量！”

“这一切，我早已安排好了！”轩辕笑了笑，又道，“上午之时，我们便已准备好了几张大木筏，这几张大木筏的质量一定可以承受得了黄河的浪涛，我已经让青云剑宗的弟子送到黄河之边秘密收藏起来，只要我们趁天黑赶到黄河边，明日天一亮便起航东行，保证会神不知鬼不觉地离开共工集。当那群人盯住我时，你们已经走出好远了，即使再追也是徒劳。至于行走的路线，我们待会儿吃了晚餐再商量，然后各行其事，这一切肯定会起到意想不到的效果！”

“哦。”施妙法师望了轩辕一眼，奇怪地问道，“这大木筏不是共工氏的吗？”

“不是，应该说这大木筏是属于刑月的。如今我们与共工集之间仍有些误会，这就不用大家费心了，由我与叶皇处理就行了。”轩辕自信地道。

施妙法师和圣女也听风大讲过这件事，是以并不感到惊讶，只是担心地道：“你们要小心一些！”

“我会的！不过，我想将琼儿留在身边。”轩辕道。

“那弱儿呢？”圣女又问道。

轩辕不好意思地笑了笑道：“当然是一同留下了。”

众人不由得莞尔，但却没有人怪轩辕。

“阿轩呀，我可真是羡慕死你了！”花猛重重地拍了一下轩辕的肩头，醋意十足地道。

“何止你？就连我也看不过眼，我们还要受多少苦日子呀，你却有享不尽的温柔，真是不公平！”燕绝也打趣道。

“你小子向阿轩多学几招，保证也可以左拥右抱，别光顾着羡慕别人，而不知道自己反省。”猎豹没好气地道。

叶七和凡三诸人不由得大笑起来。

“几位大哥，要不要小妹给你们介绍几个青云堡中的漂亮妹妹给你们？她们可是对几位心仪已久哦，特别是花老大！”燕琼也禁不住笑道。

花猛不禁大大地招架不住，讪笑道：“小琼儿可别揭我的短好不好？她们哪会看上我这曾做过阶下囚之人？”

“没关系，怕什么？我们花老大武功好，人品好，而你又在人家内院闯了一阵子，漂亮的你定见得多了，随便说出是谁，我都给你介绍！”燕琼打包票地道。

“算了，算了，别哪壶不开提哪壶，待会儿有个宴会，你们好好表现，各自露一手，不相信青云堡中这么多美人会没有人动心，就怕到时候你们招架不住！”轩辕打断几人的争论道。

凡三也跟着附和道：“我们还是快点离开这里吧，别不识趣地缠着人家，阿轩会向我们敬酒的！”

轩辕无可奈何地摇了摇头，这一群兄弟他也有些招架不住，只是淡淡地道：“七叔、猎豹、花老大、凡三，你们先留下，我有点小事要讲。”

叶七一愣，也就止住脚步和花猛、凡三几人全都留了下来。

轩辕先是在这不大的小厅中来回踱了几步，然后才长长地嘘了口气，目光在几人的面上扫视一遍，悠然向花猛问道：“花老大觉得叶帝的剑术如何？”

花猛不由一呆，愣了半晌才惑然望了望轩辕，答道：“快、诡、狠！阿轩该不是想再与他交手吧？”

“说得很好，叶帝的剑只能用快、诡、狠来形容，并没有很明显的章法，甚至不成套路，无迹可寻，他的剑法不能说是绝妙，但绝对是杀人的剑法！”轩辕分析道。

“对，他的剑招直截了当，没有花巧，的确是杀人的好招！”叶七对叶帝的剑法似乎体会甚深，极赞同轩辕的说法。

花猛却感到事情并不是自己想象的那么简单，惑然问道：“阿轩该不是只想研究叶帝的剑法吧？”

轩辕的神色显得有些凝重，淡然道：“他的剑法我们当然要研究，如他这样一个可怕的敌人，如果不好好应付，只怕会造成难以想象的后果。

不过，我今次问他的剑法，只是心中有些疑问无法解开而已。”

“什么疑问？何不说出来让大家共同参考参考呢？”叶七道。

“我正有这个意思，但却希望大家有个心理准备！”轩辕直言不讳地道。

花猛诸人一愣，怪怪地望了轩辕一眼，不知道轩辕为什么要说这些。

“以叶帝的武功和剑术，若是弃掉一个‘快’字，我相信他的剑法根本就不比我们当中的任何人强，我敢肯定！”轩辕突然道。

“可是谁能让他的剑慢下来呢？”猎豹不置可否地反问道。

“他练剑之法可能有些与众不同，因此，他的快剑是没有任何外力能使之慢下去的，除非让他的手腕受伤，要么他自己故意缓缓地出剑，不过，我想说的却并非这个问题！”轩辕说到这里，目光又在众人的脸上扫了一遍，吸了口气道，“我要说的是蒙面人的身份问题！”

“你怀疑叶帝并不是那个洞厅中的蒙面人？”花猛立刻反应过来，惑然问道。

猎豹和叶七及凡三也有些发愣，皆望着轩辕，不知该说什么。

“可以这么说！”轩辕轻缓地嘘了一口气，缓缓地转身望着空荡荡的墙壁，半晌未语。

燕琼奇怪地望着轩辕的表情，也不知该如何说，轩辕却柔声道：“琼儿，你去陪陪弱儿吧！”

燕琼温顺地点头轻嗯一声，便乖巧地走了出去，并反手带上了小厅的门。

“那阿轩仍怀疑那蒙面人是族长了？”花猛似乎明白了轩辕话中所指。

“也可以这么说，但这只是我的猜测，我并不想诋毁任何人，更不想诋毁族长，因为我根本就没有证据，只是提出意见让大家共同参考参考！”轩辕没有否认。

叶七和猎豹及凡三的脸色都变得很难看，似乎有些怒气，但却并没有发作。

“你何不说说猜测的理由？”叶七淡淡地道，可以看出他是在极力平息心中的不快。

“当然，我之所以如此猜测，也有几点理由。不过，我首先仍想问一些问题。”轩辕并没有对自己的话可能会引起什么后果而不安，相反，他变得更为坦然。

“什么问题?”叶七吸了口气问道，场中只有花猛和猎豹在思考。

“我感到有些奇怪，为什么叶帝在面对叶皇之时，会毫不犹豫地将猎豹和凡三诸人放了？如果说叶皇对叶帝有如此影响力的话，叶帝又怎会陷害叶皇，让叶皇成为共工氏的俘虏呢?”轩辕疑惑地问道。

叶七和猎豹也呆了一呆，花猛却摇了摇头道：“如果说这个世上还有一个人是叶帝不想伤害的话，那么这个人就一定是叶皇！不知七叔认为然否?”

叶七似对叶帝的印象极为恶劣，不由出言道：“那也说不准，像他这种人，什么事情做不出来?”

“话也不能这么说!”猎豹反对道。

“是呀，我看叶帝对叶皇的表情应该不是虚伪的，对于花老大的说法，我不表示怀疑!”凡三认真地道。

叶七也不再出言反对。

“如果是这样的话，叶帝故意陷害叶皇的可能性便极小，但那蒙面人却志在陷害叶皇！这自然是疑点之一。”轩辕分析道，顿了顿又补充道，“当然这只是一种猜测，不知大家有没有发现，当花猛对叶帝说是他嫁祸叶皇，使叶皇陷入共工氏之手时，叶帝的眼神是怎样的?”

叶七和花猛不由得摇了摇头，他们实在没有怎么注意这些细节。

“我看到了，他像是表现得很震惊，犹似完全不知道有这么一回事般。这种眼神的细微变化是装不出来的，若非他以黑巾蒙面，你更可发现他的脸色也很可能变了。当然，这只是细微的变化，并不能用来肯定一个什么结果，却可作为一个猜测的依据!”轩辕吸了口气道。

叶七和花猛不由得全都点了点头，猎豹和凡三对轩辕的推断向来不抱怀疑，更清楚轩辕本就是一个心细如发之人，对于这些细节大概也只有他才会注意。

“另外，花老大可曾发现叶帝与那洞厅之中的蒙面人有什么不同之处?”轩辕又问道。

花猛想了想，脸色变得极为难看，半晌未语，便连叶七也有些急了。

“你说呀，你看到什么就说什么!”叶七催促道。

花猛嘘了口气才道：“他们之间的确有些不同。洞厅之中，那蒙面人竟使出了族长的不传之秘惊涛剑诀，而且那蒙面人的剑路与叶帝的剑路也不相同……”

花猛说到这里，叶七的脸色已经变得极为苍白，猎豹和凡三也露出了难以置信的神色。

“你继续说!”叶七吸了口气，极力使自己的语气变得平静。

花猛叹了口气，道：“洞厅之中那蒙面人的反应绝对不可能假装出来……”接着花猛将轩辕在洞厅之中如何救圣女，如何与白虎神将及蒙面人交手，以及蒙面人所表现出来的一些细节丝毫不漏地讲述出来。这之中轩辕偶尔插上一句，提出一些疑问，让几人在凝听讲述的过程中再进行思索，同时也观察着几人的反应。

“如此说来，阿轩早就怀疑叶帝并不是那洞厅中的蒙面人了?”叶七突然提出质疑。

轩辕直言不讳地道：“应该是这样!因为叶帝的眼神与洞厅之中那蒙面人的眼神不相同，一个是单眼皮，另一个却是双眼皮。因此，我几乎可以肯定叶帝并不是那蒙面人!”

第二十六章　始前神话

花猛和叶七听闻轩辕之言，均是一呆，像看怪物一般看着轩辕，他们似乎想不到轩辕的观察竟是如此的仔细，但叶七也似乎想起了什么，因为他对叶帝和叶放极为熟悉。叶帝和叶放虽是兄弟，但并非全都相同，叶放天生就是双眼皮，而叶帝却与叶皇一样，是单眼皮。如果不是与他们极为亲近的人，绝对不会发现其中的这些差异。如果事实真如轩辕所说，那叶帝便不是最初那洞厅中的蒙面人了，但叶七仍有些不解："那你为什么不当时否定那蒙面人不是叶放呢?"

"我当时之所以否认那蒙面人不是叶放，只是想给他造成一种错觉。因为叶帝所做的一切总有一种欲盖弥彰之嫌，他既然是欲盖弥彰，其目的自然是想混淆我们的判断，不去怀疑蒙面人另有身份，如果我估计得不错，若非共工氏的人突然赶到打乱了叶帝的计划，他也一定不会将我们全都灭口，因为他需要人去证实那真的蒙面人的清白。如果我们一致认为他是叶放的话，结果只有一死，就算我不那样说，叶帝也会故意制造破绽，让我们认为蒙面人并不是族长……"

"可是他为什么要将我们安置在能够听到你们对话的地方呢?"猎豹和凡三惑然问道。

"这就是他们的高明之处，他们如此做法，正是想利用你们只能听不能见的特点更坚信蒙面人是叶帝，而不是另有其人。他们甚至可以在我们发现叶帝的真实身份后再将我们全部灭口，只留下你们两人做活口，这样你们将会为他作免费宣传，也就是说，这才是他们的厉害之处!"轩辕肃然分析道。

“可是，你为什么要这样做呢？这岂不是让他们逍遥事外吗？”叶七和花猛同时质问道。

轩辕露出一丝苦笑，道：“如果我们都死了，又何必为有邑族留下这一桩乱子呢？虽然个别人死有余辜，但族人却是无辜的，我们不能因为某一个人而把所有族人都陷于水深火热之中！我想，他们的目的不外乎是擒走圣女。说实在的，对于圣女，又岂有我们的族人重要？既然我们死了，就不必负担心理和道义上的责任，圣女的一切就让其自生自灭好了。所以，我才会这么说。不过，现在我们仍然活着，既然活着，就要将我们的任务进行到底，任何对不起我们的人，都必须让他们痛苦。当然，我们不能连累太多无辜，在有些事情上，仍需要小心谨慎和妥善处理，这也是我今天对大家说这番话的主要目的！”

叶七诸人不禁全都发愣，似在思索轩辕的话，也似在为一切可能发生的事情感到痛心和伤感，但他们都明白轩辕这番话中的意思，也明白轩辕的良苦用心。

“我希望这件事情只是我们几人心里明白，一路上注意一些便可，千万不要轻易传开，否则很可能会出现一些令人难以想象的乱子！”轩辕向众人提醒道。

叶七和猎豹诸人半晌未语，然后才点点头。

“阿轩真的决定留在青云剑宗十日？”叶七迟疑了一下，问道。

轩辕认真地点了点头，道：“这样对我们只会有更多的好处，这之间的问题，我也曾分析过，就算宗主不提出这个要求，我也会留下的。”

叶七诸人知道轩辕心意已决，也便不想多说什么。

“那我们什么时候动身离开？”花猛询问道。

“今夜！”轩辕扫了几人一眼。

“今夜？如此黑暗，又怎能在黄河之中行走？”花猛和猎豹几人是见过黄河激流的，要想在那种水流之中连夜东行，实在让人难以想象。一个不小心，便有可能让木筏支离破碎，众人尽丧河中。

“当然不是连夜东流，而是连夜离开青云堡，你们可还记得那地下河床出口的位置？只要我们趁黑抵达那里，天一亮便立即东流，谁又能够知道？谁还能够追及？”轩辕反问道。

花猛和猎豹诸人的眼中立刻闪过一丝亮彩。

“相信青云剑宗的兄弟定已将食物等东西早准备好了，只要我们行动得当，定会神不知鬼不觉！”轩辕自信地道。

送走了圣女，轩辕的心中似乎稍稍轻松了一些，而叶皇的踪迹，便交给青云剑宗的弟子去寻找了。

回到青云堡，天已大亮，燕琼和褒弱二女早已倦怠不堪，便也先行休息。轩辕这几日来也没有真正合过眼睛，于是和衣而睡，直到中午吃饭之时，褒弱和燕琼才来推醒他。

此时，依然没有叶皇的消息，也没有叶帝的消息，这些人似乎全都神秘失踪，倒是共工氏的族人四下乱了套，到处搜寻叶皇和轩辕的踪迹。当然，共工氏的人并不敢明目张胆地针对青云剑宗闹事。

轩辕用完膳后，便随着青风去见青天了。

一间不大的居室，但四周坚固，皆以青石所筑，犹如青云堡的建筑一般，有种牢不可破之感。

室中空气流通，若是仔细观察，可发现一个个斜孔与外界相通，孔洞呈内高外低之势，外面之人绝对无法看到室内的景物，轩辕稍作观察，才知道自己的想法太过简单，因为这堵墙是夹层的，外面根本就不可能发现这小孔的存在。

青天一身装束极为简朴，却不减那丝飘逸之感，白发微束，银须飘飘，颇有一副仙风道骨的气派。

“阿轩见过宗主！”轩辕客气地躬了躬身道。

青天淡淡地点了点头，神情却似微微有些疲惫。

轩辕心中微讶，他发现青天看他的眼神竟似乎极为空洞，仿若不是在看他，而是注视着另外一层无法触摸的空间。

“宗主，你没事吧？”轩辕小心翼翼地问道，他实在不明白青天为何会如此，以青天的武学修为，实不应会有如此失神的时候。

青天似突然回过神来，收回目光，轻轻地叹了口气，道：“我没事！

只是在想一段往事……”

轩辕心中恍然，却又惑然，他不知道为何青天望着他会想起一段往事，但却恭敬地问道：“不知宗主找我来有什么事情吩咐？”

“青风，你先出去！”青天向青风挥了挥手，又向轩辕道，“你坐吧，我想让你听一个故事。”

轩辕不由得大感讶异，忖道：“他居然有闲情给我讲故事。”但却并不违拗，望着青风走出小室，并带上了门，也便选择了青天右边的一张坐椅坐了下来。

青天的目光又一次自天窗投了出去，显露出一片茫然的感伤，半晌过后，才嘘了一口气，缓缓地讲出一个让轩辕惊得目瞪口呆的故事。

具体来说，这并不是一个故事，而是一个典故，一段往事……

很多很多年以前，在这个不可揣测的世间，便存在着人类。没有人知道人是怎么来的，反正在大家的记忆中，人本就无可争议地存在着。但，这个世上究竟存在多少人，却根本没有人能够猜测出来。不过，在南方的沃土上，很早很早就存在着一大群比野兽更凶猛且具有一种神秘力量的人，这群人组成了一个庞大的族系，那便是神族。

神族的始祖是盘古氏，一个拥有无上力量的人，传说他可战天斗地。

盘古氏统治神族几有数千年，具体时间却没有人能够记得清楚，总之很久很久。而在这期间，人类得到了很大的发展，活动的地域也在不断地扩大，更发现了除神族之外的一些人类，而这些人后来全被神族所征服。

在神族之中，除了盘古神祖之外，还有数位大神和数以千计的小神。凡是能够被称为神的，都自盘古神祖那里得到了一部分普通人完全无法想象的力量，而那几位大神却是除盘古神祖之外，拥有最强力量的人。

这几位大神之中，又以天帝、邪帝、太虚王母、女娲最为突出，更得神祖的宠信。但是后来神祖终于犯下了一个错误，就是将邪帝遣至极北，让其征服一干弱小部落，并带走了一批小神。天帝与邪帝本是兄弟，后来，邪帝终于收服了北方诸族，回南方报捷，谁知邪帝在北方已经变心，此次回到南方实是包藏祸心，竟将神祖暗算，而天帝更助其出手重创神祖盘古氏，后来虽然太虚王母和女娲大神赶到，却已无法挽回局势。

天帝和邪帝本就各怀异心，此刻既已事发，便立刻带领一干忠于自己的小神杀出神祖宫，一个逃往极西，一个逃往极北。

神祖盘古氏经此重创，知道自己时日不多，也便将对付天帝和邪帝的任务交给了太虚王母和女娲，于是太虚王母领着众神西追天帝，终于在昆仑山追及，一场大战之后，神祖之人死伤无数，天帝所领兵马也伤亡惨重，双方却未分胜负，于是太虚王母便领众神西驻昆仑，建宫瑶池，看死天帝。

女娲接命后，便立刻命令另一大神伏羲北上追杀火云邪帝。伏羲、女娲本为表兄妹，更是情投意合，但就因这一分别，却使他们成为千古之恨。

伏羲走后，女娲便被神祖盘古立为神族之祖，皆因这一代的盘古氏已经无人有资格继承神祖的位置，盘古氏虽有一子，但资质平平又不得人心，是以盘古神祖才有这一决定，但却又有另外一个附加条件——女娲必须嫁给盘古神祖的儿子……

伏羲得之这一消息后，大怒之下脱离神族，另成一系，性情也大变，伤心欲绝之余，不思对付邪帝之事，却只闭关不出，终于超脱情感，悟透天地，自创八卦易理，超越生死轮回而循至天道。

伏羲仍有一弟太阳，却因自己表姐苦苦哀求，终于答应对付邪帝，于是带领一干神将赶赴北方，经过数十年的努力，终建有熊族，成了对抗邪帝最有力的一支力量，甚至压得邪帝喘不过气来。

太阳本是一位小神，但后来得伏羲传以河图洛书，又得女娲传以绝技，早已可与邪帝一较长短。所以，连邪帝对太阳也无可奈何，反而是节节败退。

在神族的内部，一切的行为都要受到一种制度的约束，绝对不能越轨，否则将会受到严惩，包括那些大神和神将，而这一切，全都由神祖决定。

在神祖女娲氏的身边，拥有十多位神将，半数为男，半数为女。

当然，这神将之职都是自神族各宗派之中挑选出来的最为出色的年轻人担任，一旦担任了神祖的神将，便可以享受各宗派宗主的待遇，学得各宗内最上乘的武学。这些人的资质本就绝佳，又被神祖稍作指点，其武功之高直追众小神和各宗宗主。但，这群人却绝对不能稍动凡心，否则将会受到严惩。

而在这一代神祖女娲氏的身边却又发生了意外，一名剑宗挑选出来的神将竟携着另外一位女神将双双私奔，这下子可震惊了神族各宗，最为震惊的却是剑宗和那女神将所在的逸电宗。

神祖将罪责全部推给剑宗和逸电宗，并命令这两宗派出所有高手，追杀私奔的两大叛徒。

神族此刻实已分裂成了三部：太虚王母部、女娲部和伏羲部。而北方的有熊族也因为一次巨大的旱灾而四分五裂，散于各处。因此，可以说此刻这个世上的氏族星罗棋布，几乎到处都有部落存在。当然，仍是以南方的神族最为神秘，但也在开始衰落，而后人已经不再称他们为神族，而谓之三苗。

伏羲大神悟透天地而循游天外之后，却并没有后人能够得知大神的武学，皆因大神为情所伤后，一直闭关不见世人，直到他飞升之前，才将平生所研的武学交给了太阳，而伏羲大神之孙太昊也得到了大神的一些真传，却还不到大神所学的十分之一。因此，伏羲部也已没有了当初的风光，亦在没落之中。当然，传闻伏羲大神已将那通天彻地的武学典籍交给了太阳，但那只是传说，并没有人可以证实，也没有多少人真的相信，因为太阳并没有如伏羲大神一般循游天外，反而病死于有熊族。

神族之中的剑宗和逸电宗倾其所有力量追杀私奔的一对神将，但追杀者却有去无回。因为这两族的人几乎死伤得差不多了，并不是这两位神将的武功高到了一种怎样可怕的境界，而是这两宗的内部发生了矛盾。那名女神将之兄便是逸电宗宗主，因此他杀了所有追击其妹之人，然后不知所踪。

而剑宗之中有两人是叛逃神将的亲兄弟，更掌握着宗主的权位，为了救兄弟的性命，两人不得不杀所有剑宗之人灭口。

但那男神将最终因爱人身死，又因救其兄而重伤逃走，再也没有人知道其下落，身在剑宗的两位兄弟四处找寻也没有结果，后来终于放弃，更未返回神族，之后自成一派，成立青云剑宗。

这两位未能找到兄弟的剑宗之人正是青云和青天，而那位男神将便是含沙神剑的真正主人青玄！

听到这里，轩辕怎会不惊？不仅是吃惊于青云、青天与含沙剑的主人的关系，也吃惊于那神族的可怕力量。

此时轩辕的脑海中犹如浪潮澎湃，也明白了圣女和伏羲部的关系，就因为圣女本是太阳的后人，自然与伏羲有着重大的关系。但他却不明白邪帝和天帝又是什么人物，他还是第一次听说，而且是与太虚王母和女娲平起平坐之人，的确让人揣测不透。

“宗主是想问青玄前辈的下落？”轩辕立刻意识到了一些什么。

“如果你知道他的下落自是更好！”青天似乎并不在意地悠然道。

轩辕摇了摇头，在他生命的记忆中，根本就不知道这个人的存在。

“你不是他的传人？”青天又问道。

“不是！”轩辕想了想，只能将自己在有侨族中的身份说了出来，再将自己与木青、木孟的关系也讲了一遍，当然隐过被巨蛇吞噬一节。

青天只听得脸色变了又变，但后来却并没有表现出愤怒的神情，只是淡淡地问道：“神山鬼剑你会施展吗？”

轩辕有些尴尬地道：“只会几招，因为木孟叔教我的时候，我尚很小，后来他因练功走火入魔而亡，我就没有机会学全，恐怕连木青大哥也学得不精。”

“你使几招给我看看。”青天又道。

“现在？”轩辕反问道。

“不错，就是现在！”青天肯定地回答道。

轩辕犹豫了一下，走到一个小兵器架前拾起一柄木剑，唰唰地将自己记忆中的神山鬼剑施展出来。

木孟并没有教轩辕神山鬼剑，但轩辕却在木青练剑时偷学了一些。

轩辕从来都不是一个甘于平凡的人，虽然他在族中表现极为另类，但却在暗中极为勤奋，为了让自己强大起来，有时候，他也会不在乎手段。是以，他偷学了木青的剑法，天资极高的他偷学来的剑法也能够使得有板有眼，杀伤力极强，只不过其中融入了一些他自己演化之后的神韵，变得更具自己的特色。

对于这些，青天当然一览无余，他自身便是用剑的大行家。不过，他对轩辕改动后的神山鬼剑并没有什么怀疑，因为一开始轩辕就已表明，木孟传授神山鬼剑时他的年龄很小，现在轩辕长大了，又没有别人再指点，自然就使得有些似是而非了。不过，青天自轩辕挥舞的剑法中看出了他那罕有的习剑天分。

“由于所学不精，又无人指点，晚辈只能使到这里，望前辈不要见笑!”轩辕收剑而立道。

青天淡淡地点了点头，吸了口气道：“我知道。你的剑招的确是自神山鬼剑中演变过来的，虽已失去了此剑法原有的神韵，但也可见你天资聪颖!”

“谢谢前辈夸奖!”轩辕心中暗喜，知道青天不可能知道自己只是偷学而来的，而有侨族和共工集相隔何止千里，他们也不可能抽出时间去有侨族查探。因此，这是一个不可能被揭穿的谎言。

青天的神色间更多了一丝伤感，半晌未语，只是幽幽地叹了口气，自言自语道：“都是我害了他，都是我!”

轩辕不由讶异地望了望青天，却不明白青天话语之中是何意。

“前辈为何要如此说呢?”轩辕小心翼翼地问道。

青天苦涩一笑，道：“他是因为我才死的，如果当初他不是为我挡了那一击的话，绝对不会死得这么早!”

“前辈是说青玄前辈?”轩辕疑问道。

青天吸了口气，道：“不错，身为神族中的一名顶级高手，绝对不可能短命如斯，当初他便是为了帮我挡火神一掌，这才使得自己身受重伤而走!”

“前辈怎知他已死呢？也许他还活着也说不定呢。”轩辕疑惑地道。

“如果他没有死的话，木孟绝对不可能走火入魔而亡!”青天肯定地道。

“这话怎么说?”轩辕吃了一惊，问道。

“因为他还来不及传授木孟最后一重心法!”青天吸了口气道。

“最后一重心法?”轩辕心头大动，他知道木孟的剑术之高，比之蛟梦只高不低，如果木孟再学成青天所说的最后一重心法，其武学修为必定更为可怕，想到这里，轩辕不由暗忖道：“如果我能学得这最后一重心法，肯定对自己有百利而无一害!”

青天半晌未语，因为他觉得没有必要作太多的解释，虽然他知道轩辕可能并不明白其间内情，但有些话说出来是多余的。

“那青玄前辈真的是木大伯的师父吗?如果是的话，既然已经教了那么多，难道还在乎将最后一重心法传授给他吗?难道这最后一重心法需要很长时间才能够学成?”轩辕小心翼翼地问道。

青天望了轩辕一眼，正要答话，突听得一阵巨物移动声。

轩辕和青天的目光同时向声音传来之处望去，那里竟露出一扇高六尺、宽四尺的石门，青云那硕长的身躯自门后踏出。

“你猜得并没有错，神山鬼剑的最后一重心法不仅仅是口诀，更需要外力相助，否则的话，任谁都逃不出走火入魔的厄运!”青云沉重地道。

轩辕不由吃了一惊，刚才他仔细观察了一下四面的墙壁，却一点也没有看出有门的痕迹，但这一刻突然滑开一道石门，可见这之中的机关实在是设计得极为巧妙，再看那高六尺、宽四尺、厚两尺的大石门，其重量少说也有两千斤，自不是人力所能推动的，定是设有滑动机关——这是轩辕的猜测。

轩辕之所以知道有滑动机关的存在，是在有邑族中根据车轮的辗转想到的，这是一个极为省力的装置。

轩辕闻言后心中大感失望，暗忖道：“原来即使知道神山鬼剑的最后一重心法也没有用处。”

“年轻人，我欣赏你的智慧和资质，是以才会留下你!更把事情的真相告诉了你，只是希望你能帮我做一件事情!”青云直截了当地道。

“不知道前辈有何差遣?如果晚辈能够做到的话，绝对会尽力而为!”轩辕豪气干云地道。

“我要你将来回到自己的族中时，助木孟之子木青一臂之力，帮他练成神山鬼剑的最后一重心法!”

“我?”轩辕一惊又一喜，反问道。

“不错，我会告诉你如何去帮助他，既然你是他的朋友，相信你一定不会介意去做这些小事吧?”青云淡然道。

“这个当然!”轩辕肯定地道，想起木青平时对他的关心，他心中暗自决定，一定要帮木青渡过这一难关。

在有侨族中，除哑叔一家之外，便只有木青一家对他最好，这也是轩辕为什么不索性编一段谎话来欺骗青天和青云的原因。如果这件事情不是与木青有关的话，轩辕也不怕对不起任何人，此时青云如此要求，他自然不会反对。

“很好!”青云见轩辕回答得干脆利落，心下甚是满意，那双似乎充满异力的眼睛淡淡地注视着轩辕半晌，突然道，“你愿不愿意拜入我剑宗的门下?”

轩辕一怔，半晌才回过神来，淡淡地笑了笑，道：“前辈的好意我先心领了，只不过晚辈并不是一个能遵规守矩之人，恐怕到时会有辱剑宗英名。更何况，我有重任在身，不能在共工集停留太久，入剑宗之门似乎并不合适。”

青天的脸色一变，青云似乎也有些不高兴，若谁还听不出轩辕语意之中的推托之词那才怪。但轩辕说话不卑不亢，也并非不合情理，是以两人不好发作。

青云望了轩辕一眼，笑了笑道：“但你已习得剑宗武学，已经属于剑宗一脉，就算让你入我剑宗门下，也只不过是一种形式而已!”

轩辕也悠然笑了笑道：“既然我已属于剑宗一系，前辈又何必再以这些繁文缛节来局限我呢?剑宗之事也可算是我的事，但我的事可以不属于剑宗的事，这岂不是对剑宗更有利?”

青云和青天面面相觑，轩辕所说并非没有道理，而且更切合实际……

轩辕不等青云和青天说话，便又开口道：“其实我并非不想加入剑宗，但此刻我身染许多的麻烦，并不想因为自己而为剑宗带来太多的麻烦。首先，如果我加入剑宗的话，你们便不可避免地会受到牵连，与共工氏部落结怨是必然的，还有鬼方、东夷，而我并不想这样。”

青云讶异地望了轩辕一眼，问道："你与共工氏也结了怨？"

"我想应该是，因为天乐长老此刻应该恨我入骨了！"轩辕耸耸肩，无可奈何地道。

青天向青云望了望，显得也有些无奈。

青云的目光却投向了窗外，半晌才道："年轻人，你说得有理，你不该去惹共工氏，不过幸未酿成大错，否则只怕我也帮不了你。至于天乐的事，我会为你去处理好的，我也不逼你去做你不喜欢做的事，但还有一件事情需托你去办，本来我欲留你十日，可你并不想入我剑宗，我也就不强留你了！"顿了顿，青云从怀中掏出一卷兽皮，抛给轩辕，接着道，"这是老夫一生中研究剑法的心得，现在就送给你，当然老夫要你日后再将之转交给木青！"

轩辕接过兽皮卷，听完青云的话倒吓了一跳，不由得有些诚惶诚恐地道："这……这怎么使得？晚辈又不是剑宗之人，如何能受得前辈如此厚爱？"

"你也可算是我二弟的半个传人，不管他是否教过你神山鬼剑武学，这都已不再重要，毕竟神山鬼剑是我二弟的一生所学。我当初曾发过誓，凡会神山鬼剑之人，无论是谁，我都会尽力照顾他。而你不能在青云堡多待一些时日，因此我只好让你自行修习，相信以你的资质，一定不会是一件难事，望你好自为之！"青云淡淡地道。

轩辕心中涌起一丝莫名的欣喜，这的确有些出乎他的意料之外，但却绝对是一件莫大的好事。如果能够参悟出青云所学的剑道，那自己在剑道之上将会有不可估量的进步，但这一切似乎来得太突然了一些。当然，这其中可能涉及青云、青玄和青天三兄弟之间的感情恩怨，但轩辕却并没有必要去追究这些问题，既然青云当初发过誓，那自己收下这卷习剑之人梦寐以求的剑道宝典也就心安理得了。至于将来把这卷兽皮交给木青那也并无大碍，即使青云不说，轩辕也会将之交给木青的。因为他能有今天的一切，还不是多亏了木青的这柄含沙神剑？是以，轩辕慨然道："前辈请放心，我一定会将它交给木青的！"

"嗯，我相信你是个诚实的人，但愿我不要看错了！"青天淡淡地道。

轩辕大有受宠若惊之感，忖道：“你们只怕真的看走了眼，我轩辕的诚实那要看对什么人，对什么事!”

“在你未曾离开这里的时候，有什么疑难问题可以向我们询问，不过在这方圆百里之中，有一个地方，你绝对不能去!”青天肃然道。

轩辕一怔，问道：“什么地方?”

“共工氏的禁地水神谷!”青云认真地道。

“共工氏的禁地水神谷?”轩辕惑然望了青云一眼，问道，“那在什么地方?”

“野竹山北十里，共工集东八里，靠近共工氏部落河谷之处，你千万不能擅入!”青天再次叮嘱道。

轩辕满心的疑惑，却不知道水神谷究竟有何凶险，竟连青云和青天这两大高手也顾忌几分，可见水神谷必定藏有什么可怕的东西。想到这里，轩辕便记起了那条吞噬自己的巨蛇，暗道：“水神谷之中，该不会有像那条巨蛇一般凶猛的怪物吧?那可还是不要去的好!”想到那巨蛇，此刻轩辕犹自心有余悸。

“谢谢前辈提醒，晚辈会避开水神谷的，不过我还有一位朋友，他可能是去追踪祝融氏的高手了，我要去找回他，还得请两位前辈多多帮忙。”轩辕诚恳地道。

“就是那个叫作叶皇的人?”青天问道。

“正是!”轩辕见青天居然还记得叶皇的名字，心下甚喜，点头道。

“哦，以他的速度，只要不入水神谷，不遇到逸电宗或神族的人，没有人能够留得住他!不过，依我观察，他应该与逸电宗有着极深的渊源。你放心好了，如果有什么事，我们会出手的!”青云淡淡地道。

“谢谢前辈!”轩辕大喜道。

古木森森，林间极暗，阳光只能自枝头间透入一点点细小的光斑。

而这光斑却正好落在一个年轻女子那微微有些憔悴却犹如玉琢冰雕般的俏脸上，几缕头发不知是因何而散乱于脸庞，几乎隐去了三分之一的容颜，在那半遮半掩之中，似乎更多了一份朦胧的神韵——这便是共工氏的柔水公主。只不过，此刻的她无法享受到公主那尊贵的待遇。

柔水公主的双手被捆在背后的一棵树上，而她所坐之处也是一堆枯叶。几只蚂蚁在她的脚前爬来爬去，只是此刻她的目光显得极为空洞，似乎并没有注意到那两只正爬上她脚面的蚂蚁。

柔水公主已经被人带着奔行了近十个时辰，可是她并不知道目的地究竟在何处。不过，她却知道这批人的来历，因此，她几乎有些绝望。

共工氏和祝融氏本就是宿敌，水火不相融，而两族所奉的祖神本就是仇敌。因此，当柔水公主发现自己落在祝融氏的手中之时，便没有抱太大的希望能够好好活下去，她之所以没有求死，是因为期待着奇迹出现。

祝融氏部落一直都存在于暗处，没有具体的部落据点，或许有，但却从来没有人能够发现。所以，祝融氏犹如野人一般神秘，可共工氏却惹下了这样一群敌人，也一直在寻找这一群敌人的驻点，更想对这群人来一次大围剿，但一直都未能如愿，就因这些人出来活动之时，都极为小心谨慎，他们宁可死在敌人手中，也不肯将敌人带入自己的巢穴。

柔水公主眼角的余光下闪过两道暗影，却是两个棕发怪人自林子暗处蹿了出来，在暗淡的光润之下，竟似两只大猿。

这正是将柔水公主掳至此处的祝融氏中的其中两人。

“会不会你眼花了？”其中一人向同伴低声问道。

“我这一路上都有这种感觉，应该不会是眼花了。”另外一人答道。

“可是这么久也没看到跟踪的人前来。”

“等妖四他们回来后再说吧，也许他们已经发现了敌踪也说不定！”

“就是因为你的瞎怀疑，害得我们多跑了这么多的冤枉路！”那首先发话之人低声怨道。

柔水公主精神为之一振，立刻明白这群人为什么会连续奔走近十个时辰仍未到达目的地的原因了。皆因他们一直都未能摆脱一个神秘人物的追踪，抑或可以说是一群神秘人物。至少到目前为止，祝融氏仍不清楚这神秘的跟踪者是谁。

柔水公主心中不禁又升起一丝希望，说不定这神秘的追踪者乃族中高手，这当然也是祝融人所担心的，虽然他们劫来了柔水公主，但如果将驻点暴露给了对方，以共工氏的实力，若再加上祝融氏的仇敌，只怕祝融氏一族会因此而毁灭。所以，这些人不得不小心谨慎地行走每一步。

但神秘的追踪者又是谁呢？为什么紧跟了近十个时辰仍然不出现，而又令祝融氏之人无法甩开呢？

“呀……”一声凄厉的惨叫自南边的密林间传来，打断了柔水公主的思绪，也让她吃了一惊，心中涌起了一股莫名的激动。因为刚才那两人的猜测并没有错，有一个或是一群神秘的人物追踪而来，不管这神秘的追踪者是谁，柔水公主都应该值得欣慰，至少这神秘人不是祝融氏的朋友。

那两人的脸色变了，抬头向惨叫之声传来处望去，但因密林相阻，根本就无法看清远处的情况。不过，这两人极为机警，并不向惨叫声传来之处跑去，而是朝柔水公主这边快速行来，他们的职责是看住柔水公主，绝不能让人把她救走。

密林之中的脚步声突然显得清晰而零乱，显然祝融氏之人并不少。

“呀……”又是一声惨叫，却是自西边密林中传来。

密林之间一时杀机四伏，似乎处处都是那看不见的敌人，使得林间气氛异常紧张。

沙沙……一阵脚步之声迅速向柔水公主所在的方向行来，从脚步之声可以听出来人甚为慌急。

柔水公主抬起头来，却见十多名棕发壮汉赤裸着黑铁般的上身急匆匆而来，脸上的表情显得极为恼怒。

这群人中，有两具被抬回的尸体，估计应该是刚才发出惨叫之声的主人。

“妖四，发生了什么事情？”那两名看守柔水公主的汉子见此情景，不由得忙问道。

被唤作妖四的汉子是那黑铁般的胸膛上刺着一个火形标记的人，此人极高极壮，犹如一头牯牛。

“善三和牛八被人杀了！”妖四恼恨得几乎想大骂一场。

那十多人迅速将两具尸体放下，却是丢在柔水公主不远处。

“是被人以剑刺死的，凶手是什么人？”那守护柔水公主的两个汉子竟异口同声道。

妖四不由得哭丧着脸道："不知道!"

"不知道?"那两名看护柔水公主的汉子惊呼反问道。

"我们根本就没有发现凶手的影子。"妖四气恨道。

柔水公主也禁不住大惊，如果说这么多人连凶手是谁都未曾见到就被杀了两人，那这群神秘的敌人一定是极为可怕之人。

"好快的剑，这人是偷袭的!"那看守的两名汉子蹲下身子，仔细注视着尸体上的伤口，半晌方道，看其神情，却又不知道他们在想些什么。

柔水公主微微皱了皱眉头，却想不起族中什么人擅用剑法，除非是青云剑宗的高手。

"大家小心戒备，咦，鬼九呢?"妖四扭头四顾。

众人全都摇了摇头，显然都没有注意到又少了一个同伴。

"他刚才似乎还跟在我后面!"有人惊疑道。

"河汉，你带四名兄弟去找，千万别分开，也不要走远!"妖四吩咐道。

河汉是这群人中个子最矮的一个，但却极为彪悍，犹如一头豹子，也同样是一头棕色的长发。

这似乎是祝融人的特点，并不是他们天生就是棕色的发质，而是用一种极为独特的树汁所染，因为这群人生活的地方都是密林之间，四处皆是毒蚊苍蝇之类的，而这种树汁会散发出一种让人难以察觉的气味，这种气味正是毒蚊和苍蝇所惧怕的气味。因此，祝融氏几乎人人都将头发染成这种树皮般的棕褐色。

这种树仍未被外族人所发现，大概只有在祝融人居住之地附近才能找到这种树的踪影。

河汉对妖四的话似乎极为遵从，立刻领着四人顺着刚才鬼九所行的方向走了去。才行出十多丈，便发现鬼九的身子倚在一棵大树的树干上，背朝外，面朝里。

"鬼九!"立刻就有人急行了过去。

河汉也紧跟而上，他隐隐感到事情似乎有些不对劲，至少他已觉察到鬼九没有了任何生机。

“鬼九……”那奔近鬼九之人伸手扳过鬼九的躯体，呼叫之声也戛然而止，因为他发现鬼九的脖子已经被一股强大的力道扭断，这显然是鬼九未曾发出惨叫的原因。

河汉诸人围了上来，心头禁不住升起一股寒意，来敌竟能这般轻松地击杀鬼九，使鬼九连挣扎的余地也没有，最让人心惊的却是鬼九刚才明明行在众人之后，敌人竟敢在这种情况下出手，可见此人是如何的狂妄而大胆。

“他刚死不久！”河汉摸了摸鬼九的面部皮肤，仍有余温，这才声音发冷地道。

哗……一声断枝的轻响自众人的背后传来。

河汉忙转过身，那四人也在同时转身，但见一簇树枝拖起一股强风迎面扑到，几乎混淆了所有人的视线。

这簇树枝快得惊人，自五人听到声音到转身之间，这簇树枝已经到了众人的眼前。

“呀……”一声惨叫再次惊破虚空。

河汉只觉得狂风自身边刮过，眼角黑影一闪，没入了另一棵大树的密枝之间，而眼前却是满天的碎枝，犹如天女散花般飘落而下。

碎枝乱飞之中，河汉更发现自己的一位同伴已经仰面而倒，显然刚才的惨叫正是这倒下的同伴所发出。

河汉和剩下的三人这才惊觉地回过神来，同时发出一声怒吼，向那黑影投去的大树上纵去。

那棵大树的树枝依然在晃动，这表明刚才确实有人自这里穿过，但当河汉等人掠到时，却已经没有半点人迹，那逝去的黑影就像消失在空气之中，只有远处似乎仍有枝折之声。

噗……那发出惨叫之人的躯体此时已经重重倒地。

河汉颓然地低吼了一声，却又无可奈何地返回地面，来到这倒下之人的尸体旁，心神沮丧到了极点。

这人的双眸并未闭上，似乎在死前的一刹那遇到了最为可怕的事情，那种恐惧的表情便像是永恒的面具，永远地凝于众人的眼下，而死者的致命之伤却是咽喉的一剑。

好快的剑，只是在尸体的喉间凝出一串细微的血珠，看不见伤口有多深，但河汉却知道这就是致命的伤，因为刚才被抬回的两具尸体也同样是喉间留下了这样一串血珠。只不过，当河汉四人亲自面对这样的对手之时，心中却多了一种莫名的恐惧。

他们仍没有看见凶手的样子，更不知道凶手是怎样出手的，因为对方似乎算准了一切，这才敢明目张胆地痛下杀手，又从容离去。说穿了，这鬼九的尸体只是对方故意迷惑人眼的一种做法，可他们却不得不承认，这个敌人的身法之快的确已经达到了不可思议的地步。

妖四望着河汉垂头丧气地自林中走出，脸色变得更为难看，因为又多了一具尸体。

柔水公主心中禁不住大喜，想不到这神秘的人物竟然如此厉害，这么快又杀了一人。

“凶手是什么人?”妖四脸色阴沉地问道。

河汉脸色有些苍白，摇了摇头道：“我们根本就没能看清他究竟是什么样子。”

“什么?”妖四和那两个看守柔水公主的汉子几乎同时惊呼道。

柔水公主突然想起这两个看守她的人是谁了，因为这两人后脖子之上的两块紫色胎记已经告诉了她。

在共工氏与祝融氏的接触中，交手最多的便是这对兄弟怪人。在祝融人的眼中，这两个怪人是火神座前的八大童子之二，也是共工氏知道名字的有限几人之二，其兄长叫融冰，弟弟叫融雪，乃极为凶悍之人。兄弟两人的武功之高只怕并不比共工氏的数大长老逊色，是以，在多次与共工氏的交手中，仍能从容而走。

柔水公主似乎没有想到这两人居然也出现在这里，不由得暗暗心惊，但她却仍在猜测那个诛杀三人的神秘追踪者究竟是谁，能否胜过这两兄弟和另外十一人。

祝融人个个都似具备天生神力，在力量上，他们似乎占着极大的优势，但此刻看来，这群人的力量竟然无处可使，因为根本就找不到敌人的所在。

祝融人本想借这繁茂的密林来摆脱对手，却没想到这片密林反而为敌人利用。

“我看你们还是快点回到自己的狗窝之中吧，免得一个个都在这里喂了狼，那多不划算？”柔水公主出言讥讽道。

“你给我闭嘴，小心老子割掉你的舌头！”妖四凶道。

柔水公主并不畏怯，只是向妖四投以不屑的眼神，讥讽道：“你有什么了不起？有对本公主大吼大叫的资格吗？有本事便放开本公主，与本公主公平一战，胜了再说这样的话不迟，真是没用的男人！”

妖四几乎气得翻白眼，伸手就是一个巴掌扇了过来。

“哎……”融冰伸手一拉，扯住妖四的手腕，道，“何必跟她一般见识？回去等火神享用了之后，你爱怎么折磨她都可以！”

柔水公主心头一寒，融冰虽只是轻描淡写的一句话，却似乎让她感受到了即将降临的命运。

妖四对融冰的话并不敢有何反驳，但仍愤愤地道：“那现在我们该怎么办？”

融冰吸了口气，四顾望了望，这里除了密林之外还是密林，远处有猿啼狼嚎，更有许多不知名的鸟在啼叫，使得林间显得更为诡异。

“我们先离开这里，大家不要走散了，小心戒备，我就不相信敌人还能够弄出什么乱子来！”融冰断然道。

妖四也无可奈何，河汉更惊于神秘杀手的那种无可比拟的速度，只得点头应承。

“胆小鬼！”柔水公主见这群人一个个都似没有了主意的样子，禁不住鄙夷地骂了一声。

“你要是再多嘴，小心我用地上的泥和树叶封住你的小嘴，那时可别怪我融雪不怜香惜玉了！”融雪威胁道。

柔水公主冷哼一声，却也不再开口，任由人将她背后的绳索解开又缠上，不过这次却并没有连她的脚也捆住，似乎没有人想再抬着她跑了。如此一来，她心中更喜。

“你给我放乖一些，否则的话，我就斩断你的腿！”妖四恐吓道。

有侨族和少典族的结盟大典并不是很张扬，但很烦琐。两部之中首先各自开了一次长老会，然后各部所有人再开一次会，最后由两部主要人物和各同盟的小部落首领一起来参与两族的结盟大典就行了。

这当然已经尽量将这场结盟显得低调一些，也有些仓促，但由于祖族来人，是以一切的进展极为顺利。不过，结盟之后仍有大事情发生了。

那便是祖族下了回归令，由于祖族之主太阴辞世，这继位之人仍未确定，又有外族入侵，内部叛乱，太阴之子龙歌不得不下回归令，召回分散于各地的族人。

这当然是一件大事，因此，在各族之中也都引起了轩然大波，但结局会如何却没有人知道。因为分离祖族已是近百年前的事情，百年之后，又有谁还愿意去为那些空洞的话题放弃现有的安宁呢？

融冰一边以手中的刀分开前面的荆棘，一边小心地打量着四周的环境，心神绷得极紧，他并不知道神秘的对手是谁，但却知道神秘的对手绝对不容小觑和轻视。

当他进入这片密林之时，并没有什么感觉，可是此刻出林子却显得有些胆战心惊。不过，他也知道，若要摆脱这样一个对手，几乎是不可能的。否则，他们奔波了近十个时辰的路程，为何仍然被对方死死盯住呢？而且这之间根本就不曾休息过。祝融氏的这群人虽然体能过人，但却并非铁打的金刚，也有疲惫之时，而此刻就是如此，只不过由于受到环境的刺激，他们不得不打起精神来应付眼前这可能发生的危险。

神秘的敌人似乎也明白融冰诸人的难处，更似乎明白融冰诸人不敢暴露自己的巢穴，也便来与他们比耐力，谁更狠谁就是最终的胜利者。

其实柔水公主的心中也甚为着急，她并不知道这神秘人是敌是友，但此刻行了约一盏茶时间的路，那神秘人仍然没有一点动静。不过，她还没来得及细想，便听到左侧传来了哗的一声响。

第二十七章　柔水公主

这群本就将神经绷得极紧的人，哪堪忍受这种声音的刺激？目光全都向声音传来之处投去，众人本就已经拔刀在手，此刻握得更紧，但他们所看到的只是一块大石头自另外一块尖石之顶滑落下来。

两块石头本是叠在一起的，石头之间有一根小藤相夹，当融冰诸人行至此时，脚下未注意，也便牵动了那根小藤，小藤稍动，那块大石便从尖石之上滑了下来，于是发出了一声巨响。

融冰和妖四立刻发现这两块石头相叠乃是人为的，因为石面的青苔之上留下了人为的痕迹，但这个发现已经太迟了。

的确太迟了，杀气已自他们的右侧狂涌而至。

那是自一个隐蔽的树洞之中传来，而这个树洞却是融冰所未发现的，掩住洞口的却是一丛长长的茅草。

当融冰和众人的目光自那滑落的大石上移回之时，就看到许多被绞碎的茅草如箭般扑面而至，更有森冷的剑气夹于其中，一道暗影如幽灵般掩在茅草之后掠出。

“呀，呀……”一缕幽光自柔水公主的身侧划过，在柔水公主即将惊呼之时，便已有两声惨叫掩住了她的声音。

砰……融雪一声怒号，以最快的速度出掌，却只击中了神秘人那双踢出的脚。

神秘人一声长啸，身如云雀般借助融雪那一掌之力倒蹿上虚空。

当妖四和融冰的怒吼声传出之时，神秘人已经立身于古树的一根大枝之上，离地三丈。

柔水公主惊魂未定地仰首上望，却见神秘人在长啸未尽之时蓦然回首，那飘逸的长发如黑云一般浮开，露出半边冷傲俊逸，却不夹任何表情的脸，那种冷漠的眼神似乎绝不会为任何事物所动，而正是这种冷漠另类的气质让柔水公主心头猛地震动了一下。

这神秘人正是如野鹤一般独行的叶皇。

噗噗两声闷响，那本是立于柔水公主身边的两具躯体这时方才重重倒地，而叶皇在此时却已如投林夜鸟一般掠上了另一棵古树，在长啸声未尽之时，只向柔水公主投以最后的一瞥。

柔水公主竟发现了那冷漠的眼神中夹着一丝暖暖的笑意。

“给我追！”融冰气急败坏地向众人吼道，众人的身子飞速向叶皇逸走的方向追去。但可惜的是，他们很快就失去了叶皇的踪迹，以他们的速度，根本就不可能追上叶皇。

柔水公主半晌才回过神来，望了望脚下的两人，她知道，这两人已经死了，不可能有半点生机。而这一切，全都是因为那诡异莫名的一剑，其诡异之处，却是此剑的速度。

拥有这样可怕速度之人，却是如此一位冷傲俊逸的年轻人，而这一刻，那飘逸的黑发，那半遮半掩的脸庞，那冷厉的眼神，以及嘴角挑起的自信，却一下子充斥了柔水公主的脑海。

融冰和融雪简直气炸了肺，但对这快如鬼魅，来去如风的敌人却是无可奈何。

最让他们气恨的，却是这神秘的敌人绝不与他们正面交手，一击便走，连多留一会儿都不肯，而且都是采取偷袭的手段，不知道他下一刻在何时出手，在何处出手，这就只能让这群野蛮的祝融人时时小心、处处小心了。如此一来，他们前进的速度便变得极为缓慢。

此刻融冰诸人倒有些后悔进入这片林子，因为他们才发现自己陷入了一个他人早已布好的死局。

妖四一肚子火却不知道该向谁发，想到那神秘人快绝无伦的剑，心底也忍不住升起一股浓浓的寒意，这才知道河汉为什么在神秘人当面杀死一名兄弟后仍未能看清其面貌的原因。皆因这神秘剑手的速度实在太快，那毫无半点征兆的突击，就像是死神的召唤，让每个人的神经都绷得极紧。

融冰并不明白敌人的意图，虽然对方连杀了五人，但似乎并没有将柔水公主带走的意思。也就是说，对手可能并不是为柔水公主而来，可是祝融氏又哪有这样一个年轻的敌人呢？抑或他是什么人的后代？

融冰勉强看清了叶皇的面容，虽然仍有些模糊和抽象，但却知道对方应该是个比较年轻的人，而融雪是这群人中唯一与其交过手的人，很清楚对方的功力并不比他们中的一些人逊色，虽然比自己差一点，却也是极有限的一点，而这些完全可在速度上弥补过来。另外让他们担忧的却是到目前为止，仍不清楚敌人是不是只有一个！

融冰每走一步都极为小心，不仅要看路面，还要注意头顶与两侧是否有树洞之类的，一群人都似乎变得神经兮兮的。

柔水公主不由得大感好笑，两日来的阴闷似乎一下子全都飞散，更像是在看一场有趣的闹局，不时地打趣几句，讥讽两声，只让这群祝融人羞愤得几乎要发疯了，但却又无可奈何。皆因柔水公主乃火神所需要的人，他们根本就不敢伤害她。

噌……沙……一丛枯草之中突地蹿出一只受惊的兔子。

受惊的兔子却让融冰诸人惊吓不小，一副如临大敌的样子，只让柔水公主笑得花枝乱颤。

“你给我闭嘴！如果再多发出一点声音，我就卸下你的下巴！”妖四忍无可忍地吼道。

柔水公主妩媚地向妖四笑了笑，讥讽道：“你好有男子汉气概哟，我心中十分喜欢！”

妖四一时无语，脸色一阵青一阵白，他怎会听不出柔水公主语气中的讥讽之意？愣了半晌，才阴狠地道：“对不起，我却不喜欢你这张臭嘴！”说话之间伸手便要卸柔水公主的下巴。

柔水公主一扭脖子，避过妖四这一抓，身子却被身后的两人给钳住，不由得大叫道：“妖四，看你背后！”

妖四一爪抓空，本来大怒，正欲再下狠手，却听得柔水公主如此一喊，大手顿了顿，忙扭头后顾，却发现背后只是融冰和众族人。

融冰也不禁为之莞尔，扭过头去不看妖四，很明显他是赞同妖四的做法。

妖四见融冰已默许，又受柔水公主如此愚弄，怎会甘心？甩手就给了柔水公主一个巴掌，虽然他不敢下重手，却也打得柔水公主脸上起了五个指印。

“臭贱人！居然敢耍老子，别以为自己有什么了不起！扒光了衣服还不是一堆肉头骨！”妖四愤然咒骂道。

柔水公主哪曾受过如此污辱，气恨之下，噗的一声吐出一口口水，也顾不了文雅不文雅，立刻向妖四作出报复。

妖四嘿的一声冷笑，轻巧地扭头避过了吐来的口水。

砰砰……“呀……”妖四在避开口水之时，还未来得及得意，已经中了重重的两脚，惨哼着捂足而退。在最后他仍忘了一件很重要的事情——那就是柔水公主的脚并没有被绑住，依然具有强大的攻击力。

啪……柔水公主也发出一声闷哼，她愤然踢出的第三脚被河汉给挡住了，并没能对惨哼之中的妖四造成更重的伤害。

妖四的腿骨几乎被踢折，小腹上也中了一脚，整个身子弯得像只虾米。

“噗……”柔水公主又吐出一口口水，这次却沾在河汉的脸上。

河汉没有避，他似乎没想到这娇滴滴的公主竟然如此难缠，也如此无礼，但他并没有柔水公主想象中的那么冲动，只是伸手往脸上一抹，将口水抹于掌心，然后才伸出手来抬起柔水公主的下巴，冷冷地逼视着她。

“杀了她！这臭贱人！”妖四如一头受伤的野兽般吼道。

融冰和融雪的眸子里也涌出了杀机，但只是一闪即逝，在杀机一闪即逝之时，又突然惊呼：“小心！”

啸……一道电芒劈风而至，断枝犹如一片暗云，带起一股强风压顶直下！神秘人物再次出现，却是在这最要命的时刻，连融冰也没有想到，但这一切却似乎早在柔水公主的意料之中。

柔水公主的双足迅速后弹而出，整个身子缩成一团，就地一滚。

噗噗……两声闷响之下，本来挟住柔水公主的两人在愕然之间中腿倒跌而出，河汉因为头顶强大的剑气下压，便迅速放开柔水公主，出刀上迎，这便给柔水公主制造了这一难得的攻击机会。

这一切似乎都配合得极为默契，妖四在惊觉大变突发之时，柔水公主已如一颗肉丸般撞上了他的胸口。

砰……妖四刚直起的身子又倒跌而出，这一撞之力虽然并不能要他的命，但却让他几欲吐出隔夜的食物，五脏一阵翻腾。

“别让她跑了!”融冰大急，他绝不想让柔水公主逃脱，但就在他喊出之时，已经有两声惨叫和一声闷哼响起。

叮……河汉倒退几步，那自上而下的一剑力道极猛，而此刻河汉的眼前尽是枯枝，根本看不到敌人的影子，唯有在惊乱中勉强挥刀护身。

融冰和融雪同时出手，他们再也不想放走这神秘的敌人，因为他们知道，如果此刻仍不能留住这个敌人，那么可能永远没有机会了，甚至连自己也无法走出这片林子，这绝对不是虚妄之谈。

哗……树枝被各种兵刃绞得粉碎，成一片迷雾般散漫在虚空中，在各种气劲的充斥之下，变得更为混乱。

叶皇的剑掠过一道凄艳的弧迹，身形犹如无法捉摸的风，穿插于各种兵刃的缝隙间，快得令人难以揣测。

砰……叮叮……呀……当……噗……

所有的声音都是那般没有规律，都是那般清晰，使这空寂的林子之中多了一支别样的曲调。

柔水公主只看得眼花缭乱，又是兴奋又是紧张，突然之间感到缚在背后的双手一松，原来绳子不知什么时候被割断。

“还不快走!”一声冷哼在柔水公主的耳畔刚刚响起，便有一道身影撞入她的怀中。

柔水公主一惊，那撞入怀中的身影又一挣而脱，唯有那飘逸的长发在她的面上拂过。

叶皇的剑快，而融冰和融雪的武功也极为了得，再加上近十名祝融人，虽然他的杀伤力极强，但在正面与这群人交手之际，却并不能占到多大的便宜。刚才撞入柔水公主怀中的正是他。

柔水公主知道叶皇中了招，只是因为为了割开她手上的绳索，这才无法挡开那偷袭的一棍。

“还不快走?”叶皇似乎极为愤怒，而极怒并不是因为自己受伤，而是因为柔水公主的滞留。

柔水公主咬了咬牙，心里有一种说不出的滋味，但在她再深深望了叶皇一眼后，毅然转身就走。

妖四此时勉强平复了内息，见柔水公主要走，勉强提气挡住道路，冷笑道：“臭贱人，想走?没那么容易!”但他一句话还没说完，柔水公主已经出拳，重拳出击。

妖四吃了一惊，柔水公主的劲道绝不小，他对柔水公主会武功并不感到奇怪，在没有擒到柔水公主之前，他便已知道这是一个难缠的女人，却没想到对方在饿了一天，且双手被绑了一天之后，其身法仍然如此灵活。

妖四此刻已有伤在身，腿骨的剧痛仍未消减，胸腹依然异常沉闷，而又不敢以兵刃来伤害柔水公主，只得双拳并出，企图挡住柔水公主这来势汹汹的一击，但是妖四的计划却落空了。

柔水公主的拳头只是虚晃的影子，真正的重招仍是底下的一脚，但当妖四发现时已经太迟了。

砰……一声沉重的闷响，夹着妖四的惨叫声，柔水公主疾跨一步，抬膝重重地顶在妖四的下颚之上。

妖四的腿上再次中招，腿骨已被踢断，痛得他不由自主地跪下身来，而在他跪下的一刹那，柔水公主已经赶上一步，提膝上顶。

“去死吧!”柔水公主恨极了妖四，恨这家伙竟敢打她耳光，是以下手极重，其实她的手此刻仍有些麻木，毕竟被捆绑了一天，血脉仍未能舒活开来，自然无甚力道，可双腿却不同。

妖四做梦也没想到报应如此之快，而且被一个女人打趴在地上。

河汉大惊，他自然对柔水公主的一系列动作看得极清楚，只不过他是刚自那障眼的树枝之中走出来，根本就来不及相救，当他出手之时，妖四已经仰面倒地喷出一大口鲜血。

柔水公主向他露出妩媚一笑，似乎根本就不知自己是在杀人，然后在河汉的怒吼声中纵身向树林深处跃去。

柔水公主竟然迷路了，在这片似乎看不到边际的林子之中，她竟找不到出路，甚至连方向也分不清。因为林间已经升起了一团雾气，使得那本来就阴暗的林子更为阴暗，太阳的光芒也无法透入林间。

这阵雾气似乎来得极不是时候，让柔水公主心里发慌。正当她茫然不知该如何是好之时，却发现有一道暗影自渐浓的雾气之中行来。

这个发现让她吃了一惊，但很快就变成了欢喜，因为这暗影竟是叶皇。

叶皇的样子似乎有些狼狈，身上多了几道刀痕，更是衣衫碎裂，青瘀之痕清晰可见，显然是在刚才那一场大战之中所留下的战绩，只是此刻步履有些踉跄。不过，那双眸子之中的眼神依然冷傲而倔强，像是一头永不屈服的魔豹。

看到柔水公主，叶皇没有丝毫惊讶，而是与柔水公主相对八尺而立，淡漠地问道："迷路了？"

柔水公主似乎没有听到叶皇的话，只是定定地望着叶皇。这一刻，她才发现叶皇竟然是那么俊逸，虽然冷了一些，却更有一种邪异的魅力，特别是那眼神，让人无法感知其内心的任何秘密，这便形成了一种神秘的诱惑，那有些零乱，却很飘逸的长发更成了一种独具一格的情调。

"你受伤了？"柔水公主也不知道为什么自己的语气竟这般温柔，更问出了这明知故问的问题。

叶皇不置可否地点了点头，身子向一旁的树上靠紧了些，倚坐在一根树根之上粗重地喘了几口粗气。

"那群祝融人呢？"柔水公主看出了叶皇可能受伤颇重，不禁又担心那群祝融人追来。

叶皇没有回答，反而闭上眼睛，深深地吸了口冰凉却很潮湿的空气。

柔水公主讨了个没趣，但并没有生气，不知为什么，她对这神秘的剑手有着一种连她自己也无法明白的情绪。也许，那就是所谓的心动的感觉吧，似乎叶皇身上的每一点气质都有着夺人心魄的魅力，也许，这之中还杂有一丝感激，对叶皇的感激。是以，她悄然来到叶皇的身边蹲下，关切却又小心翼翼地问道："你没事吧？"

不知为什么，柔水公主很怕叶皇会突然发脾气，她从来没有见过如叶皇这般冷漠的人，似乎这个世上没有任何东西可以令他笑上一笑，包括美色。虽然柔水公主对自己的姿容极为自信，但当面对叶皇那种目光和表情之时，又觉得自己浑身都是破绽，做什么事情都是错。因此，她的语调不得不显得小心翼翼，尽管所问之话并没有错。

叶皇依然没有回答，反而沉沉地睡去了，发出了极为轻微的鼾声。

柔水公主不由得大为愕然，也感到一阵莫名的委屈，她从来都没有这么低声下气地去关心别人，可如今却得到这样的回复。但她却不知道该如何发作，只好在心中自我安慰一下，并想些理由为叶皇开脱。不仅如此，她更不敢吵醒叶皇，她怕叶皇会发怒，虽然她从未见过叶皇发怒的样子，甚至没有见过叶皇生气的样子，可是在她的心中，却不想让叶皇生半点气，因此她只得担任起为叶皇放哨防敌的任务。

这种情景，就连她自己也感到好笑，到目前为止，她连对方叫什么名字都不知道，可却心甘情愿地为其守卫……

叶皇醒来的时候，雾仍很浓，他实在是太累了，也太想休息了，竟在这种环境之中沉沉地睡去。

这两天多来，他甚至连眨眼的机会都没有，且都在不停地追踪、杀斗，几乎已经到了生理的极限。若不是他的体质极好，只怕早已累垮了。特别是跟祝融人的一场恶斗，虽然勉强杀出重围，但却流血不少，当他在林间找到一些草药止住鲜血外流之时，已经感到极度疲乏，再按各种线索找到柔水公主时，已经支撑到了人体的极限，也就这样昏昏沉沉地睡去了，更没有想到柔水公主会不会害他，祝融人会不会追来。

叶皇醒来，觉得剑仍然握在自己手中，沉甸甸的，极为实在，这让他放心了不少。其实，此刻的他觉得精神好多了，虽然仍有些疲乏，但那只是因为失血过多的原因，这场大雾救了他们，因为在这种大雾之中想追踪人的确是很难很难，这也许就是祝融人为什么仍未找到他们所在位置的原因。

要知道，祝融人无一不是狩猎的高手，对于跟踪和追踪敌人都有一手，若不是叶皇奔行的速度快得让他们无法企及，只怕叶皇早就死在祝融人的手下了。

叶皇睁开眼便发现了柔水公主，她倚在一棵树旁，像是猎犬一般警觉地注视着四周的每一点风吹草动，她担心的不仅仅是祝融人，更有林间活动的猛兽。

叶皇心中禁不住多了一些感激，淡淡地问道："我睡了多久？"

叶皇一开口，柔水公主倒吓了一跳，她似乎没有料到叶皇会突然醒来，又没有半点征兆地开口说话，在寂静的林中的确让人心惊。

"你醒了？"柔水公主松了口气，欢喜地道，在这空寂的林子之中，又是在浓雾笼罩之下，将这守护的重责全都放在一个女流之辈的身上，的确让柔水公主感到心惊，更有种无依无靠的脆弱感，仿佛是独自处于阴森而空洞的森罗殿里。此刻叶皇终于开了口，至少让她感到了人的气息，不再是孤独无依的，是以，她感到一阵欣喜。

叶皇站了起来，扫了四周一眼，又一次问道："我睡了多久？"

柔水公主不由得惊愕了一下，满脑的欢喜减了大半，道："大概一个时辰吧。"

叶皇吃了一惊，深深地望了柔水公主一眼，自言自语道："我竟睡了这么久？"顿了顿又问道，"你一直都在替我守着？"

柔水公主心中升出一股欣慰，如小女孩似的点了点头。

"谢谢！"叶皇心中也多了一分感激，让一个看上去十分柔弱的公主在这种险境中为自己做了一个时辰的护卫，实在令叶皇有些过意不去，虽然他知道柔水公主本身可能是个极为厉害的角色，但毕竟是个女的。

"不用谢了，你救了我，我为你做这么一点事算不了什么。"柔水公主欢笑着道。

"你为什么不叫醒我？"叶皇又问道。

"你受了伤，肯定很累了，为什么要叫醒你？让你多睡一会儿不好吗？"柔水公主笑靥如花地道。

叶皇沉默了一会儿，却并不再说话，只是握着剑转身四顾，却见到处都是一片白茫茫的，根本找不到路径，目力所及只能在三丈之内，两人要想走出这片林子，在这种环境下几乎是不可能的，叶皇不由得嘘了口气道："看来我们必须在这里待上一天了，等明天雾散之后再走！"

"好哇。"柔水公主似乎极为欢喜，并没有为自己迷路感到害怕，甚至没有想到将以什么作为食物度过这漫长的一天。

叶皇皱了皱眉头，望了柔水公主一眼，他有些不明白柔水公主为什么会这么高兴。

"哎，你还没告诉我你叫什么名字呢？"柔水公主像个天真浪漫的小女孩似的问道。

"叶皇！"

"叶皇？"柔水公主重复地念了一遍叶皇的名字，忍不住赞道，"嗯，这个名字真好，我叫柔水！"

"我知道！"叶皇并没有表现出多大的兴致，淡淡地道。

柔水公主本来升起的满腔热情又被叶皇这不冷不热的回答给抑制了，甚至像是被泼了一盆冷水。

轩辕思索着昨日青云所演的那几路剑法，正入神之时，燕琼和褒弱双双敲门进来。

轩辕有些讶异地望了望两位娇妻，收功而起，刚要说话，便听燕琼道："刚才听到青原他们来报，说叶皇带着共工氏的柔水公主回来了。"

"啊，他们现在在哪里？"轩辕大喜，叶皇已经失散了两天多，现在终于有消息了，他自然十分欢喜，但听说叶皇竟与柔水公主在一起，又感到有些意外。

"听说他们去了共工部，我们要不要去看看？"褒弱提议道。

"去了共工部？"轩辕脸色微变，忙道，"你们留在这里，我去看看！"

"轩辕，他们可是很想对付你的。"燕琼一把拉住轩辕，急切地提醒道。

轩辕不由得一笑，伸手在燕琼的俏脸上轻轻地拍了拍，道："我知道该怎么做，我的乖琼儿，你好好在家陪着弱儿，我不会有事的。"

叶皇出现在共工部之时，确实让共工族人震惊了一场，但让他们欢喜的却是柔水公主的平安回来。

共工氏的族人几乎尽出，四处寻找柔水公主的下落，但却没有丝毫头绪，这刻柔水公主却与族中大敌叶皇在一起，自然引起了一场虚惊。

当叶皇和柔水公主还没有到达共工部居处，便有人通知了共工和几位长老这一消息。

叶皇送柔水公主到寨前，便不想再送，因为他并不想入共工部。

“你真的不送我回族中吗？”柔水公主期盼地问道。

“我已经将你送到了族中，我相信到了这里，已经没有人敢伤害你了！”叶皇淡淡地道。

“你是不是对我的族人有什么误会？”柔水公主急切地问道。

叶皇露出一丝难得的淡笑，道：“没有，我只是有更重要的事情要去做，我已耽误了好几天，不能再耽误任何时间了。”

“难道你跟我一起入寨，让我大哥感激你的时间也没有吗？”柔水公主幽怨地问道。

叶皇摇了摇头，暗忖道：“轩辕他们现在不知怎么样了？”

柔水公主神色黯然，不知为什么，她竟无法开口去挽留什么，在这短短的一天时间里，她感觉到自己竟改变了很多很多，或许是因受了叶皇的冷漠感染，让她认为无论怎样挽留都不可能改变叶皇的决定。因此，她只有黯然地注视着叶皇，不言不语。

叶皇与柔水公主对视着，眼神并不是太过冷厉，但却也看不出多少温柔。半晌，叶皇才道：“我的确有重要的事情要去处理一下，如果还有机会，定会来共工部的！”

柔水公主听闻此话，禁不住扑哧一笑，露出一副欣喜莫名的小女儿态，喜道：“你说话可得算数！”

叶皇也不由得露出一丝淡笑，道：“我说的话一定算数！”他也不明白为什么要说刚才那一句话，这好像并不是他的性情，可是面对柔水公主那期盼而又伤神的目光，他竟然无法自制地说出了刚才的那一句话。

柔水公主当然知道要叶皇以这种语气说话是多么的不易，因此，听到叶皇这么一说，她便已心满意足了，也就不再强求什么。

叶皇不再说话，只是缓缓地转过身去，举步就走，不远处的共工族人都大为讶异。

“我等你!”柔水公主充满了欣喜地呼道。

叶皇没有回答，只是静静地走开了，很快便脱离了柔水公主的视线，一直都不曾回头。不过，当他再行百步之后，又不得不停下脚步，因为在他的来路上，已经并排立着数十名共工族人，为首之人正是天乐长老。

杀气极重，每个人的脸上都带着一股浓浓的杀机，是以，叶皇停下了步子。

“你居然还敢送上门来?”天乐长老冷笑着望了叶皇一眼，充满杀意地道。

叶皇冷冷地注视了天乐长老一眼，反问道:“我为什么不敢回来?”

“哼，别以为你送回了公主，便可以不偿命了，我告诉你，杀人偿命，今日你休想活着离开这里!”尚木杀气腾腾地道。

叶皇的目光在数十名共工氏族人的脸上一一扫过，鼻翼间不由得爆出一声冷哼，不屑地道:“我不知道你们在说什么!”

“叶皇，一人做事一人当，难道你敢说尚禾和尚武不是你害死的?”天乐长老怒道。

叶皇一愣，脸色微变:“一人做事一人当，杀了便是杀了，没杀就是没杀，我叶皇从来都不会否认自己杀了人！当然，如果你们定要认为是我杀了尚禾和尚武，那我管不着!”

“长老，不必跟他啰唆了，先把这狂徒拿下再说!”尚木气恨叶皇杀了自己的兄弟，是以极为愤然。

“不过，我可以告诉你们，任何想对付我的人，都得付出沉重的代价，你们也不例外!”叶皇冷冷地道。

“你是在威胁我?”天乐长老冷杀地道，目光之中的杀机更甚，若不是因为眼前的叶皇，他又怎会受轩辕的那一顿羞辱?而对于轩辕，介于青云剑宗的原因，他自不能如何，可是那股怨气却越积越深，此刻再见叶皇这副样子，叫他怎会不怒?

“长老，他说的并不是在威胁某人，而是实话!”一个声音自天乐长老的背后传了过来。

"轩辕……"众人不由得一阵惊呼。

叶皇的眼中露出了一丝欢喜之色，他似乎没有想到轩辕会在这种场合下出现，而且安然无恙，他自然高兴。

"你还来干什么?"尚木怒道。

轩辕不由得笑了笑，道："我的兄弟在此，我自然要来喽!"

"如果你再插手这件事情，老夫只好到时候向青天宗主请罪了!"天乐长老语气之中多了几丝愤怒和愤然，更可感受到他那咄咄逼人的杀机，自那肯定而坚决的语气中，可知如果轩辕想插手叶皇之事的话，那他将会不择手段，报前日那一顿羞辱之仇。

"青天宗主与我根本就是两个人，我的事不关他的事，他的事自也不关我的事，你爱怎么着就怎么着，我们照单全收。不过，我劝你最好是请宣天长老出来对对质再说话!"轩辕毫不在意地道。

天乐长老见轩辕如此傲慢，心中杀机顿起，怒极反笑道："无知小辈，敬酒不吃吃罚酒，我倒要看看你有什么了不起!"

"长老不是曾经见识过了吗?如果你想再见识一回，我也不反对!"轩辕自信地笑了笑道。

"给我杀了他们!"尚木不想再有什么拖延，知道再拖下去可能会生变。至少，若等青云剑宗的人赶来了，情况将对自己大为不利，既然青云剑宗曾帮过轩辕一次，便可以再帮第二次，这是显而易见的事。是以，尚木不能再等，所以他立刻让人出手了，而此刻出手，他更有理由，就凭轩辕对天乐长老的不敬，到时候他甚至可以将责任推到天乐长老的头上。是以，尚木敢发号施令。

轩辕并不知道叶皇与柔水公主之间是怎样一种关系，只当叶皇真的成了杀人凶手。如果真是如此的话，与共工氏为敌那是在所难免的，既然无法回避，倒不如速战速决。是以，他根本就不计后果地激怒天乐长老，他自然不能放下叶皇不管而独自走人。

轩辕一声低啸，剑出如虹，含沙剑以无可匹御之势划过虚空。

共工氏族人忙挥动兵刃相抗，他们似乎没有想到轩辕竟敢抢先出手。

"不要杀人!"叶皇突然出声道。

轩辕一愣，在他的印象中，叶皇是从来都不会在意杀人的，但这一刻竟让他不要杀人，确实使他感到有些意外。

轩辕一愣，只不过眨眼间之事，但他的剑依然没有丝毫的停留。

叮……一串脆响，挡者披靡，没有什么兵刃可以挡住含沙剑的神锋。

轩辕大笑一声，快步自这群兀自惊愕的人群中穿过，与叶皇并肩而立。

尚木和天乐长老都吃了一惊，便连叶皇也为之讶然。

只看轩辕这一剑只断兵刃而不伤人的精妙之处，便可知轩辕这两天来的剑法又提高了一个层次。

“我们并肩杀出去，此地不留人，自有留人处！”轩辕伸手一拍叶皇的肩头，豪情万丈地大声道。

叶皇的眸子之中闪过一丝欢欣之色，与轩辕相视望了一眼，重重地点了点头。

“好，就来他娘的大闹一场，看谁敢阻我！”轩辕兴奋地大笑道，说完扭头望向逼来的共工氏族人，手中的剑一摆，大喝道，“谁要是想挡我，就来吧！”

轩辕的气势似乎将这群人给镇住了，想到轩辕那柄锋利无比的剑，谁都会为之心悸，他们自然知道轩辕刚才已是手下留情，否则的话，死伤必定难免。

天乐长老发出一声冷哼，领先向轩辕攻至，他对自己手中这根出自瑶碧山的梓木杖极为自信，这是一种比金铁更坚的木头，他花了两年时间，以极为特殊的方法方才在梓树之上弄下这么一根木条，但却因没有利器可对这根木条进行雕琢，便只得将之按原形做一根木杖，他不相信轩辕的剑可劈断这根梓木杖。

轩辕不屑地轻笑一声，毫不犹豫地挥剑出击。

当……轩辕身子一震，天乐长老的梓木杖竟真的完好无损，而且这根梓木杖沉重至几乎震得轩辕手臂发麻。

叶皇的剑快，他一开始便感觉到了天乐长老那梓木杖带起的风声不对，是以他很快便出剑了。

天乐长老并没有见过叶皇出手，在他的估计中，轩辕应该比叶皇更厉害，是以他只是将重点放在轩辕身上，并没有考虑到叶皇那比轩辕更快更狠的剑。

尚木也攻至，还有一群人，但十分遗憾的是，这群人尚是第一次见识到叶皇这么快的剑。

叶皇剑出，正是轩辕与天乐长老第一个回合交手之时，也是天乐长老无法回救之时，轩辕的力道绝对不小，天乐长老同样也被震得手心麻木，而在这时，叶皇的剑已自梓木杖底下一划而过，准确而利落地搭在天乐长老的脖子上。

“都给我住手，否则，我就杀了他！”叶皇的声音冷厉而无情，就像他的剑一样。

叶皇的剑实在太快，就连轩辕都不得不承认，天乐长老这时候也明白自己失算了，叶皇的剑比轩辕的剑更可怕，而他却忽视了这样可怕的一柄剑的存在，这不能说不是一种悲哀。

尚木也呆住了，他实在无法想象，身为长老的天乐，居然在一招之间就被轩辕和叶皇制住了，照此看来，轩辕和叶皇的武功之诡异、可怕、快捷，简直不可思议。

“我不妨告诉你，尚禾和尚武是宣天所杀，那是因为灭口！而宣天确是我所伤，不过，我并不在乎再多加一条人命，如果你敢乱动的话！”叶皇冰冷地道。

“你胡说！”天乐长老激愤地道。

“信不信由你！”叶皇冷冷地望了天乐长老一眼，不置可否地道。

轩辕也一下子怔住了，讶异地向叶皇望了一眼，他并没有说话，但叶皇却知道他的意思。

“宣天长老为什么要杀人灭口？”尚木的脸色有些发青，他显然不相信叶皇所说的是事实。

“因为他们两人阻止宣天带我去一个叫什么禁地的地方，所以宣天就杀了他们，而尚禾更告诉我，宣天带我去禁地便是要借别人之手杀我，所以我击伤了宣天！”叶皇不疾不徐地道，神色间无波无澜，平静至极。

“禁地水神谷！”轩辕也忍不住吃惊地低念了出来。

天乐长老的脸色极为难看，尚木的脸色也变得极为难看，包括所有共工氏的族人都变得沉默了。

“原来你也知道共工氏有什么禁地？”叶皇讶异地望了轩辕一眼，惊奇地问道。

“不必说了，我们走吧！”轩辕扫了天乐长老和尚木诸人一眼，沉声道。

叶皇淡淡一笑，向天乐长老道：“麻烦你给我们开路！”

“请留步！”一个威严而沉重的声音也在这个时候飘了过来。

轩辕和叶皇微愕间，只听得众共工氏族人齐声低呼：“共工！”

“叶皇，你没事吧？”柔水公主像是一只柳燕般迅速赶了过来，担心地问道。

轩辕和叶皇同时转过身去，轩辕的脸上不能抑制地露出一丝讶异，并非因为柔水公主那别具一格的美丽，而是因为这位娇公主竟对叶皇的称呼如此亲昵。

叶皇只是淡淡地笑了笑，并没有回答柔水公主的问话，其实这已经是最好的回答。

柔水公主见叶皇并没有受伤，不由得向那群不敢出声的人怒叱道：“你们眼里还有没有我这个公主？明明知道他是我的朋友，还敢对他这么无礼？若是他今日有什么损伤，非将你们以族规重罚不可！”

尚木的脸色变了数变，对眼前这个美丽的公主他可不敢有半点放肆，不仅仅是柔水本身的武功，更因她在族中所拥有的地位。因此，他不由怯生生地道：“因为他是……是杀人凶手，还……还伤了宣天长老……”

“那很好哇，伤了那个叛徒，可谓是大功一件！”柔水公主突然道。

尚木和天乐长老不由得目瞪口呆，柔水公主却又接着向叶皇道：“你放心，我知道尚禾和尚武不是你杀的，这只是一个误会！”

“谢谢。”叶皇轻轻地移开架于天乐长老脖子上的利剑，只是淡淡地说了两个字。

轩辕看得大感有趣，以他这“过来人”的眼光，自然知道柔水公主对叶皇大有情意，可轩辕却想象不到，这曾在有邑族出了名的勾引妇女的淫贼竟然对女人会是如此冷硬，这实在让人难以将他与过去的传闻联系在一起。

“让两位受惊了，共工来迟，险些酿出大乱，真是惭愧！”共工拖着那比轩辕还要高大威猛的躯体赶来，诚恳地道。

“好说，劳动共工亲临，我还感到过意不去呢！”轩辕也认真地道。

“长老，这件事情到此就先搁下吧，待回到寨中再细谈，这之中实在有一些误会！”共工向天乐长老客气地道，作为一族之长，他自是不能不给族中长老留下一些面子。

天乐长老虽然是一百个不情愿，但既然共工已经这么说了，也便只好冷哼一声，拂袖而去。

共工暗叹一声，知道这也不能怪天乐长老，任谁两次三番地被敌人的剑架在脖子上做挡箭牌，心里都会不好受，何况天乐长老还是有头有脸之人，又是在自己的族人面前丢了这么大的颜面，若说还要让他笑脸迎人，实在有些不可能。

“如果二位不介意的话，便请入寨坐坐，特别是叶皇兄弟，你救回了小妹，我尚未来得及感激，你可千万不要推托哦。”共工笑容可掬地道。

第二十八章　水族之神

轩辕向叶皇望了一眼，叶皇也与轩辕对视了一眼，才道：“如果我的这位兄弟答应的话，我不反对！”

共工和柔水公主禁不住一阵愕然，均将目光投向轩辕，似乎没想到轩辕对叶皇的影响竟这么大。不过，发生在他们之间的事，外人自是无法明白的。

“不知轩辕兄弟意下如何？你们所要的筏子，我们仍在为你们准备着！”共工热切地道。

柔水更是一脸期盼的神情，似乎怕轩辕一口拒绝，忙道：“我们没有恶意的……”

轩辕不由得坦然笑了笑道：“如果我还要拒绝的话，那就似乎太不够意思了，难得共工和公主一片盛情，说什么也要先吃一顿再走人了！不过还得烦你们派人去青云堡说一声。”

柔水和共工不由得全都笑了。

共工、轩辕等人才入寨不到五百步，便有人匆匆赶了过来。

共工一见来人的神情，心中隐约感觉到了些什么。

“共工、公主，宣天长老他……他死了！”那匆匆赶来的汉子神情慌乱地道。

“死了？”共工和柔水同时惊问道，就连叶皇和轩辕也感到一阵错愕。

“那其他几人呢？”共工又问道。

“也都死了，没有一个活口！”那人似乎缓过了一口气，语意也顺畅多了。

共工和柔水相视对望了一眼，轩辕和叶皇也相视望了一眼，显然对这突发的事情感到极为意外。

“死了多久?”共工沉声问道。

“似乎刚死不久，凶手是在我们赶去之前出手的!”那人显然对检验死者极有经验。

“带我去看看，快吩咐全族之人加强戒备，没有我的命令，不准任何人离开!”共工立时吩咐道。

“怎会这样呢?”柔水不敢相信地道。

“两位有没有兴趣陪我去看看?”共工扭头向轩辕和叶皇问道。

“随共工的吩咐吧!”轩辕道。

“请跟我来。”

宣天长老死的时候显然没有作任何挣扎，致命伤是一道断喉的剑伤，是以在死前连声音都未曾来得及发出。

血液未凝，犹有余温，可以断定刚死不久。

尸体并未有半分的移动，是因为等共工的到来。只不过，根据现场的一些东西，也无法断定凶手是什么人，从哪里来，因为现场除了尸体和鲜血之外，根本就找不到任何疑物。

共工脸色极为沉重地走到另外几具尸体旁查看，当到最后一具尸体的现场之时，立刻有人指出尸体之下那一个不太完整的字，但只要仔细辨认，仍可猜出这个字是“叶”，但最后一笔极为模糊，显然是这人在临死之前所写，只是无法撑到写完最后一笔便死了。

“这个凶手走得很匆忙!”轩辕肯定地道。同时心中思忖着：“一定是凶手听到有人的脚步之声赶来，是以匆忙下手，也不及检查房间的一切，便匆匆离去。否则，以这地上如此轻易可见的血字，对方为何不将之销毁?甚至未能对这人一击致命?这才留下如此线索!”

叶皇的脸色依然很平静，不过轩辕却感觉到叶皇内心的波动。

“这些人全都是与宣天长老一起带我去禁地的人!”叶皇吸了口气道。

其实轩辕也已经认出来了，他与这群人并非未曾谋面，虽然双方只是在那日早晨见过一面，但轩辕却将之记得极为清楚。

“叶?”共工的眉头不由皱了起来。

“不可能是叶皇!”柔水立时为叶皇开脱道。

“这个我知道!”共工自然知道自己的妹妹这一段时间都与叶皇在一起，绝不可能分身前来杀人，但这个“叶”字又代表什么意思呢?

“这之中有两种可能!”轩辕似乎看出了共工的难处，出言道。

“哪两种可能?”共工和柔水同时问道。

“第一种可能是凶手走得太匆忙，这个‘叶’字为死者所留，可能是表示某人之姓或名，也可能是指某地、某物，这只是最普遍的一种猜想!”轩辕淡然道。

“嗯，那第二种可能呢?”共工点点头，又问道。

“第二种可能，那便是敌人走时并不匆忙，这血字并非死者所留，而是凶手故意制造的假象，以图迷惑旁观者的眼睛，达到凶手逍遥法外的目的!当然，这也可能并不是凶手留下的，但凶手看见了并没有去理会，因为他觉得没有必要为这样一个没有意义的字费手脚!”轩辕分析道。

共工淡淡地笑了笑，道:“轩辕兄弟分析得有理，但我们究竟应选择哪一种可能性呢?”

叶皇也将目光投向轩辕，显得有些讶异，似乎奇怪轩辕为什么要说出这样一番其实没有什么意义的话，因为这几种可能并不是很难猜，只要稍冷静且聪明一些的人都可以想到这两种可能性，而轩辕为何要借这种并不是出风头的机会出风头呢?

轩辕当然听出了共工的认同并没有多少赞赏之意，只不过是出于一种客套而已。因为这两种可能性共工也一定想得到，只是没有说出来，而由轩辕代之罢了。不过，轩辕并不在乎，只是淡淡地一笑道:“这就要看各人如何去理解了，我想共工一定有自己的见解，想来也不用我多舌。”

共工也笑了笑道:“本来我还有些肯定，但经轩辕兄弟这么一提，我却觉得自己的猜测并不一定对!”

“猜测永远都只是猜测，没有对错之分，只有待事实证实了之后才能对其下一个定论!”轩辕淡然道。

“共工何不说说自己的猜测呢?”轩辕又道。

共工笑了笑道："听说此次掳走柔水之人的头领叫叶帝，而这些死去的人又全都与柔水被掳有关，我猜应该是叶帝为了杀人灭口才诛杀了这些人，所以地上会有一个'叶'字留下。"

"哦，这群人怎会跟公主被掳有关系呢？"轩辕大为讶异。

"因为这次柔水被掳，一定有内奸存在，否则以柔水的身手和一干护卫，绝不可能被对方轻易掳走，即使青天这样的高手也不例外。而在我们族中，内奸是宣天的可能性最大，因为在柔水被掳之前，就是他支开了护卫，并假传我的话，而那些被支开的护卫在事后尽被灭口。如果不是柔水亲自回来，我们永远都无法知道这些，此时柔水一回来，连宣天也被灭了口，可见凶手是怕我们自这些人的口中得到什么秘密，因此才会如此做的。"共工淡淡地分析道。

轩辕和叶皇微讶，似乎没有想到凶手的高深莫测与惨绝人寰。

"那共工又为何不敢肯定这种可能性呢？照你这种推断，至少有百分之七十的可能性能够成立！"轩辕道。

"不，你说错了，请仔细想一想，叶帝会有什么秘密怕我们知道？对于他的所作所为，我并不感到陌生，他的出现更不是一个秘密。而且，此刻他可能已经离开了共工集，为何在临走之前做这样一件画蛇添足之事？如此不仅会使他自己的部下心寒，更不利于他离开共工集，这样一件有百害而无一利的事，想来他不会做的。况且，他根本就不怕我们知道他的底细，没有杀人的动机，这些自然是不能成立。"共工侃侃而谈，却让轩辕和叶皇大为赞许。

轩辕一阵沉默，他并不想反驳。

"你为什么不说话？"柔水轻轻拉了一下叶皇的衣角，小声地问道。

"我无话可说。"叶皇的回答竟极为简单，只是专注地看着死者的伤口。

"那共工觉得第二种可能性会更大一些了？"轩辕问道。

"不错！"共工并不否认，顿了顿才继续道，"也只有内奸才能够将时间把握得这么好，而且能够从容地杀死这些人，再从容离开，也只有内奸才会怕事情败露，因为这个凶手可能还另有图谋，不想自己的身份受到任何威胁，这才是杀人灭口的动机!”

“那就是说这个‘叶’字也是凶手制造出来的迷雾了?”轩辕又问道。

“这个很难说，正如你所讲，猜测永远只是猜测，我们不必太过去计较它是谁写的，唯有弄清事实的真相才是真理!”共工淡淡一笑道，在这一刻，他似乎已完全自这群死人的阴影之中走出来，又恢复了那种平和的心态。

轩辕不由得心中凛然，再也不敢小觑这个看似四肢发达、头脑简单的人物，心中忖道：“只不知这大块头的武功如何，日后定要找个机会试他一试，如果能将这股实力也拉过来，相信对自己会大有帮助。”

柔水似乎在生叶皇的闷气，刚才的关心换来那么不冷不热的一句回答，自然心有不甘，不由道：“听说叶帝和你的关系非同一般。”

叶皇一呆，终于扭过头来，与柔水对视半晌，才道：“不错，他是我的孪生兄长!”

轩辕并不感到意外，但共工和柔水却禁不住惊呼出来。

叶皇的回答的确让共工和柔水公主吃了一惊，虽然他们早知叶皇与叶帝之间的关系非同寻常，却没想到是孪生兄弟。

柔水公主见叶皇如此回答，不由得怔了怔，本来在生叶皇的气，但此刻却又怕共工怪罪叶皇，忙为之开脱道：“我知道这件事情不关你的事。”

叶皇不置可否地笑了笑，轩辕也笑了笑，共工并没有出声，但轩辕突然想到了另外一件很重要的事情，禁不住出声问道：“刚才共工说叶帝很快就要离开共工集，这个消息可准确?”

共工和叶皇讶异地望了轩辕一眼，共工认真地道：“当然准确，虽然他做事很隐秘，但共工集终是我的地方，又有什么事情可以瞒得住我呢?”

轩辕脸色微变，心忖道：“那岂不是说，圣女的离去，你们也清楚地知道了?”想到这里，他又不禁暗自安慰自己，“不会的，我们如此精心的安排，共工氏族人根本就不可能知道，就算他们后来猜到也已经迟了。”

轩辕似乎没有料到与共工氏之争会是这样的结局，但这当然是好事。

走出共工寨之时，燕琼和褒弱在青云剑宗众高手的陪同之下，已在寨外不远处焦灼地等待着，此刻见轩辕和叶皇并肩行出，更有柔水公主诸人相送，不由得大喜过望。

轩辕心中不免有些感动，原来这么多人都在为他担心。

柔水公主不禁有些惊异地望了望轩辕，只是因为轩辕的两位娇妻，便连共工氏的族人也为之眼红。

轩辕则坦然处之，并对叶皇开玩笑似的道："叶皇，有些事情错过了可能会后悔的，我希望你不要做可能会使自己后悔的事哦。"

柔水公主禁不住眼睛一亮，感激地望了轩辕一眼，这才抬头望向叶皇，极为认真而专注地盯着叶皇的眼睛，意味深长地道："他的话，你听到没有？"

叶皇不由得避开柔水公主的目光，低沉地叹了口气，似乎有些慨然地低声道："有些人有时候明知道会后悔，却仍然会作出后悔的决定！"

众人不由得为之愕然，轩辕似乎是第一次认识叶皇一样，听到叶皇这话，他实在无法将此刻的叶皇与有邑族人口中的传闻联系起来，竟然在美人如此提醒之下，仍冥顽不化，的确出乎轩辕的意料之外。

柔水公主的满腔热情一下子又全部熄灭，不禁又有些气愤地道："你这人简直是木头，是笨猪！"

众人又为之讶然，惊讶于柔水公主竟对叶皇的话反应如此强烈，燕琼和褒弱似乎明白了柔水公主与叶皇之间的关系，禁不住感到一阵惊讶。

叶皇没有说话，更没有反驳的意思，只是仰天嘘了一口气之后，淡淡地道："我们走吧。"

轩辕和众人又是一呆，像看怪物似的望了叶皇一眼，又望了望粉面铁青的柔水公主，干笑一声，道："好吧，我们先走了，公主不必送了，如果下次有机会，定会再来拜访！"

柔水公主不语，只是冷冷地盯着叶皇，良久，良久……

场中的气氛极为尴尬，也显得极为沉闷。

"我有那么讨厌吗？"柔水公主突地愤然开口道。

轩辕此刻也帮不上忙，他怎么也想不到叶皇会如此冥顽不化，幸亏此时共工不在场，否则气氛只怕会变得更糟。

叶皇避开了柔水公主那咄咄逼人的目光，又嘘了一口气，仍没有言语。

“叶皇，你怎么了?”连轩辕都为叶皇着急起来。

“好你个叶皇，本公主告诉你，我缠定你了！你越烦我，我就越缠你!”柔水公主倔强的脾气也来了，恼怒地冷笑着，同时向一干族人道，“走!”说完一扭头大步向共工寨行去，唯留下愕然的轩辕和一脸阴郁的叶皇。

“你今日是怎么了?”轩辕也有些恼火地向叶皇质问道。

“我们走吧!”叶皇并没有回答轩辕的话，只是极为平静地道。

轩辕一阵错愕，也气恼得无话可说，苦笑道：“我算是服了你。”

“我估计，叶帝定是已经猜到圣女诸人离开了共工集，是以，他们才会快速地离开这里。”轩辕分析道。

“那我们是不是需要立刻赶上去与圣女会合?”褒弱提议道。

“这当然是需要的，只是我们的行踪也同样需要保密，否则的话，也等于泄露了圣女等人的踪迹，而且我们的速度必须快，因此我想把琼儿和弱儿留在青云剑宗，以减少我的后顾之忧。”轩辕吞吞吐吐地道。

叶皇和诸人大感意外，二女更是为之色变，全都不语。

轩辕有些无奈地望了燕琼和褒弱一眼，略带歉意地道：“这一路上实在是太过辛苦，也不知道会遇到什么样的凶险，我不想你们跟着我去冒这个险，我之所以不让你们跟圣女一起走，也是这个原因。你们是我轩辕的女人，因此，我不希望有任何人或事物伤害你们，希望你们能够理解……”

“如果你将我们当作你的女人，就应该让我们与你共同分担所有的危险和痛苦，我们不怕危险!”褒弱断然打断轩辕的话。

轩辕一怔，道：“你所说的当然有理，但有些时候却不能意气用事，如果能够不必涉险，自然是不去涉险的好，而且应看时局而定，这一路上，我们只能急于赶路，实在无法分出太多的精力来照顾你们。因此，我想让你们先在这里住上一段时间，等我送圣女到了有熊族后便来接你们，或是到时候让青云剑宗的人送你们前去会合，那岂不是更好?”

燕琼显然是一百二十个不乐意，但却不敢违拗轩辕的决定，褒弱显然对轩辕的决定有些生气，不由道："我又不需要你照顾，我自己可以照顾自己，不就是打不过你吗？但你也别小看了我们女人的力量！"

叶皇终于出声道："阿轩并不是小看女人的力量，而是说的是实话，如果你们想让阿轩缚手缚脚的话，那我们就一同去吧！"

褒弱和燕琼真的不再言语，连叶皇也不帮她们，那她们只好不语了。

轩辕有些不忍地将两人搂得紧了些，柔声道："我知道你们的心思，但这并不只是关系到我个人的使命，如果只与我自己有关，我何不带着你们一起远行？只是我还必须对圣女他们负责，更不能在途中出现半点差错，所以我才决定将你们留下，多则一年，少则半载，我一定会来接你们！我已经与青云前辈讲好了，他愿意收你们做弟子！"

"啊……"褒弱和燕琼听到轩辕这句话，着实吃了一惊。要知道，在青云剑宗之中，能够得到青云亲传武功的人便只有几大长老，其他的人根本就没有这个荣幸，而青云的武功之高实是褒弱和燕琼所向往的，如果能跟青云学剑，那将来定可以助上轩辕一臂之力。虽是短暂的分别，可意义却似乎极为重大。

叶皇深明青云的剑道之精，实已经达到绝顶之境，天下间能胜过他的人大概并不多，却没想到青云对轩辕竟会如此眷顾，连这个要求都已答应。不过，这是一件好事，那是不容置疑的，这样一来，一年后，轩辕就会又多出两位得力助手。

轩辕和叶皇极为隐秘地离开了共工集，知道的只有青云剑宗的几个高层人物。

两人所乘之物乃一张小木筏，所备之物，除了大弓之外，其他的全都是一些利于野外生存的物品，如特产于共工集的天麻绳，这是以一种奇草煮烂后晾干再搓成的绳子，绳子之坚韧和结实绝不下于牛筋，而轩辕的小木筏便是以这种绳子扎结而成的，绳子绝不会在水中腐烂，亦能够抗拒水底岩石的擦刮，这种筏子的质量绝对没有问题。

轩辕与叶皇每人都准备了三筒箭，包括猎刀、兽夹、长钩之类的必备之物，这一切都是配备极为精良的猎人所拥有的东西，也是青云剑宗为轩辕特意准备的。

黄河之上漂流的感觉很刺激，轩辕和叶皇尚是第一次尝试这种感觉，若非小木筏之上专门设了供扶手的短木柱，只怕他们也会被抛起来。筏子长两丈，宽一丈五。

两人之所以选择小木筏，是因为便于操控，轻巧灵便。筏身的造型极佳，虽不大，但对于叶皇和轩辕两人来说，活动范围也够大的了。同时，小木筏更显得刺激，由于体小质轻，经常给抛了起来，让两人大叫过瘾，如果是大木筏的话，就不可能体会到这种感觉了。

对于这汹涌的河水，轩辕没有半点畏怯，反而更有回归大自然之感，显得无比轻松和惬意，挥舞着手中的竹篙，左挥右点，在一块块突出的礁石边疾飘而过，两岸的树木飞速后滑，流水声、鸟鸣声、猿啼虎啸声，还有一些不知名的怪声杂乱无章，却又似乎有序可循，使得轩辕和叶皇心神大畅。两人轮流操纵小木筏，以他们的武功和眼力，这是极为轻易之事。

筏行四日，轩辕与叶皇皆是昼行夜歇，到了天黑之际，便将小木筏靠岸，在林间射猎为食，白天在筏上则只吃一些干粮，并非两人晚上不想行路，而是不能行。河水虽然已经缓和了很多，河道宽阔且没有对小木筏造成威胁的礁石，但轩辕并不只是为了赶路，而是为了找寻圣女诸人的下落。如果连夜赶路，只怕会错过圣女诸人，那岂非得不偿失？

这天，轩辕终于发现了圣女诸人在河边所留下的记号，但这却是两山相夹的狭谷之间，这是一种仅有轩辕和叶皇才知道的记号，对于外人来说，似乎是一堆毫无意义的乱石，更不引人注目，若非有心，定会错过。

是夜，轩辕和叶皇将空筏拉上岸，藏于灌木丛之间，便开始了寻找圣女的行动，而此地已经接近九黎之地，若再向东北方向漂流两日，便可流入渤海之中。

山林空寂，轩辕和叶皇的心头却蒙上了一层阴影，顺着圣女诸人留下的记号，终于找到了他们扎营之处。

不，不能说是扎营之处，只能说这里有扎营的痕迹，却并没有任何东西留下，也许有，那便是一片零乱的打斗痕迹。只要是稍有经验的猎人都会看出，这个地方曾经发生过极为激烈的战斗，才使得枝折树断，连灌木从都被斩断一片。

轩辕和叶皇可以清晰地发现一些留于树干之上的掌印，掌印之清晰，似乎是刻上去的，这等功力，连轩辕和叶皇也为之咋舌。当然，想在大树干上留下掌印，那很简单，但若想留下掌印而不损掌缘的一些木屑，却需要一种极为阴柔且霸道的气劲才行。

让轩辕心惊的，是这棵树的生机尽失，很明显可以看出，这棵大树之所以生机尽失，也全因这一掌。

这一掌究竟是谁击出的呢？是谁有着如此可怕的功力，如此阴毒的掌法？而这里是不是圣女等人曾经扎营的地方呢？那圣女又为何会不在此地？难道是被这神秘的凶手掳走？

轩辕和叶皇举着火把四处寻找了一遍，只发现了数具白森森的骨头，显然是尸体被虎狼之类的猛兽所食，这让他们心中的阴影更浓，也更沉重，二人似乎可以感觉到这几具白骨是属于自己兄弟的，但是……

轩辕不敢多想，但他却不得不想，因为他几乎可以肯定，圣女诸人再一次失踪了。而这次的失踪可能比上一次更为残酷，也更为可怕，置身于林中，有种危机四伏之感。

冷风瑟瑟，轩辕只得找一个可以容身的洞穴暂住，虽然他们也带了兽皮帐，却并没有宿于石洞之中安全，在这种原始而荒绝的林间，谁也不知道会有什么样的猛兽存在，而轩辕和叶皇又的确需要休息，养足精神去面对可能会发生的事情，白天在木筏之上东抛西荡也的确极累，而此刻圣女又失去了踪迹，那暗记也就此而断，使得轩辕有太多的问题可想。

叶皇一直都保持沉默，事实上，他也找不到什么话好说，如果一切都是事实，说话也无法解决问题，不过他相信轩辕会有所安排。

四更将尽，五更未至之时，轩辕突然被一阵愤怒的怪吼给惊醒，此刻他的疲惫尽去，精神极好，醒来之时篝火仍在燃烧，叶皇也早已醒来，显然是被这一阵愤怒的怪吼吵醒的。

“是猿人的吼叫声！”叶皇听了听道。

“还有一大群野狼！”轩辕也道。

“嗯。”叶皇点了点头，问道，“要不要去看看？”

“反正它们这么叫下去，我们也睡不着，不如去看看。”轩辕说话间迅速背起大弓和箭筒，提剑便向洞外行去。

洞外，篝火无法照到的地方显得极黑，在白天，像这样的大森林之中也不会很光亮，何况是在夜晚？不过，黑暗并不能对轩辕造成多大的影响，他的眼睛就像是那些野兽一般，在夜晚仍能清楚地看清周围的景物，这是连他自己也不明所以的事情，但也没有必要去深究其中的原因。

吼叫之声来自两百米处的一个小谷之中。

叶皇说的并没有错，那是一只受伤的猿人，而此刻已经遭遇数十头野狼围困，这才发出怒吼。

地上狼尸被活着的狼撕成了白骨，但这些吃了自己同伴尸体的野狼变得更为凶猛。

战场之上似乎极为惨烈，猿人那如同小山似的巨大身躯已经鲜血淋漓，但却无法突出野狼的包围，虽然被其撕裂击死了十多头野狼，却无济于事。

轩辕心中暗惊，以这猿人的力量可以撕裂虎豹，但狼群却似是它们的克星，这群古老而凶残的动物那种悍不畏死的斗志的确是值得佩服的。

“是一只落单的猿人！”叶皇望着那背靠着树干、高有丈余的大猿淡淡地道。

轩辕当然知道，这种猿人也是属于群居的，只有极个别的是单独行动，而这一只看来就是单独行动的，却不小心遇上了狼群。

受伤的猿人似乎也更为凶悍，两只巨大的长臂，对攻来的群狼威胁极大，但在猿人撕裂狼躯之时，便立刻露出了空门，而这时定会有数头恶狼趁机攻至，紧咬猿人胸腹、大腿，然后就像蚂蚁上树一般，数十头狼全都附在猿人那硕大如山的躯体上，如吸血蚂蟥般争先恐后地撕咬，等猿人再次挥动长臂来攻时，这群野狼立即知趣地跃开，一攻一退，井然有序，但却苦了猿人。

轩辕虽然不介意杀生，但看到这种血淋淋的场面也禁不住毛骨悚然，立刻想到那几堆白骨。

叶皇向轩辕望了一眼，他虽然没有轩辕那样的眼力，也将这血淋淋的场面看在眼里，更感到轩辕心里升起一股杀机。

“你要救这只猿人？”叶皇问道。

“不，我要杀尽这群野狼，也许那几具白骨就是它们的杰作！”轩辕想到那几堆白骨可能是叶七或花猛诸人的，心中禁不住升起一团狂热的仇根和杀机。

叶皇的眸子里也闪过了一缕杀机，那是因为他对轩辕的怀疑极为赞同，但在他决定大开杀戒时，轩辕的箭已经射了出去。

轩辕的箭极快，也准确得无可挑剔，他的眼睛根本就不受黑夜的影响。

箭发连珠，嗖嗖……一连四箭，没有一支箭偏离野狼的心脏。

对于山中猎兽，轩辕只是不想表现自己，在有侨族中，他一直藏而不露，但此刻却根本没有必要如此，是以，他放手射杀了。

“好箭法！”叶皇的赞赏声刚落，便听到几声野狼的惨号传了过来，那扑向猿人的几头狼全都一箭毙命，冲势未竭的尸体被猿人的长臂扫出数丈。

嗖嗖……轩辕不说话，一边大步向狼群逼去，一边拉弦射箭，叶皇在轩辕这种豪气的激发之下，也长啸一声，劲箭离弦而出。

那群野狼本来见猿人再也支持不了多久，攻势也就更为紧密，但突然又杀出两个死神般的杀手，狼群不由得阵势微乱，立刻有二十多头野狼掉头向轩辕扑来。

轩辕在射出第十一支劲箭时，狼群便已扑面而来。

轩辕长笑一声，将大弓向一根树枝上一挂，拳脚犹如奔雷一般，这群野狼根本就没有任何近身的机会，被拳击中的一定会脑浆迸溅，被脚踢中的，也会倒跌而出。

叶皇却不像轩辕，一开始他便出剑，他的剑快得连凶狼想逃也逃不了。

狼血奇腥，但却更激起了叶皇的杀机。

猿人突见来了救星，虽然并非同类，但也精神大振，怪吼连天，竟似与叶皇和轩辕的啸声相呼相应。

狼群开始撤离，对于真正的危险，这群山间的精灵极为敏感，更知道如何趋吉避凶。因此，它们不得不放弃眼看就要到口的食物，仓皇而逃，更不与轩辕、叶皇相对。

轩辕两人杀得兴起，虽然狼血满身，却也不怕腥臭，当他们击杀了跑在最后的一头狼再转身时，那猿人竟也跑得没有了踪影。

轩辕和叶皇不由得相视望了一眼，摇头笑了笑，心中却有一种解脱的轻松感，在血腥的刺激之下，那本来忧郁的心情竟变得轻松活跃起来，这一阵杀戮其实是一种发泄的绝妙方式。

轩辕嗅了嗅衣衫之上那腥臭的味道，心中苦笑一声，正要踏入山洞之时，叶皇突然拉了一下他的衣袖。

轩辕一怔，在叶皇停下脚步之时，便听见嗖嗖一阵弦响，劲箭自山洞之内暴射而出。

轩辕心中大骇，叶皇却已以最快的速度拖着轩辕向一旁滚开。

轩辕出剑，出剑并非为了挡箭，而是因为在他所滚过的方向多出了几条身影。

叮叮叮叮……轩辕出剑很及时，也准确无比地切断了那自暗处攻来的六支长矛，如果不是这样的话，只怕此刻他与叶皇已经被长矛刺出了几个血窟窿。

砰……噗……叶皇横腿一扫，那几名矛手全都立足不稳，仰面跌倒。

轩辕和叶皇根本就没有太多的时间去思考，更没有时间去分析这群人是怎样进入他们刚才所住的山洞之中，并做好埋状的，甚至连这群人究竟属于哪一路，与他们有何怨仇也不知道，一切的发生，都显得有些稀里糊涂、不明所以，但这些人想要杀他们，这是事实。

那一轮劲箭自轩辕和叶皇的头顶掠过，若非叶皇反应得快，只怕难以逃脱厄运。在险之又险的情况下，轩辕和叶皇已挺身而起，他们没有半刻停顿，在起身的刹那间，手中的剑拖起一道光弧，自下而上，毫无阻隔也毫不留情地各自切开了一人的小腹。

哧……一支不知自什么角度刺出的长矛在轩辕一扭身之时，刺破了他的衣衫，自他的腋下穿过。

轩辕一声低吼，手臂一紧，将这支长矛夹住，足下以无比快捷的速度踢出。

“呀……”那矛手一声狂号，在轩辕这愤怒的一脚之下，竟然腰折骨裂。

“去死吧！”轩辕再度暴吼，以腋下夹住长矛，手握矛柄，借腰肢猛扭之力，狂挥而出。

“呀……”长矛那坚硬的木柄与另外一名横向攻来之敌的脑袋一齐碎裂。

轩辕意犹未尽，将这碎裂的矛柄猛地贯出，同时一拉叶皇向刚才杀狼的那片谷地跑去。

“呀……”矛柄犹如利箭一般，结结实实地洞穿了一人的胸膛。

叶皇也立刻与轩辕配合，以其快剑割下攻至近前几人的脑袋，迅速向那谷地跑去，他们并不想久战。刚才他们抬起头来四顾之时，才知道敌人竟比想象中还要多，最让他们感到心惊的是面前的刑月——那个阴魂不散的刑月，所以轩辕立刻就想跑。

轩辕岂有不明白之理，以他们两人之力，欲与刑月七八十人硬撼，岂有胜算？唯一可做的事情便只有先避其锋，再另谋对策。

“别让他们跑了！”刑月似乎没有想到叶皇和轩辕如此机警，自己的精心布局竟仍然无法将轩辕和叶皇诱入包围圈的中心，反而让轩辕和叶皇连杀六七人，突围而出，怎叫他不惊不怒？也更坚定了诛杀轩辕和叶皇的决心！

轩辕头也不敢回，那些劲箭似乎全都是追着他的屁股射，若不是因为林子太密，只怕他和叶皇两人早成为刺猬了。

“有种的就来追吧，刑月老儿！”轩辕仍不忘向后喊了一句。

叶皇却惊呼起来，因为一张大网已从天而降，直向两人罩来。

轩辕也一惊，黑暗中他清楚地看清了这张大网的形状和拉网的四人，他们若想一下子脱出这张网的范围是根本不可能的。但人一着急，脑子也会转得更快，只听轩辕低喝一声：“托住我的脚！”

叶皇一愣，轩辕已经双手举剑冲天跃起，他立刻明白轩辕的意思，双掌平出在轩辕的脚底用力一拍。

轩辕犹如一柄带刺的弹丸一般直向网顶冲去，手中的剑幻成一道长弧。

“裂……”那张大网如何能够承受得住含沙剑如此强大的冲击力，竟然裂开了一道大口子，轩辕的身子借自身的冲力和叶皇一送之力，竟自这个裂口冲了出去。

“蹲……”叶皇在轩辕跃起之时，便已经知道会出现什么样的结果，是以当轩辕挥剑之际，他也选准角度，轩辕自裂口冲出后，他也相继而出，当那张大网尚未能完全罩落之时，两人在虚空中出剑，斜掠而过。

利剑并非刺向四个拉网的人，而是刺在一旁的树干之上。

轩辕和叶皇的身体全都悬于树干上，犹如灵猿一般借身子一荡之力，翻至树脊上，他们并不敢落足破网上，以防网眼缠住足踝。

一阵疾箭追射而至，全都钉在轩辕和叶皇刚才落脚之处，也就是此刻轩辕与叶皇身子所在的另一面，险之又险。

轩辕和叶皇惊出了一身冷汗，双腿在树干上一撑，倒射而出，又与刑月诸人拉开了一些距离。

轩辕再不敢开玩笑，全神贯注地审视着四周的环境，每一点细节都不敢漏掉，甚至连回头放箭都不想，只是希望再跑远一些，离开这个遍布陷阱的地方。

当两人摆脱刑月的追踪时，已是五更之后，天空已经微显鱼肚白，这当然并不影响轩辕的视线。

“他娘的，这老儿可真快!”轩辕将身上那沾满了人血和狼血的衣衫一脱，扔入一条小溪中，大骂道。

叶皇也嘘了一口气，脱下满是血迹的衣服，却没有说话。

“我们快把衣服洗干净，否则这老儿定会跟着这股血腥味找到我们!”轩辕自己也跳到溪水之中，将沾血的衣服揉了起来。

“他怎么会这么快就跟上了我们呢?”叶皇心中充满了疑惑。

“谁知道……”说到这里，轩辕突然一顿，接着道，“快，我们去上游的地方看看是否有他们的筏子，奶奶个儿子，我们的东西全被他们弄丢了，咱们也去将他们的筏子捣个稀巴烂!”

叶皇的眸子之中也升起一股狂野的斗志，狠声道：“不错，要让他们看看咱们的厉害!”

轩辕将湿衣服拧了一下便搭在身上，杀气上涌：“走!”

天已渐亮，太阳仍未升起来，露水甚重，幸亏没有结霜，但寒意甚浓。

黄河，浪涛依旧汹涌，拍岸之声依然动人心魄。

刑月的大木筏共有十张之多，而且每一张长达四丈、宽约三丈，这些大木筏全都串在一起，便像是一个巨大的平台。大木筏之上居然还有帐篷，也有巡逻之人，戒备极为森严。

轩辕禁不住对叶皇苦笑了笑，低声道：“他们可比咱们气派多了，竟用了这么多的大木筏，即使载两百人也没有问题。”

叶皇也有些无可奈何：“照我看，这些大木筏上至少还有四五十人之多，我们只怕讨不到半点好处!”

轩辕点了点头道：“这之中还有很多高手，咱们只好收心了。不过，既然来了，就要闹上一闹，也不在乎多杀这么几个人吧!”

叶皇肯定地点了点头，他完全赞同轩辕的主意，杀一个少一个，杀两个少一双，自然是对自己有利了。

“如果给它放上一把大火就好了!”轩辕若有所思道。

“没用的!”叶皇也笑了笑，回应道。

轩辕不由得摇了摇头，他岂有不知之理？这种大木筏虽然能烧，但绝不是一时间可以点燃的，即使以外物引燃它，也会很快被扑灭，根本不可能在水中让它们燃起来，是以轩辕刚才所说的话，只不过是一句牢骚之语，并不想真的用火攻。

“刑月!”叶皇的眼角处出现了一列人影，迅速向大木筏这边移来，显然是因找不到轩辕两人才折返而回的。

第二十九章　刑月尊者

轩辕的脸色也微微变了变，手掌稍稍用力，折断一根枯枝，扭头向叶皇道：“咱们就向他们开刀，奶奶个儿子！不信玩不过他们！”

叶皇见轩辕一脸杀机的样子，不由笑道：“以咱们的速度，想要他们并不难，咱们就来耍耍他们也好！”

轩辕向百步外的刑月望去，突见刑月也向他这边望来，不由得吃了一惊，忙收回目光，低声道：“这老儿好厉害的功力，他竟似乎觉察到我们的存在！”

“事不宜迟，先下手为强！”叶皇认真地道。

轩辕也觉得有理，大弓一竖，在长长的矛草丛中，大弓犹如一根枯萎的灌木，在远处根本就无法辨认，叶皇也不客气地张弓搭箭。

嗖……一支劲箭在轩辕尚未射出手中之箭时已经先一步向他的藏身处射来。

轩辕大骇，弦一松，手中的箭也飞射而出。

叮……两支劲箭竟在虚空之中相交，同时跌落。

叶皇哪敢怠慢，迅速连射两箭，轩辕身子一滚，指间剩下的三支劲箭也飞速射出，所取的目标并不是刑月，而是那些喽啰们。他自然知道，以自己的箭，根本就不可能射伤刑月，与其浪费箭支，倒不如多给对方造成一些伤亡。

刑月也开弓连续射出数箭，虽然不能射伤轩辕和叶皇，但却逼得轩辕和叶皇不得不现身而出。

刑月身后的那群喽啰的队形顿时大乱，只因轩辕和叶皇那几支必杀的劲箭。

“走!”轩辕低声轻喝道，他知道自己两人必须立刻走，否则若想脱身的话，只怕很难，刑月的可怕比他想象中更甚，居然能相隔百步之遥而感应到他们两人的存在。

轩辕知道，是自己刚才不小心将杀机通过眼神送了出去，这才引起了刑月的注意，能够在百步之外感应到对手气机的人，其功力绝对比轩辕高。对于这一点，轩辕还是有自知之明的。

叶皇在轩辕叫出“走”之时，便迅速掠起，向密林深处逃去。

箭雨如蝗而下，落在轩辕和叶皇最初伏身之处，刑月身边的人立刻开始反击，幸亏轩辕见机得早。

“刑月老儿，再见!”轩辕掠身而起之时，仍不忘向刑月挥手告别，不过却引来了刑月致命的一箭。

这一箭自轩辕的耳垂之下擦过，若是轩辕的脑袋移慢半拍，那么此刻只怕便成了一具尸体，不过仍将耳朵擦破了一块皮，只吓得轩辕冷汗直冒，迅速自矮木之间穿行。否则，只怕会被刑月射个对穿，那可就不好玩了。百步的距离刚好是最佳的射程，大弓也最易发挥其作用，因此，这些劲箭的威胁性极大。是以，轩辕和叶皇的行动只能用仓皇逃命来形容。

轩辕心中苦不堪言，如果照这样下去的话，不仅找不到圣女的行踪，只怕他自己也会如老鼠一般受到无穷无尽的追杀。

刑月绝对不会放过他，这一点轩辕心中很明白，不过也没有办法，谁叫他当时没能杀死刑月，以至于给对方留下了这样一个报复的机会。而刑月能够如此快地追来，最大的可能便是他早已将造好的大木筏藏于那条地下河之中，只要一发现轩辕诸人顺水而去，便立即跟来了，而他对十张大木筏也肯定花了一番时间，是以在圣女匆匆离开之时，他还来不及监视河面，因此也并不知道圣女实际已经早两天就出发了。抑或是因为圣女出发之时，大木筏也是藏在那条地下河之中，所以刑月没有发现。不过，这一切已经不再重要，如今圣女已失踪，刑月又带人追杀了过来，这对于轩辕和叶皇来说，的确不是一件好玩的事。

所幸，轩辕和叶皇的速度比刑月诸人都要快，又是提前起步，这百步之差并不是一个小距离，在山林之间，则更容易甩掉敌人。不过，对于刑月来说，如果顺着断枝进行追踪，也不是一件难事。只是，他又不得不顾及轩辕和叶皇那神出鬼没的暗杀，在没有任何把握的情况下，刑月也不敢轻举妄动，他自然不会忘记曾经伤在轩辕拳下的事，那可是货真价实的一拳。

刑月并不知道轩辕那一拳根本就不是自己功力的体现，而是体内的潜能被激发之时才能够发出的。所以轩辕那一拳只能算是神乎一拳，并不是随时随地都可以发出的。不过，刑月并不知道实情，是以他并不敢与轩辕正面交锋，也不想去冒这样的险，至少在援兵赶到之前，他根本没有必要冒这个险。

直到日上三竿之时，轩辕和叶皇才敢肯定已经摆脱了刑月的追踪，至少一时半会不会追来。但两人经过这一阵猛跑，也累得够呛，在一条小溪旁喝了几口山泉，倚于一块石头上直喘粗气。两人速度极快，这一阵猛跑至少已跑出了近百里路，此刻连他们自己也不知道身在何处了，禁不住相视苦笑。同时也感到肚子实在饿得厉害，于是就地射下几只鸟来，烤熟饱食一顿。

轩辕并非没有想过在林中进行暗袭，以阻止刑月的追杀，不过，他却有更重要的事必须去做，那就是查出圣女的下落，然后再慢慢找刑月算账也不迟。如果主次不分的话，可能会导致其他变故，那就麻烦了，毕竟解决有些事情宜早不宜迟。

不过，一旦停住身子，轩辕和叶皇顿觉一阵茫然，又该去哪里寻找圣女等人的下落呢？又是谁将圣女诸人掳走了呢？这本来就是一件茫无头绪的事情，且此刻轩辕两人又无援兵，更没有人能够相助，只能依靠两人的经验在原始森林之中摸索，这的确有些残酷。

“我们现在该怎么办？”叶皇问道。

轩辕抬头望了望天空，无奈地道：“我也不知道该怎么办，先在这附近探听一下消息吧，要么凶手是这附近的部落中人，要么凶手乘着大木筏离开了这里！”

“对了，我们何不去河边找找圣女留下的筏子呢？也许他们的筏子仍在这里呢!”叶皇提议道。

“在这里又有什么用?就算圣女的大木筏在这里，敌人也有足够的力量将它们运走呀。”轩辕无可奈何地叹了口气，举目四望，突然道，“走，我们到那高山顶上去看看附近是否有什么部落。”

叶皇顺着轩辕手指的方向望去，果见不远处有座插入云霄的高山，立时赞同道:“好吧!”

山间林木稀疏，但每株都极为粗壮，古藤密布，却并不令人感到阴森。

山峰极高，登上山顶，已经到了正午时分，虽然山间的风景极美，但轩辕和叶皇却没有一点心情欣赏，二人心中所记挂的始终是圣女诸人的下落。

山风轻吹，轩辕和叶皇顿觉疲劳尽去，神清气爽，对着正午的骄阳伸了个懒腰，这才相视望了一眼，目光投向脚下的远山之时，又觉豪气上涌，那种万山臣服于脚下的感觉的确很爽。

黄河之水如一条玉带横躺于远山之间，四处都是一片林海，几乎看不到边界。而密林似乎将一切都遮掩于阴影之下，此时的轩辕倒真想放上一把大火，将这片无边的林海烧个精光，那样敌人就无所遁形了。

叶皇极目远眺，却没有发现有部落存在的迹象，不由得有些丧气。

轩辕只得再次改变 下方位，跃上一堵陡崖之顶，再次极目远眺，仔细地寻找着四面八方每一点可疑之处。

“叶皇，你来看看，那里是不是一处小湖?”轩辕在崖顶唤道。

叶皇一听，忙几个纵跃，也攀上了崖顶，顺着轩辕手指的方向望去，果见一点反光，但那应该是山下二十里之外的地方，四面的景象大概就只有那一点反光可疑些。

“好像是一处小湖，可是这又能怎样?”叶皇疑惑地问道。

“如果那是一处小湖就对了，我看到了湖畔有青烟升起，肯定有人居住。你看，那点闪光只有那么小的一片，而且被一座山给挡住了，如果我们去那座山看看，肯定会更清楚。”轩辕为自己的发现感到一阵兴奋。

叶皇再仔细观察，却并没有见到什么青烟之类的，其他的却如轩辕所说，并没有什么差别，也跟着提议道:“那我们就去那座山上看看吧。”

轩辕心中极为兴奋，他的直觉告诉自己，猜测的应该不会错，轩辕向来都极为相信自己的直觉，因为他的直觉很少有误。不过，当轩辕和叶皇转身的时候，却呆住了。

使轩辕和叶皇怔呆的原因是崖下竟无声无息地出现了十多个装束极为怪异的人。

怪异的其实也并非这些人的装束，而是这些人的手臂。

每个人的手臂极长，犹如大猩猩一般垂到了膝部，直立起的身子虽然不过五尺左右，但这种不成比例的长臂却显得极为古怪。这群人皆以兽皮包裹住下身，手持一支闪着幽蓝色光彩的长矛。

轩辕和叶皇相互打量了一眼，都看出了彼此心中的惊骇，这群人竟能在他们毫无所觉的情况下走近，除了手脚轻灵之外，另一个可能就是这群人的功力极为了得，但两人却不知道这群人是敌是友。

“咕叽哇……”一个看似这群怪人的头领站了出来，用矛尖遥指着轩辕和叶皇两人，说了一大堆古里古怪的话。

轩辕和叶皇相视摇头，都表示一点也听不懂对方在说什么。

“你在说些什么？”轩辕不由得居高临下地问道。

那怪人头领似乎呆了一呆，也茫然地扭头向自己身后的那群族人望了一眼，显然他亦听不懂轩辕在说什么。

轩辕和叶皇不由得好笑起来，不过，他们却知道这群人绝对不是刑月的部下，而应该是当地的某个部落之人，只要不是刑月的人追上来了，想来应该还不会有多大的麻烦。

“呜呜叽咪……”那怪人头领脸上显出了一丝愠怒之色，又莫名其妙地讲了一大堆轩辕和叶皇根本听不懂的话。

“我听不懂你们在说什么。”轩辕在崖顶一边说话，一边打手势。

那怪人头领似乎看明白了轩辕的手势，也不再说话，只是比画着让轩辕和叶皇走下崖顶。

轩辕和叶皇感到莫名其妙，却不明白对方为什么定要让他们下崖，但此刻二人也并不想在崖顶多待，因为他们想去另一座山上看看那处小湖周围究竟藏有什么样的玄机。不过，他们也不会放过这群神秘的怪人，很有可能这群神秘的怪人也是掳走圣女等人的元凶。因此，轩辕两人下崖问清楚是极有必要的。

“你们想干什么？”轩辕下崖后刚一发问，便知是多此一举，因为对方根本听不懂他的话，但叶皇却出剑了。

叶皇并不想出剑，但却不得不出剑，因为这一群怪人在两人刚走下崖顶之时，便迅速围攻过来，十多支利矛毫不留情地刺杀而至，像是见到了有着深仇大恨的敌人似的，这也是轩辕出口相询的原因。

叮叮……叶皇出手，轩辕一个倒翻，已贴在背后的崖壁之上，心中大怒。

那十多个怪人的力量似乎极大，叶皇竟只能挑开五支长矛，仍有八支长矛向其要害刺来。

叶皇吃了一惊，身子微闪，也退后跃起，与轩辕并排而立，轩辕的脚下却踢起一块大石头，向那几人撞去。

那几人一声怪啸，挥矛即挑，竟将石头击开，同时也向轩辕和叶皇的立身之处攻来。

轩辕心中的杀机也禁不住大起，这群怪人说打就打，简直有些不可理喻！而且一出手就是致命的打法，那一支支矛头肯定被涂上了剧毒之物，否则也不会泛起这种幽蓝的光泽，如果被刺中的话，只怕用不了多久便会毒发而亡。

轩辕大怒出剑，突破层层气旋，直迎这群怪人，叶皇也身子一弹，居高临下挥剑下击，在身形弹起之时，也不忘学轩辕的样，踢出一块石头。

这群怪人哇哇大叫着舞动手中的长矛，竟然阵势井然，只不过他们遇到的却是轩辕的含沙神剑，这些以硬木作柄的长矛根本就不够砍。

铮铮……轩辕的剑如同摧枯拉朽地划过，这一群怪人手持的长矛立刻被削断一截，当众怪人一愣之时，叶皇的身子已经如苍鹰扑兔般洒落满天的剑花下压而至。

这群怪人似乎被叶皇的气势所慑，身形迅速后移，挥动着一截断矛向头顶迎去。

轩辕却一声低啸，身子一缩，就地一滚，迅速出腿，在他的眼里看来，这些人的破绽所在便是腿部。因此，他专攻这些人的腿。

“噗……”轩辕趁乱准确地踢中两人，这两人怪叫着向一边飞跌而去，但轩辕的第三脚却被另一人给抓住。

轩辕只觉身形一轻，偌大的身躯竟被对方轻而易举地提了起来，而且对方还是一只手。大惊之下，轩辕以被那人抓住的右脚为中轴，飞速旋击，整个身子在空中一扭，左脚划过一道电弧，直击对方的头脸。

噗……那怪人的手臂不仅长，而且速度奇快，在轩辕旋身之时，似乎早就料到了轩辕这一招，是以稍一抬臂，手肘竟比脑袋还高，轩辕的这一脚只得踢在对方的手肘之上，无功而返。

哧……轩辕的左脚迅速落地，叶皇的剑却斜刺而至。

那怪人正准备用力撕开轩辕，但叶皇的剑已经不容他有半点空闲去对付轩辕。因为他已经失去了长矛，又怎敢以血肉之躯格挡叶皇这快绝至极的一剑呢？因此，他唯有放弃撕开轩辕的念头。

轩辕虽觉右腿一轻，但却迎来了四支没有矛尖的长矛。

这些人似乎极懂得乘虚而入，把握时机极准，此时正是轩辕力道用老之时。

轩辕无奈之下，只得再次就地一滚，心中有些后悔刚才不该自下盘攻击这群长手怪人，以这群人过膝的长手，足以护住脚下的任何方位，比普通人的活动空间大多了。而轩辕仍以普通人的打法去衡量这些人，自然要吃亏了，使得此刻先机尽失。

叮叮……轩辕在贴地一滚之时，手中的剑依然将自己护得密不透风，那几支长矛却只是刺在地面的石头之上。

轩辕迅速弹起，脑袋重重地撞在那正与叶皇交手之人的背上，只撞得他退出十数步，才以手撑稳住身子，叶皇也顺手斩下了一条长臂。

那个怪人头领见轩辕和叶皇如此凶悍，也迅速出手，在他出手的同时，嘬嘴一声长啸。

长矛若乌龙一般直捅而出，杀气如潮，无可遏制地罩定轩辕的全身。

轩辕着实吃了一惊，这怪人头领的功力之高确实不容小觑，而且矛法极精，不过他没有半点思考的余地，对手也不会给他任何思考的余地。

矛尖，鼻尖，已于同一线之上，轩辕不得不侧身出剑，剑快，矛亦快！当轩辕的剑即将与矛尖相对之时，矛头突转，抡成一道弧线，直勾轩辕的腹部，不仅如此，更让人心惊的却是矛头突地加速，原来是这怪人头领的长臂推尽。

怪人头领长臂推尽，矛头自然便会陡地快出两尺之距，这两尺却是致命的距离。

铿……轩辕无法可想，只得一转身形，那快捷无伦的一矛刺在轩辕肩头的大弓上。

轩辕身子一震，肩头被震得发麻，但值得庆幸的是大弓也极为坚韧，居然未被刺断，同时也救了轩辕一命。

怪人头领一矛刺在大弓上，立刻便知道不妙，不过他尚未来得及变招，轩辕的剑已斩断了矛身，剑式犹如大江倾泻一般直卷向对手，紧紧罩住怪人头领。

轩辕真的怒了，剑下毫不留情！

怪人头领矛头一断，手中的矛柄仍如乌龙一般直捣轩辕的胸腹，没有丝毫的畏怯。

轩辕对这样一击根本就不在意，甚至感到有些好笑——居然有人以钝木对利剑。

哧……轩辕的剑毫无阻隔地劈开了矛柄，正待顺势割断对方的手指之时，怪人头领竟将裂成两半的矛柄一扭，沉沉地夹紧了轩辕的剑。

轩辕只感到一股巨大的力量旋扭而至，似乎就要夺下自己的剑，禁不住吃了一惊，不过，他并不是一个易与之辈。

矛柄一扭的同时，他的剑也同时跟着旋转，依然呈劈切之势掠向对方的手指。

怪人头领似乎没有料到轩辕随机应变的本领竟如此之快，等他反应过来时，只感手指一阵冰凉，竟随着矛柄的裂开而坠落地上。

轩辕却没有一点高兴的情绪，只是向叶皇发出一声惊呼道："走！"

那怪人头领一声怪叫，在轩辕的剑式相逼之下仓皇而退。

轩辕挥剑再次逼开自侧面攻来的几人，与叶皇并肩向山下飞逃。因为他看到了又有数十个长臂怪人迅速向山顶上涌来，显然是听到了刚才怪人头领的一声长啸所致。

叶皇其实也已经发现了这群怪人的援兵赶来，是以他也不敢稍作犹豫，这十多个长臂怪人便已够让两人头大的了，若再来这么一群人，那他们唯有死路一条。

“哇叽，哇叽……”怪人头领一阵怪叫，似乎在吩咐同伴抓住叶皇和轩辕，只是轩辕和叶皇却是一句也听不懂。

轩辕和叶皇暗暗叫苦，这群怪人似乎个个力大无穷，而且手脚并用，其速度就像山间疾奔的猿猴，跳跃之间似无章却有序，绝对没有丝毫的混乱，一些怪人的手中还拿着弓箭之类的，借着树枝和树干迅速交换手臂，移动身形向轩辕和叶皇拦截而来。

叶皇也大为惊异，这群长臂怪人竟是如此奔行的，不过，这样奔行的速度的确极快，而且十分利落。

轩辕和叶皇有些莫名其妙，不知道自己何时招惹了这样一群怪人，换来他们这般狠命追杀。所幸的是轩辕和叶皇的速度本就极为快捷，此时运足脚力，全力施为，其速快逾电闪，两人终于未被这群怪人包围。不过，这群怪人似乎不追上他们誓不罢休，下山时的速度简直比野狼还要快。

轩辕和叶皇不仅要逃，还要躲过背后射来的毒箭，比之自刑月等人的手底下逃窜时更为狼狈。

下山之路的确不好走，轩辕和叶皇也不知道自己撞断了多少树枝，但却并没有摆脱这些怪人的追踪。

这群怪人不仅放箭，更将手中的长矛飞投而出，标杀轩辕和叶皇，不过也幸亏轩辕和叶皇身子灵活，因此这些长矛都没有命中目标。

登上这座山峰之时，轩辕和叶皇几乎花了一个上午，但下山之速却快得惊人，竟只半个时辰就到了山脚，可见二人逃命之时的速度是如何之快。

轩辕和叶皇做梦也没有想到会有今日这般狼狈的时候，一天之中竟逃了三次命，而且每一次都是别人追着他们的屁股打，这简直是奇耻大辱，但又无可奈何。

在平路上，这群怪人的速度似乎慢了下来，这是轩辕和叶皇心中暗自庆幸之事，但他们的高兴尚未维持一盏茶时间，便又心似霜冻，冰凉一片。他们居然发现刑月的人马已沿着他们上山的路线搜寻过来，这下子可真是前有虎后有狼。

“快伏下！”轩辕一拉叶皇，就地一伏，滚到草丛之中，而这时身后的怪人追兵已经出现在他们的视线之内。

“你射刑月他们，我射这一群怪物，记住，不要让他们发现我们的所在，哪怕射不中目标！”轩辕说话间，已经移至一棵古树之侧，搭箭便向冲在最前面的怪人射去。

那怪人追了这么久，都未见轩辕和叶皇反击，哪里料到这时会突然反击？而且他们也没有看到轩辕和叶皇的方位，等到发现有劲箭射来之时，已经有人中箭倒地。

叶皇也开弓连续射出两箭，箭箭命中目标，但他的身形迅速借树干的掩护伏下。

刑月放眼望去，却也不知箭自何处射来，但这时候，那追赶轩辕的众怪人却发现了刑月正在搭箭寻找目标。

这群怪人岂有不惧弓箭之理？刚才那一支暗箭如此准确地洞穿了他们同伴的咽喉，他们却并没有发现箭自何处射来，反以为是刑月的杰作。因此，众怪人此时见刑月又在寻找目标，便迅速向一棵大树之后藏去。

刑月本来已快找到叶皇刚才射箭的位置，但那一群怪人身子向树后一藏之时，不可避免地带出了一些声响。

刑月想都没想，弦一松，劲箭便向声音传来之处射去。

“呀……”那怪人一闪身还没躲到树后，便已被刑月的快箭射伤肩头，发出一声惨叫。

刑月身边的一群人也似乎立刻找到了攻击目标，手中的劲箭一齐指向惨叫声传来之处，箭雨如蝗而出，几乎将那怪人钉成了刺猬。

众怪人见同伴居然被乱箭射死，不由大怒，也装箭齐发，向刑月等人射去，更同时发出怪啸引来自己的同伴。

轩辕禁不住向叶皇眨了眨眼睛，露出一丝得意的笑容。

叶皇也长长地嘘了一口气，他没有想到竟会出现这种结果，若非轩辕急中生智，只怕这时两人已如堵在水管中的老鼠了。此刻两群大敌竟狗咬狗，倒也有趣。

“我们不必动弓箭了，看戏吧！”轩辕身子平躺在草丛之中，以几块大石头和一棵古树作依靠，根本就不必担忧那些乱飞的箭会伤到自己。这也是一个极不易被发现的地方，那长长的杂草就是最好的掩护，不过轩辕的大弓仍然竖在草丛之间，手指间搭上了几支箭，只要有人发现，他就会立刻将之射杀，混乱之中，肯定不会有人注意到他们。叶皇也同样学着轩辕的样子，将自己缩身于一棵古树凹陷的地方，身形没于杂草之中，借着大石头为自己掩护，根本就不用担心刑月等人和众怪人的进攻。

那群怪人杀得哇啦哇啦怪叫，但轩辕和叶皇是半句也听不懂，却知道众怪人是极度愤怒了。轩辕听不懂，刑月诸人也同样听不懂，但此刻双方各有死伤，刑月身边的人已死了十余人，那群怪人也死伤不下十人。

刑月极怒，怒的是这群人的箭头和长矛之上都淬有剧毒，因此他的属下没有伤的，只有死的，他几乎杀红了眼，命令手下一气猛射，使得双方战局进行得如火如荼，只差点没把轩辕和叶皇的肚皮笑破。

刑月和那群怪人言语不通，连停战的命令都没有人能够商量。不过刑月却是战得莫名其妙，他从来没有遇到过这些对手，但众怪人却见刑月身边的人与轩辕、叶皇一样，是另类，还以为轩辕和叶皇就是刑月的人，因此悍不畏死地向刑月靠近，意欲搏杀刑月。

刑月也是如此，意欲占着人多的优势近身搏斗，杀尽这群长臂怪人。他并不知道这群长臂怪人的近身搏击也极为厉害。

轩辕和叶皇见两方人马都向中间靠拢，意欲大杀一气，那么他们两人的行踪难免会被发现，不由得忙以衣衫蒙住面孔，准备突然冲出去搏杀。不过，轩辕和叶皇的目标仍是刑月，只要他们两人能将刑月暗算了，那这一场仗可以说是取得最大的胜利了。因此，他们都在寻找机会，一个一击成功、足以致命的机会。

这是轩辕没有想到的，居然会有如此意外的结果，有如此好的机会，可算是因祸得福。只要击杀了刑月，那么这群鬼方的追兵很可能就对自己构不成威胁。

刑月极为小心，每前进一步都很小心，他对这群长臂怪人的毒箭似乎有些顾忌，而此刻已有二十多人死于毒箭之下，要想减少毒箭的威胁，就必须让对方的毒箭无法开弓，但他绝对没有想到轩辕和叶皇此刻正在等待着给他最为致命一击的机会。

看着刑月逐步靠近，轩辕的手心也在冒汗，他的紧张是不可否认的，这一击很可能关系到自己一生的命运，甚至连圣女诸人的命运也押在这一击上。是以，他绝对不能有丝毫闪失，绝对不能！

咝咝……轩辕听到一阵怪响，他的脸色不禁变了，因为他突然发现一颗几有碗口般大的蛇头自他身边古树上的一个洞中探出头来，那猩红的舌头一探一探的，发出了咝咝的轻响，那双幽暗而阴森的眼睛一动不动地盯着平躺在地上的轩辕，似乎只要轩辕稍有动静，它就会立刻进攻。

轩辕心中暗自叫苦不迭，如果是平时，这样的大蛇对他来说根本不在话下，但是在这要命的时候它却也跑出来凑热闹了。

轩辕心中不知将这条大蛇暗自诅咒了多少遍，但咒骂归咒骂，却又不能不面对事实。他感到了那阴冷的气流自蛇口之中喷在他的脸上，还有些腥臭之味，显然这是一条食肉蛇，吃人绝对不在话下，也不用置疑。

对于蛇轩辕并不陌生，只要你屏住呼吸不作任何移动，这条大蛇是不会发现你的存在的，但是如果你稍动一下的话，它就会发现你的存在，你就将面临它的无情攻击。很遗憾的是，轩辕根本就不能够丝毫不动，他必须要杀死刑月。

叶皇似乎并没有发现轩辕的窘态，因为他并没有注意轩辕的头顶，他的注意力全都在刑月的身上，只可惜刑月并没有给他任何机会，叶皇有几次可以伤到刑月，但他并不想让刑月再活下去。因此，他必须再找一个让对方一击致命的机会。

轩辕心中暗暗叫苦，刑月的身子依然在古树间纵跃，很快就可以给轩辕一个极好的机会，但轩辕却无法摆脱这条大蛇的窥视，好像这条蛇与他是前世的冤家一般，特意来破坏他的行动。面对这稍纵即逝的机会，轩辕咬了咬牙，他已经顾不了这么多了。

叶皇也发现了刑月很快就会给轩辕留下一个将其致命的机会，不由得将目光投向了轩辕，但却看到轩辕脸上那种极为古怪的表情。

轩辕也感觉到叶皇的目光投向自己，不由得又升起了一丝希望，忙向他使了个眼色。

叶皇顺着轩辕的目光望去，也吃了一惊，忙转移箭头，对准那条大蛇露在树洞外的脑袋。

轩辕终于松了一口气，知道一切已摆平，只要那个机会一到来，他就会向刑月使出无情的致命一击！而此时，长臂怪人也向中间紧靠而来，双方很快就可以短兵相接了。

大蛇似乎感觉到了轩辕那微小的动作，又自树洞之中滑出一尺多，就像是古树本身倒挂的粗枝。

叶皇没有动，但他绝对不会再让大蛇有任何动作，也就在此时，轩辕动了。

轩辕扬弓，一支劲箭电射而出，而此刻，刑月距他只有十步，不仅如此，还是以背侧对着轩辕的劲箭。

叶皇的箭出，是因为大蛇发现了自己的猎物，疯狂地攻下，而叶皇这一箭，准确无比地射穿了大蛇的七寸，分毫不差，大蛇那张开的口也就闭上了。

轩辕就地一翻，刑月毕竟是高手，那一支劲箭虽然只隔十步偷袭，但他仍本能地闪了闪身子，但终是抑止不住发出了一声惨叫。

轩辕的那支劲箭只射中了他的后肩，入肉七寸，这并没有出乎轩辕的意料，如果这样一箭便可射死刑月，那刑月也不足以使他有所顾忌了。是以，轩辕在身形滚出之时，刑月又在致命的射程范围之内，而此刻轩辕指间本就已扣好了三支劲箭，为这致命的一击作好了充分的准备。

刑月身边的高手扭头之时，却只见到那条大蛇的尸身自树洞之中滑出，等他们发现轩辕之时，轩辕扣于手中的三支劲箭已经全部脱手，追尾而上！

这一次，轩辕已滚至刑月的正面，而刑月重创的身子倚在树干之上，他做梦也没有想到他的敌人竟已潜至如此之近，而且就是他苦苦追踪的轩辕！在刑月的估计之中，他所中的箭是由那一群长臂之人射出的，是以忙将背部贴在树干之上，但这一刻却发现对手竟已滚到了他的面前，而且那致命的箭已直逼面门，想避已是不及。

“尊者！”刑月身边的高手一声惊呼，但刑月回应他们的却只有一声绝望的惨号，只怕他连做梦也不会想到自己居然会以这样一种方式结束生命。

轩辕也不得不佩服刑月，在这种情况下，刑月仍避开了两个要害，但遗憾的是，那两箭已将他固定在树干上，而第三支箭正中刑月的咽喉，透喉而过，钉于树干之上。

轩辕的身子这才重重落于地上，同时手中的大弓向疯狂攻来的鬼方高手甩去，随即贴地疾滚。

那张大弓拖起一阵锐啸，如一道幽暗的残虹，声势极为惊人。

“咚咚……”一簇劲箭钉在轩辕刚才落身之处，也有的自轩辕头顶呼啸而过，而此时轩辕的身子迅速翻至一棵古树之后。

嘣……轩辕甩出的大弓被人斩断，弹开之时两头的弓把竟刺伤两人。

叶皇的箭也迅速射出，两人的身形同时暴露在两路人马的视线中。

嗖嗖……轩辕吃了一惊，因为几支锋锐的长矛直向他掷来。轩辕再滚数丈，长矛重重地钉入了他身后的树干上。

轩辕大怒，甩手将背上箭筒之中的劲箭当暗器掷出，在那些人猝不及防之下，竟也伤了几人。

“走！”叶皇也将手中的大弓猛甩而出，一带轩辕的手臂，如鸟雀般升上一棵古树的横枝。

轩辕和叶皇犹如两只巨大的松鼠，快速地在树干上移动，当劲箭一簇簇地射来之时，两人又如滑翔的鸟，跃上另一棵古树的横枝，身形一荡再荡，那些长钩此刻还真派上了用场。而这时，长臂怪人已经与刑月的一干手下短兵相接。对于众怪人来说，他们对轩辕和叶皇的仇恨，还没有对刑月这些人深重。是以，众怪人根本不理会轩辕和叶皇，只是哇啦啦地与鬼方高手战成一团。

刑月的属下却对轩辕恨之入骨，但此刻刑月一死，似乎群龙无首，斗志大灭，连这群长臂怪人的攻势也抵挡不住，自然也就无法分出更多的人力去追击轩辕和叶皇了，他们只能望着轩辕和叶皇扬长而去，却无可奈何。只是到了最后他们仍不明白为什么轩辕和叶皇会突然出现在这里？而这些长臂怪人与轩辕、叶皇又是什么关系？更不明白这群怪人为什么要与他们莫名其妙地过不去？只是这一切已经不再重要，重要的是如何在这一场生与死的较量中取胜。

轩辕回头望了望刚才逃离的地方，深深喘了几口粗气，仍然心有余悸。

叶皇的情形似乎比轩辕好一些，只是肩头中了一箭，入肉三分，虽然算不得什么重伤，但此刻一停下身形，倒也疼痛难忍。

轩辕擦了擦身上的血迹，他没有叶皇那般利落的身法，是以他在身中一箭之后，更挨了一记飞刀，所不同的是，他所中的箭是来自长臂怪人手中的毒箭。

叶皇见轩辕流下的血也为殷红色的，不由得稍稍放下心来。

轩辕小心地拔下箭头，直痛得他龇牙咧嘴，但却没有哼出一声。叶皇却以刀子剜出肩头的箭头，整块肉地剜下来，也痛得冷汗直流，但他却被轩辕手中的箭头给呆住了。

轩辕手中的箭头泛着一层乌色的幽光，还有一种极为难闻的气味，分明是一支沾有剧毒的箭，但轩辕却如同没事人一般，怎不叫叶皇吃惊呢？

“你没事吧？”叶皇忙拉过轩辕，向轩辕肩上的伤口望去，急切地问道。

“好像没感觉！”轩辕摇了摇头，神色不变地回答道。

叶皇望着那自伤口处流出的鲜血，怔了怔，自言自语道：“的确没有中毒的征兆，可是这怎么可能呢？”

轩辕也松了一口气，有些欢喜地道：“或许我本来就不惧毒物也说不准呢。”

叶皇不由得一笑：“如果真是这样子，当然好得很！不过，现在也只能以这种方式来解释了，或许是你的体质特异，真的会百毒不侵。”

轩辕暗忖道：“难道又是那颗龙丹的功效？难怪当初鬼三如此想得到那颗龙丹，看来真是歧伯教导得对。如果真的百毒不侵，那就好了！”

“不管它，先去采些药，待会儿去那座山顶看看！”轩辕对叶皇道。

“不要在那座山头也有长臂怪人，那就麻烦了。”叶皇担心地道。

轩辕皱了皱眉头，他却不明白那群长臂怪人为何要攻击他们，而且还追踪如此之远，让他怀疑那群人是不是疯子。

“是不是那座高山有什么古怪，不准外人上山？”叶皇猜测道。

轩辕想了想，苦笑道：“也只有这么解释了，不过那群怪物的武功似乎很不错，还是小心一些，要是圣女被他们抓去了，那可就麻烦了。”

“我们要不要再上山一趟？趁他们与刑月的人战个两败俱伤时，我们定可以轻松很多。”叶皇提议道。

轩辕苦笑道：“我们总不能满山遍野一个洞穴一个洞穴去找吧？我们又听不懂他们说的话，而我们的话他们也听不懂，想抓个人带路只怕也是无甚效果！”

“那我们就跟踪那群怪人去找到他们的巢穴，其他的事情到时候再说。”叶皇道。

“这倒不失为一个办法，看来也只有如此了。关于那处小湖的事先放一会儿，明日再去查看好了。”轩辕赞同道。

于是，轩辕两人又悄悄回到了那杀得天昏地暗的惨烈场面，此时鬼方的士卒已开始撤退，但似乎死伤了五六十人，而这些长臂怪人也死伤了数十人。

地上到处都是残肢断腿，鲜血淋漓，让轩辕心惊的是，这群长臂怪人的手极为厉害，能将刑月的部下很轻易地撕成两半，一旦被他们抓住了足踝，那么这些被抓的人几乎没有可能逃脱被撕裂的命运。因此，地上不仅仅存在着鲜血、断肢，更有着五脏六腑，看得轩辕直想吐。

长臂怪人的群体似乎极多，虽然已经死去了数十人，但仍有人自山上陆陆续续地赶来支援，其中还包括吊着两个布袋似的乳房的女人，这些女人也同样凶悍至极，甚至比男人更凶悍，长矛刺出之际，两只松软的乳房必定在胸前晃荡着，这的确是一道怪异的风景，真叫轩辕和叶皇大饱眼福。只不过，这些女人并不漂亮，但那野悍更胜男人的作风却又有另外一种风情，她们的手臂和长臂怪人并没有两样。

长臂怪人见有女人来参战，斗志似乎更为高昂，杀意直逼得鬼方众高手喘不过气来。

轩辕和叶皇禁不住相视望了一眼，显然为这群长臂怪人群体出力的斗志给镇住了，不过仔细想一下也的确该如此，生活在这老林之中的部落，整天与猛兽打交道，就算不悍也会凶的。

第三十章　群邪无首

轩辕和叶皇心惊的只是长臂怪人如此众多，就算自己知道圣女在他们的手中，也只能智取而无法强夺。不过，轩辕和叶皇的心中却有另外一点疑惑，那就是在树干上留下手印的神秘高手，如果那神秘的高手也是长臂怪人中的一员，那可就更难办了。至少，那神秘人物的武功不比刑月逊色。

鬼方部的高手节节败退后，终于开始逃散撤离，在这一役中，他们的损失的确太大了。刑月的死使得群龙无首，这群人死伤一半，实力大打折扣，能否抓到轩辕、叶皇和圣女诸人已成了一个极为艰难的问题。因此，只有先撤离，然后再慢慢想办法。

长臂怪人追杀了十里，再诛杀了二十名鬼方好手，这才拖着战利品施施然回返。

而此时，轩辕却看到许多长臂老头、小孩都来将尸体全都搬上山，不管是敌人的还是自己同伴的，如同倾巢而出的蚂蚁，将一只只猎物尽数拖回山上。

轩辕和叶皇大感讶异，却不知道这群人拖走如此多的尸体是为了什么。不过，轩辕顺手捡了一张长臂人做的弓。

这是一张极为灵巧的弓，比轩辕所用的弓要小上许多。不仅如此，在弓与弦之间还有一根捅得对穿的竹管，竹管内外都极为光洁，显然可以看出，可以将劲箭头部套在竹管之间，然后射出。

叶皇似乎对这种弓并没有什么兴趣，但轩辕却极感兴趣。他还发现，有这样一根修整得极好的竹管，可以使箭矢的准确度更为精确，便连瞄准也轻松多了，抬起来随手可发，简易而具威胁性，即使从来没有用过箭的人，也能够很好地掌握其准确度。而且与他们的大弓相比，这种体形小的弓就显得更为方便轻巧，便于携带，是以轩辕拾了一张这样的弓。

轩辕两人跟踪到山上，发现长臂怪人竟是寄居于一个极大的山洞之中。

洞口成半月形盖在地上，里面黑乎乎的一片，似乎山洞是向下陷落一般。不过，有几人守在洞口之处，更在洞外不远处设置了一大排木栅和石栏，方圆十丈的树木全都砍得一株不剩，便连草也剪得极短，这就使得外人若想跟踪长臂怪人入洞，是完全不可能的。轩辕和叶皇不得不放弃跟着入洞的打算，而在洞口的四周寻找，看是否另有出口。

这样一个山洞，倒真让人想到是个蚂蚁巢，长臂怪人的寄居方式就如同蚂蚁，只是轩辕并不明白，长臂怪人为什么要把所有的尸体都拖回来？

他心中忖道："难道长臂怪人还如此好心，将尸体全部埋掉？"

"看！"叶皇一推正在细想的轩辕，指向山洞不远处的一条水流较急的小溪，低声道。

轩辕顺着叶皇右臂所指的方向望去，不由得直感头皮发麻，只想大吐一场。

原来，长臂怪人将所有尸体全都拖到小溪边洗净，将那些不是因中毒而死的尸体全部剖开，在溪水中冲洗之时，便像是清理鸡肚猪肠一般，神情悠然，望着极腥的血水顺着溪水流走，还在叽哩呱啦地说笑着。

溪边诸人分工各有不同，有的清洗尸体和内脏，有的拿着刀剃刮尸体上的汗毛，还有的将之剁成一块块，看样子竟是将这些尸体当成了美味佳肴。不过，这群尸体之中，并没有长臂怪人的同类，因为看不到长臂人的尸体。

轩辕想吐，叶皇却已经吐了出来，他们还没有想过，竟有这样一群怪物，如此去吃自己同类的肉，简直便如同野兽一般。或许这群怪物并不能算是人，其本身就是怪物。

"如果圣女在他们手中……"叶皇说到这里，竟不敢再往下继续说。

轩辕也禁不住打了个寒战，如果圣女是落在长臂怪人手中，那后果真的无法想象。

“不会，不可能，圣女不会落在这群怪物手里的！”轩辕使劲地摇了摇头，底气不足地道。

叶皇也禁不住心头一阵苦涩，因为实在没有人敢保证圣女不是落在这群怪物的手上。

轩辕突然肯定地道：“不会，如果昨日我们所探查的营帐真是圣女诸人的，那么圣女绝不会是落在这群怪物的手中！”

叶皇一愣，惑然地望着轩辕，讶异地问道：“难道你有什么发现？”

轩辕吸了口气，道：“如果那是圣女的营帐，那几具被野兽啃噬过的白骨不是我们的兄弟，就是敌人的，但在我估计之中，属于圣女身边之人的可能性极大。因为敌人绝对不可能没有死人，也绝对不可能会只死那么几人。由此可见，敌人定是将己方的尸体拖走了，而我们兄弟的尸体则暴尸荒野！”话说到这里，轩辕和叶皇的眸子之中爆出两缕杀机。

轩辕顿了顿，又道：“野兽敢啃食的尸体，那定是没有毒的，而依照这群怪物的习性，又怎会放过几具无毒之尸？他们肯定会将之拖回巢穴，或是就地解决，但尸体上所留的痕迹都是野兽留下的齿痕。因此，我断定圣女的失踪并不是这群怪人所为！”

叶皇想了想，又将目光投向小溪边，觉得轩辕的分析不无道理，虽然有点自我安慰的成分夹杂其中，但却也可以真的让人心情稍安。

轩辕也将目光在小溪边扫了一遍，心中暗自庆幸没有将燕琼和褒弱带过来，否则只怕这种场面会让她们一辈子也无法忘记。

“我们还要在这里待下去吗？”叶皇向轩辕问道。

“我想是没有必要了！”轩辕扭头望了望快落山的太阳，又道，“我们还是去那个小湖边看看是否有所发现吧。”

叶皇想了想，点了点头，又向小溪边狠狠瞪了一眼，低语道：“我真想过去将他们全都杀了！”

轩辕苦笑道：“我们还是早些离开吧！”

黄昏的缩影之中，山下的湖泊似乎更多了一种脱离世俗的美，晚霞倒映于湖面之上，有种说不出的凄艳。

轩辕和叶皇的心神有些激动，因为他们发现在湖心有一座石头筑起的堡垒，而湖的四周也似正在建造石墙。

山下是一片谷地，依湖而成的谷地，轩辕和叶皇甚至可以看到谷底那一群正在劳作的人。

这是一群奴隶，应该是这样，否则怎会活在皮鞭之下？在谷地之中也有一群并不怎么干活的人，这群人手中却是紧握着皮鞭，驱赶着那群苦干的人。

叶皇在注视谷中的一切时，突然间似乎意识到了什么，忙抬起头来，而轩辕也向他望来，他立刻明白了轩辕也同样意识到了这很重要的一点，于是两人同时转身。

“如果你们再动一根手指头，我保证可以立刻将你们射成刺猬！”说话者是一个面目阴冷、一袭黑衣的老者，也是轩辕和叶皇转过身来最先见到的人。

轩辕和叶皇禁不住相视苦笑，他们实在太过大意了一些，既然山谷之下是一个奴隶耕作的大本营，而这山头又可俯览山下景象，这奴隶主又岂会不派人驻守这片山头？但当他们意识到这一点时，已经太迟了。

至少有二十张强弓对准了轩辕和叶皇，这是他们目光粗略一扫得出的结果。

“这些人的箭法可以射死五十步外的蚂蚁，想来也不用我多说什么，乖乖地放下身上所有的兵器束手就擒吧！”那老者似乎微有些得意，向轩辕和叶皇道。

轩辕和叶皇心中骇然，但仍故作镇定地道：“我们是山中的猎人，只是到这里来打猎的，咱们无怨无仇，你们又何必如此相对呢?”

“哦，是吗？你居然是这里的猎人？那可就奇怪了，这方圆百里内居然还有猎人，看来是老夫的失职了！”那老者阴阴地笑了笑道。

轩辕和叶皇不由得再次暗自吃了一惊，问道：“你们究竟是什么人?”

“这话应该是我问你们才对。”那老者阴狠地道。

轩辕和叶皇涌起一阵无奈，他们感到这个老头绝不是好惹的。不仅如此，面对二十张强弓，两人也不知道该如何应付。不过，唯一值得庆幸的是，这群人并不像那群长臂怪人，想来应不会吃人。

“对了，乖乖地放下手中的兵器!”那老者见轩辕抛下了手中的兵刃，不禁露出了一个得意的笑容。

叶皇有些惊讶地望着轩辕，他也明白眼前的局势只能够走一步算一步，哪怕是委曲求全，也是无可奈何的事，于是只得跟着轩辕抛下身上的大弓，再缓缓地解开腰间的剑。心中不由得暗自苦笑，这张大弓才拾来不久，此时又要丢掉，真是不知是何道理，或者这本身就是一张倒霉的大弓吧。

“看来今天是要走霉运了！不过，我想知道，你们会把我俩怎么样呢?”轩辕耸耸肩，有些无可奈何地问道。

“看你们两个块头不小，相信一定可以多搬几块大石头!”那老者嘲弄着冷笑道。

“搬石头?”轩辕不由得将目光向山下投去，心中禁不住打了个战。

“那你认为你除此之外还可做什么?”那老者满脸不屑地反问道。

叶皇见那老者如此一副表情，简直恨不得将他的脑袋捏扁，不过却知道此刻绝对不能随便乱动，否则将可能面对致命的攻击。

轩辕心中不断地盘算着，这群人显然与长臂人是两个不同的部族，至少这群人的话自己能够听懂，而且面目形状也没有多大的区别。如此看来，圣女的失踪很有可能是这一群人的杰作，不禁暗忖道：“不入虎穴，焉得虎子？也许这样进入他们的内部，会查出圣女诸人的下落也说不定呢。”

叶皇似乎也与轩辕的想法相同，两人对视了一眼，立刻知道该如何去做，不过他却有些犹豫。

轩辕似乎明白叶皇犹豫的含义，只得暗自吸了口气，道：“来吧，要绑你们就绑吧!”

那老者终于露出了一丝笑意，悠然地道：“算你们识相!”说话间向身后的两人打了个眼色。

那两名壮汉狞笑了一声，双手将手中的牛筋一拉，大步向轩辕和叶皇走来。

叶皇和轩辕装作无可奈何地将手中的剑也抛在地上，然后双手并拢伸了出去。

那两名壮汉见轩辕和叶皇如此识相，如此配合，不由得心神微松，伸手就将牛筋套在轩辕两人的手腕之上，那老者也露出了一丝得意的笑容，只是他们也太小看了轩辕和叶皇。

或许，是他们根本没有想到在这种情况下，居然有人敢反抗，也没有想到叶皇和轩辕乃是难得的好手，两个与自己年龄并不相称的好手。

哧……那两名壮汉在带紧牛筋之时突然发现被套在牛筋之中的双手突然消失。

其实并不是消失，而是以无可比拟的速度以一只手钳住了壮汉的脖子，而另一只手却抓住了壮汉的腰带。

砰砰……轩辕和叶皇的动作一致得如同一个人，两人的膝盖同时顶撞在各自对手的阴部。在发出两声撞击的闷响之时，也夹着两声绝望的惨叫。

嗖嗖……那些箭手似乎没有想到竟会在突然之间发生这样的变故，手中的弦同时松脱，匆忙之间，他们竟忘了自己的同伴在对手的手中，当他们醒觉之时，一切都已经迟了。

轩辕和叶皇一声低啸，身子微缩，在这么近的距离之中，欲躲开这二十支劲箭，那完全是不可能的。只不过，轩辕并不想躲，也根本没有躲的必要，因为在他们的手中，尚有一张肉盾。

“呀呀……”两个阴部受创的汉子再次发出一阵凄惨无比的惨叫，他们做梦也没有想到最终竟会死在自己人的箭下，而且成了敌人的挡箭牌。也只有这时，他们才意识到自己中了轩辕和叶皇的算计，钻进了一个死局，只可惜一切都已经迟了。

轩辕和叶皇哪会错过如此机会？在那一轮劲箭射过之后，根本就不给对方上第二轮劲箭的机会，迅速将手中钉成刺猬般的尸体抛飞而出。

两具尸体以一种旋转的方式掠成一道飓风般的弧迹直撞向那二十名箭手。

那老者脸色骤然间变得十分难看，他绝对没有想到叶皇和轩辕竟然有着如此可怕的应变能力和功力，但令他感到意外的还不只这些——

两具尸体在虚空之中旋转着，撞出犹如两团暗云，使得山顶风声大作，视线模糊。不过，只凭两具尸体仍不能够将二十名箭手全部笼在攻击的范围之内。其中有两人已经张弓搭箭，他们的速度也快极，在他们的心中并没有什么感情可言，也无须有任何悲痛的情绪，只要能够射杀对手，便已足够！

呼呼……在两人正准备放出箭之时，却有两团暗影，犹如自丛林之中蹿出的飞蛇，直击在他们的大弓上。

啪啪……那绷紧的弓受这两道暗影一撞，竟然裂成两截，那弦上的箭也毫无目标地射上了天空。

那老者却将这一切看得极为清楚，那两道击断大弓的暗影是两柄剑鞘——轩辕和叶皇的剑鞘！

在轩辕和叶皇抛出两具尸体的同时，脚下以更快的速度踢在自己抛落的剑身之上，用力之巧连轩辕和叶皇自己也感到有些惊讶。剑身一震，立刻飞射而出，而此时轩辕和叶皇同时出手，抓住了各自的剑柄，唯剑鞘犹如毒龙般射了出去，准确得骇人。

轩辕和叶皇一声长啸，剑如游龙，在落日的余晖之中幻起一团茫然的光彩，缕缕剑气交织成一张密密的网，他们绝不想给敌人任何喘息的机会。

那两名大弓被裂的箭手此时发出一声怒吼，手中挥出两道暗影，是软鞭，长约四尺，粗若拇指，但只在挥出的那一刹那，已经被轩辕和叶皇紧罩于剑气之中。

叮叮……哧……轰轰……在两具尸体被重重挡下之时，轩辕和叶皇的身形已自那老者的身边掠过，直扑向那两个大弓被裂的箭手。

铿……二十件兵刃同时亮于夕阳之下，杀意奔涌如潮，但轩辕和叶皇毫无惧意，他们终于还是决定不被这群人擒去，因为他们不能失去主动权，而且在这群敌人之中是否有人会认出自己仍是一个未知数，如贸然而入，说不定会成为瓮中之鳖，到时他们就彻底地失败了。因此，他们不得不战，至于如何混入这群敌人之中，则去另外想办法了。

在疾风之中，那老者仰面而倒，脑袋被轩辕的剑削去了半边，并不是老者的武功不行，而是他失算了，失算于轩辕那柄有着断金裂石之利的含沙剑上！

老者的兵器是两条铁线蛇，这种铁线蛇不仅身含剧毒，更可怕的是普通刀剑根本就无法伤它分毫，遗憾的是轩辕手中之剑绝不是普通的剑——而是神族的十大神剑之一。

这是青云告诉轩辕的，含沙剑名列第八，但却绝对可断金裂石，对于这种铁线蛇也不在话下。是以，一交手，轩辕的剑便斩断了铁线蛇，更顺势削开了老者的半个脑袋。

如果说失去了半个脑袋的人还能活，那真是个怪物，这老者当然不是怪物，所以他死了，到死的时候仍不甘心闭上眼睛。事实上，这也是一种凄惨，无可奈何的凄惨。

一切的一切都在瞬间发生，快得让人有些目不暇接，但一切的一切又是那般自然利落，看不出一丝拼接的痕迹，犹如行云流水。

叶皇快！轩辕狠！

快者，杀机无限！

狠者，招招夺命！

这二十名箭手绝对没有想到这两个刚才表现如此配合的人物，此刻竟比野狼更凶悍，比猛虎更狂野，而且剑法如此之玄奇。最让他们心惊的却是那老者竟只在一招之间便已毙命，虽然是在轩辕和叶皇联手的攻击之下，但仍能够感觉出这两人的武功高绝至极。

叮叮……轩辕的剑在两具尸体的余势未尽之时，终于打乱了这群箭手的合围之势，并切断了四件兵刃。

砰！叶皇快绝的不只是剑，还有脚，在对方挡开他的剑时，他踢出了两脚，快、准、狠，使得那两名大弓被裂的箭手根本还没有作任何心理准备之时就已经飞跌而出，喷洒的鲜血溅红了地面的枯草。

“走！”轩辕并不想多留，虽然占着神剑之利，但他却试出了这二十名箭手的功力绝不弱，若苦战下去，并不一定能讨到多大便宜。迟则生变，说不定在这座山头之上并不止这二十名剑手，如果他们的同伙一到，那轩辕两人即使想逃也恐怕有些力不从心了。

叶皇一声低啸，剑势一改，不攻人，而攻弓。在走之前如果不毁掉这些弓的话，很可能便成了这群人的活靶子，因此，他必须先毁掉这些致命的弓。

这群箭手岂不知道叶皇剑速的可怕？是以他们一齐出手，力图封锁叶皇的攻势，但是他们却没有想到叶皇的剑并不是攻向他们的人，而是攻向他们的弓。当他们发现这一点之时，叶皇已在轩辕的配合之下，挑断了最后一张弓的弓弦。

叶皇为之付出的代价却是头发被削去一缕，而这当然是无关紧要的。

轩辕在长啸倒退之时，倒撞入一名箭手的怀中，手肘无情地击在对方的胸口上，而这名箭手的身躯并不是倒跌而出，反而是自轩辕的头顶向前摔出，因为轩辕抬脚将这箭手倒送了出去，而他自己的身子却向后一缩，自箭手的腹底滑退。

那些从正面进攻轩辕的人却只是迎来了同伴的尸体和一蓬血雾般的鲜血。

轩辕那一肘之下，绝对不可能还存在活口，他甚至清楚地感觉到对手的胸腔内陷，气血上冲。是以轩辕绝不停留，却不是撤走，而是身子一矮，含沙剑自底盘划出。

轩辕绝对不会错过任何置敌于死地的机会，他出剑之时，正是自他头顶飞过的那具尸体从上盘撞向那些正面攻来的敌人之时，而这群人因不知道自己同伴是死是活，又被鲜血蒙了眼睛，上盘变得有些混乱，而下盘却变得空虚，是以，轩辕绝对不会放过这绝好的攻击机会。

哧……哧……一串轻响接着一串惨哼，那些面对着同伴的尸体攻来之人竟然全被尸体撞倒，并不是因为尸体太过沉重，而是因为这群人突然之间失去了平衡——轩辕的剑切下了四只脚，而且全都是右脚。

呼……一根闷棍在轩辕根本无法回救的情况下重砸而至。

轩辕自然知道割下这四只脚，至少要付出一些代价。因为他的敌人是二十人，而不是四五个！在严密的兵器网中，即使再快的动作，也不可能快过敌人的二十件兵器，因此，他作好了心理准备。

轰……轩辕咬牙之下，竖臂横挡这要命的一击，那根粗木棍竟然被击成两截。轩辕的躯体一震之下，手臂差点被击断，不过，幸亏丹田立刻涌出一团热气护住了手臂，那自然生出的抗力使轩辕逃脱了断臂之危。

叮叮……叶皇的剑及时地为轩辕挡开了五柄致命的利刃，而轩辕趁机自叶皇的腋底倒滚而出。

“走!”

叶皇猛地攻出一剑，驱开那缠住自己的几剑，在轩辕喊出那个字时，身子倒射而出，他也并不想再与这群人继续纠缠下去。

但这群人又怎肯放过叶皇和轩辕？一交手，便死伤近十人，这对于他们来说简直是莫大的耻辱，他们在起步追赶轩辕和叶皇之时，同时发出一声长啸，声震山林，四野皆惊。

轩辕猜测得没错，在这个山头之上并不止这二十名箭手，还有人散布于别处，当他们听到这群人发出长啸之时，便自林间各处向山头会聚，这些人自然就成了轩辕和叶皇的障碍。所幸的是这群人比起那些长臂怪物来说，在行动上要慢上许多，更无长臂怪人那种灵活得可在树枝树干上手足并用的下山本领，这使得轩辕和叶皇很容易将这群人甩掉了。只不过，在这山林间，似乎每一处都有敌人，这里的敌人比长臂怪人要多上好几倍，在极快的时间里便聚集了近百人。

轩辕和叶皇都为之吃惊不小，如此看来，这个神秘不知名的部落势力极雄，如果自己两人与这近百人交手，只怕累也会累死。因此，轩辕两人只得左冲右突，哪里人少便向哪里窜，反正林子大，根本就不必担心没路可走，只要不走到绝崖的那一头，就会有一线生机。

这群追兵也都有弓箭，轩辕和叶皇在奔逃的同时夺了两张大弓，边跑边向后胡乱放箭，倒也射中了几个目标，若非他们怕成为别人的目标，只怕敌人会死得更多。因为追兵的人数很多，目标大，极容易射，而轩辕和叶皇仗着自己的速度快，身子灵便，在树木之间左穿右跃，那些射来的箭矢根本就不会对两人构成什么威胁。

此刻轩辕唯一盼望的就是天黑，只有天黑了之后才是他的世界，他很自信若是到了黑夜，完全可以摆脱敌人的纠缠，甚至可以进行反扑，让这群敌人铩羽而归。

这时太阳已经西斜，离天黑之时不远了，天际只留下那抹如血的残虹，而微微的光润透过林隙间，显得极为阴暗。

轩辕和叶皇的打算并没有如愿以偿。

没有如愿以偿，只是因为路已不通，这并不是绝崖，而是绝壁，只怕连猿猴都难以攀登的绝壁，而此刻轩辕和叶皇已逃到了这绝壁之下。

这是他们没有想到的结果，抑或是因为他们对这里太不熟悉的原因，而这群人之所以紧追不舍，或许就是因为知道这面是一堵无可攀登的绝壁，是以他们并不怕轩辕和叶皇逃脱，也没有在这一面设什么伏兵。

也只有到了此时，轩辕才知道自己其实已踏入了敌人所设下的死局之中，禁不住暗自后悔，但事已至此，后悔也于事无补。

叶皇与轩辕相视望了一眼，露出一丝苦笑，但旋即转身，对方呼喝叫嚷声尚远。

“看来我们是逃不出去了！”叶皇无可奈何地道。

轩辕转身向绝壁之上望去，禁不住暗自吸了口凉气。

绝壁高达数十丈，上面生有许多青苔，虽有几棵小松斜生而出，却似乎并不能承受太大的重量，而轩辕和叶皇此际身上又没有带钩索，要想攀上这样的绝壁并不是一件容易的事。而且，在这种毫无遮掩的崖壁上，更无法挡住射来的箭矢，除非能在敌人赶来之前爬上崖顶。否则，轩辕两人唯有困死于绝崖底部，因为这群敌人是自另外三面包围过来的。

这是轩辕的失策，因为轩辕本想借这样的机会再对追兵作出反扑，可是没等到天黑，就已经面临绝路，这是轩辕绝没有料到的事。

“那是什么？”叶皇突然指了指绝壁之上的两道黑影。

“那是……是两根能动的藤……”轩辕几疑自己看花了眼，抬头向崖顶望去。

“两个傻瓜，还不上来?!”一个娇脆的声音竟自绝壁之顶飘了下来。

轩辕和叶皇不由得大为惊愕，他们简直不敢相信这是事实，但他们的的确确看到了一个让自己相信的事实。

绝壁之顶，竟是柔水公主——共工氏的柔水公主！

这不是眼花，绝对不是眼花，可这事情也实在太不可思议了。

轩辕揉了揉眼睛，叶皇也揉了揉眼睛，不错，崖上之人的确是柔水公主！轩辕简直想大哭一场，他从来都没有想过会有这样一个场面发生。

叶皇心中涌起一种异样的感觉，他不知道该如何表达自己的情绪，与轩辕一样，他只是呆呆地望着绝壁之顶，像是进入了一个梦境。

“傻瓜，他们快追来了，还不快上来?!”柔水的声音也有些急了。

轩辕如梦方醒，一拉叶皇，道：“快上!”

叶皇望了轩辕一眼，又望了望崖顶，点了点头，两人同时起步，向绝壁之上冲去。

绝壁之上虽长有青苔，也很陡峭，但并不是光滑如镜的，那两根巨藤的底部仍距崖底有近两丈之高，显然巨藤只有这么长，对于一般人来说，这可能是一个难以逾越的高度，但对于轩辕和叶皇来说，这却算不了什么。两人的脚尖在绝壁上连踏几下，也便顺利抓住了巨藤。

巨藤发出两声吱吱轻响，便在山壁间晃荡起来。

轩辕和叶皇扭头向后望去，隐约发现有人自林间拥来，不禁手足并用，如两只猿猴一般极快地向绝壁之顶攀去。

“他们在这里……”树林间传来了一阵追兵的呼叫声。

轩辕和叶皇相视望了一眼，都看出了彼此的惊骇，如果追兵赶到，以劲箭激射他们的话，那他们只好做箭靶子了。在这种绝壁之上，要想避过乱雨般的箭矢，只怕很难很难，甚至是不可能的。而且，在这群神秘人之中，更有神箭手。以他们百步穿杨的准确度，要射断巨藤并不是一件很难的事。因此，轩辕和叶皇心中并不乐观，但仍是以最快的速度向崖顶爬去。

嗖嗖……几支箭矢自轩辕和叶皇的耳边射过，真是险之又险。而此刻轩辕和叶皇已经上升到十余丈高，如果这个时候被射断了巨藤的话，自绝壁之上摔下，那两人唯有死路一条。即使不被射死，也会摔死。

呼呼……几颗巨大的石头破空而过，自绝壁之顶抛落，在虚空中划过一道优美的弧线，直向绝壁之底砸去。

轰……轰……巨石砸落绝壁之底的声势极为骇人，显然是柔水公主也开始向下还击了。

那几个箭手也被这惊人的声势吓了一跳，忙掠身闪避，竟忘了张弓射箭。

巨石砸落绝壁之底，溅起一阵尘埃，树枝树叶全都被砸下一大片，谷底一时枝叶翻飞，尘土飞扬，视线一片模糊。

轩辕和叶皇心头一畅，不由得大为感激柔水公主。但两人升到二十多丈之时，绝壁之底便又传来了一阵高呼：“不要让他们跑了，都给我放箭！”

轩辕和叶皇再惊，不过他们此时距崖底已经很高了，敌人若想射断巨藤并不是人人都能做到的。不过，对于“人”这种大目标来说，却显得极为不利，轩辕两人禁不住恨起这绝壁太高了，眼见仍有十数丈，这可不是一段小距离，虽然两人的动作如猿猴一般灵巧，但绝对快不过百箭齐发。

嗖嗖……力量弱一些的箭手对这种高度便失去了准头，因为半空之中的风极大，那些向上射的箭矢被风吹得歪了一些，这使得轩辕和叶皇侥幸逃过了一劫，又继续攀上两丈，不过幸运之神并不是总眷顾他们。

轩辕的巨藤被箭射中，几乎就要断裂，但由于藤条比较粗，一时之间竟然没断。

“小心！”叶皇忍不住吃了一惊。

轩辕也无可奈何，抓住一颗小松，再用力向上升了半丈，巨藤便发出了吱吱两声轻响，似乎随时可能会断裂。

叶皇脚尖在一边石壁上轻点一下，身子朝轩辕荡了过来，急道：“快抓住我的手！”

轩辕也知道这根巨藤大概是完蛋了，哪敢犹豫？伸手便拉住叶皇，双脚向叶皇那根藤上一缠，陡听哗的一声，轩辕原先所在的那根粗藤如死蛇一般落了下去。

轩辕和叶皇心中暗叫一声好险，虽然逃过了这一劫，却无法避过随之而来的劲箭。

轩辕身上本就注满了劲气，但仍然中了三箭，全都在背上。叶皇的肩头也中了一箭，只痛得两人叫苦不迭，但却又不得不咬牙苦撑。

轰轰……又是几块大石头砸了下去，这次却传来几声惨叫。

轩辕和叶皇再爬高一丈有余，又将身子一荡，轩辕又迅速回到自己那根断了只剩下上面一截的巨藤上，这一跃一坠之际，轩辕几乎无法把握住粗藤。

“坚持住！”叶皇鼓励道。

轩辕对叶皇苦笑了笑，沉重地点了点头。

“我来拉你们！”柔水公主显然也知道轩辕和叶皇中箭了，急切地道。随即又向她身边的人娇叱命令着：“给我扔石头砸死那群浑蛋！”

山头之上的石头似乎并不是很多，扔下去的石头稀稀落落的。

轩辕正感一阵乏力之时，突然感到自己在迅速上升，他所攀的那根粗藤被一股巨力向上拉去，心中禁不住大喜。

叶皇也是如此，这粗藤上升的速度比他们攀爬的速度还快，但叶皇和轩辕心中又多了一些疑惑，以柔水公主的力量，怎么可能将两个悬于绝壁上的人拉得如此之快？这所需要的臂力之大绝对不下千斤。

“难道柔水公主身边竟有这样的高手？”叶皇和轩辕心中都存在着一丝疑惑。

“咦，怎么是空的？”柔水公主及其属下的声音自崖顶上传来。

轩辕和叶皇这一惊非同小可，对方拉得如此之快，竟还感觉到是空的，那只有一种可能，他们根本就没有用上力气。在柔水公主的属下中当然不可能存在着一个人根本就不花力气，而能把一共有三百多斤重的两人自绝壁上如此快地拉上来，那么就是说，拉藤的人并不是柔水公主。

“喂，你们听到我说话了吗？”柔水公主那焦急的声音绝对不是装出来的，显然她以为轩辕和叶皇已经放手自巨藤上坠了下去，是以他们才会感到巨藤是空的。

“我们在藤上，不是你们在拉我们吗？”轩辕唤道。

“不可能……怎么你们这么轻？犹如没有体重一般。”柔水公主见两人答了话，心神禁不住微松，但又感到太过古怪，简直是不可能，她拉这两个人，竟像拉着空藤一般。

“咚咚……”绝壁之下的乱箭根本就射不中轩辕和叶皇，两人上升的速度太快，而粗藤也似在左摇右晃，使那些人的箭矢全都失去了准头。

轩辕和叶皇正在大感得意之时，突然同时发出一声惊呼：“猿人!”

他们居然发现绝壁之上有一个凹陷的大洞，而洞口两只巨大的猿人正在以飞快的速度收着粗藤，且粗藤的另一头又自洞口向绝壁之顶升去。

轩辕和叶皇立刻明白了一切，但几乎昏了过去，只差没一松手跌落绝壁之底。

原来柔水公主之所以感到轩辕和叶皇没有一点重量，那是因为他们根本就是在拉两根空藤，他们所拉的速度没有这两只大猿人拉得快，因此，他们所拉的粗藤都是猿人拉上来堆在地上的空藤而已。他们根本就拉不完那堆在地上的粗藤，也便无法直接拉扯轩辕和叶皇，自然就会觉得轩辕两人根本就没有重量了。

轩辕和叶皇怎么也没料到，在这绝壁之上，居然存在着猿人居住的洞穴。这个连柔水公主也不知道，只怕谁也不会料到这些。

轩辕和叶皇看着两只巨大的猿人龇牙咧嘴地向他们发出一阵古怪的笑容，禁不住毛骨悚然，连手指头都变得有些僵硬了，如果不是他们两人的胆量过人，只怕已经昏了过去。若这里离绝壁之下不是太高的话，他们肯定已松手跳了下去，可是此刻跳下去必定会粉身碎骨，他们只好咬牙硬着头皮面对这两只巨大的猿人。

“喂，轩辕、叶皇，你们还在吗?”柔水公主根本就感觉不到手中的重量，当然也就感觉不到两人的存在，而她伸出头也望不到轩辕和叶皇的身影，不由得高声问道。

轩辕和叶皇抬头向绝壁之顶望去，却因突出的岩石而挡住了他们的视线，根本就无法看到柔水公主，而柔水公主也因此而看不到他们，更看不到猿人的所在。

轩辕和叶皇都自喉间发出一阵极为难听的回应：“还——在——”但这两个字说得极为艰涩，也小得可怕，因为他们实在无话可说。其实，依照轩辕和叶皇的估计，此刻离崖顶只不过两三丈高而已，但就是这两三丈却成了另外一个世界。

两只猿人伸手各抓起轩辕和叶皇，如同抓住两个小孩一般。

轩辕和叶皇的手臂已经变得麻木不堪，根本就没有反抗的力量，只好眼睁睁地望着两只猿人把他们拖进山洞之中。而在这一刻，他们立刻又放下心来——其中有只猿人他们竟认识——正是他们自群狼的口中救下的那只巨大的猿人！

而此刻两只猿人对他们似乎没有一点敌意，只是将他们放在地上，欢喜得又蹦又跳，搔耳挠腮，样子极为滑稽，并无可怕之处。

轩辕和叶皇禁不住相视望了一眼，笑了笑，终于嘘了一口气。

柔水将粗藤完全拉了上去，却是空空如也，不由得花容失色。

“叶皇，轩辕……”柔水禁不住惊呼，声音凄惶而急切，她怎么也想不到拉上来的居然是一长一短两截空藤。

“叶皇，轩辕……”绝壁顶上众共工部族人禁不住全都代表柔水呼喊起来。

“我们没事，你们别担心！”轩辕来到绝壁间的洞口处向绝壁之上高声呼道。

“轩辕，你在哪里？叶皇在吗？”柔水隐约间听到了轩辕的声音，不由大喜地高声问道。

“公主，危险，不要靠崖边太近了！”显然是柔水的身子靠绝壁太近，众护卫都急了。

“他很好，我们现在在崖下两三丈处的一个大山洞之中，这里有几位朋友，待会儿再上来与你们会合，不要着急！”轩辕也有些气促地呼道。

崖顶立刻传来一片欢呼，显然是为轩辕和叶皇还活着而欢呼。当他们拉上空藤时，还以为两人中箭之后坠落崖底，此刻闻听两人不仅活着，还有几位朋友，自然是高兴至极。

“我们马上下来找你们！”柔水有些迫不及待地道。

“不必了，还是等我们上来吧！”叶皇也许是见轩辕喊了几句话，那箭伤痛得不行了，才不得不开口。

“哦，那你们快点上来吧！”柔水急切地呼道。

叶皇不再答话，轩辕也没有作声，经过这一阵折腾，他们实在有些受不了，所以均没有再出声。

猿人向叶皇和轩辕叽咕着，比画了一阵子，又捧出一大堆野果、灵芝之类的，还有人参和一些生的兔肉，放在轩辕和叶皇面前，然后又叽咕比画了一阵子，便坐在轩辕和叶皇的对面，十分安静地望着两人。

轩辕和叶皇禁不住想笑，两只猿人坐在他们面前，像两座肉山，而他们与猿人相比，如同小孩比大人。但两只猿人与他们一对一地对面而坐，中间便放着野果、灵芝、兽肉，倒像是在与贵宾交流。

轩辕也向猿人打了个手势，然后在叶皇肩头拔出那射入肉中的劲箭。

两只猿人似乎明白了些什么，迅速走开，不过一会儿竟捧回一大堆草叶草根。

其中有几样轩辕和叶皇并不陌生，平时受伤时他们经常用来嚼成糊涂在伤口处，有生肌、止血、镇痛之效。

两只猿人将那些草放在嘴里嚼了一阵，然后便把糊糊硬要为叶皇和轩辕抹在伤口处，即使轩辕和叶皇想反抗都不可能。